Christian White

Insel des Schweigens

AH

GOLDMANN
Lesen erleben

Buch

Kate Keddie will ihren Ehemann John überraschen und ihn am Flughafen von Melbourne abholen. Doch sie wartet vergeblich in der Ankunftshalle. John taucht nicht auf, alle Versuche, ihn zu erreichen, scheitern. Und von seinen Kollegen im Ärztezentrum muss Kate erfahren, dass John bereits vor Monaten gekündigt hat. Was hat ihr Mann ihr noch verheimlicht? Und wo ist er? Als in ihrem Ferienhaus auf Belport Island der Alarm ausgelöst wird, reist Kate auf die einsame Insel in der verzweifelten Hoffnung, John dort zu finden.

Doch John ist tot …

Auf Belport Island lebt auch die verheiratete Abby. Eines Tages macht sie in ihrem Haus eine erschütternde Entdeckung, die sie alles infrage stellen lässt, was sie über ihren Mann Ray weiß. Und als ihre und Kates Welt aufeinanderprallen, kommt die schockierende Wahrheit über die Männer in ihrem Leben ans Licht …

Autor

Der gebürtige Engländer Christian White ist ein international ausgezeichneter Drehbuchautor. Sein Romandebüt »Das andere Mädchen« wurde in seiner australischen Wahlheimat zum Überraschungsbestseller. Christian lebt mit seiner Frau in Melbourne und schreibt bereits an seinem nächsten Thriller.

Christian White

Insel des Schweigens

Thriller

Aus dem Englischen
von Andrea Brandl

GOLDMANN

Die australische Originalausgabe erschien 2019 unter dem Titel
»The Wife and the Widow« bei Affirm Press, Melbourne.

MIX
Papier aus verantwortungsvollen Quellen
FSC® C014496
FSC
www.fsc.org

Penguin Random House Verlagsgruppe FSC® N001967

1. Auflage
Deutsche Erstveröffentlichung März 2022

Umschlaggestaltung: UNO Werbeagentur, München
Umschlagmotiv: Arcangel/Sally Mundy
Redaktion: Ann-Catherine Geuder
An · Herstellung: ik
Satz: KCFG – Medienagentur, Neuss
Druck und Bindung: GGP Media GmbH, Pößneck
Printed in Germany
ISBN: 978-3-442-49148-3
www.goldmann-verlag.de

Besuchen Sie den Goldmann Verlag im Netz

Für Summer

Prolog

Da ist jemand im Haus, war Johns erster Gedanke, als er aus dem Schlaf schreckte. Er hatte von unten ein Geräusch gehört, wie von trockenen, rissigen Lippen, die sich teilten. Dann verstohlene Schritte auf der Treppe.

Er starrte ins Dunkel über dem Bett und lauschte, doch mit Ausnahme des leisen Sirrens der Heizung war es wieder still. Schließlich rollte er sich auf die Seite, sah zu seiner Frau hinüber, deren Gesicht im fahlen Mondschein geradezu gespenstisch aussah.

Wahrscheinlich hatte er bloß einen Albtraum gehabt.

Knarz.

Es kam vom Treppenabsatz im oberen Stock. Jemand war auf die lose Diele am Ende der Treppe getreten. Diesmal hatte er es sich nicht eingebildet, ganz sicher nicht.

Er setzte sich auf und spähte angestrengt durch die einzelnen Schichten der Finsternis. Immer deutlicher traten die Umrisse der Möbel zu Tage – der hohe Kleiderschrank, der sich vor einem tiefschwarzen Hintergrund abhob. Die Frisierkommode seiner Frau mit ihrem Schmuck, der wie ein Dutzend winziger funkelnder Augen im Mondlicht glitzerte. Ein bleistiftdünner Lichtstreifen flackerte unter dem Türspalt auf.

Er glitt aus dem Bett, öffnete die Tür und trat hinaus. Das Harry-Potter-Nachtlicht brannte. Seine Tochter Mia bestand darauf, weil sie so keine Angst zu haben brauchte, wenn sie nachts aufs Klo musste. Eine fette braune Motte umschwirrte es, knallte blindlings dagegen, wieder und wieder. Einen Moment lang sah John ihr wie gebannt zu. War dies das Geräusch gewesen?

Aus dem Schatten am Ende des Korridors trat ein Mann.

John wollte etwas sagen, doch die Angst schien seine Kiefermuskulatur zu lähmen.

Der Mann trat einen weiteren Schritt auf ihn zu. Er war groß und kräftig, mit rasiertem Schädel. Er trug weiße Tennisschuhe und einen schweren schwarzen Mantel, den John auf Anhieb erkannte.

»Hallo, John«, flüsterte der Mann. »Erinnerst du dich an mich?«

»Ja …« Johns Stimme war kaum mehr als ein Flüstern.

»Weißt du auch, weshalb ich hier bin?«

»Ja«, antwortete John. »Ich denke schon.«

1

– Die Witwe –

Kate Keddie stand in der Flughafentoilette und probte ihr Lächeln im Spiegel. Sie konnte ihren Mund nicht ausstehen, weil er mehrere Zähne zu breit für ihren Kopf war und sie wie eine Geisteskranke aussah, wenn sie lachte. Sie versuchte es mit einem vorsichtigen Heben der Mundwinkel. Wohldosierte Zurückhaltung, das war das Ziel. Stattdessen bekam sie Shelley Duvall auf Crystal Meth.

»Was machst du mit deinem Gesicht?«, fragte Kates zehnjährige Tochter Mia, die aus einer der Kabinen neben sie getreten war, um sich die Hände zu waschen. Mia hatte sich die Schnur eines herzförmigen »Willkommen zu Hause«-Luftballons ums Handgelenk gebunden, der nun wie eine Boje über ihrem Kopf schwebte.

»Gar nichts«, antwortete Kate.

»Wie lange dauert es noch, bis Daddy wieder da ist?«

»Zehn Minuten bis zur Landung, dann rollt die

Maschine in Parkposition, danach muss er sein Gepäck holen, durch den Zoll … alles in allem müssen wir mit etwa sechzehn Stunden rechnen.«

»Du machst mich fertig, Mum.« Mia stampfte frustriert mit den Füßen auf. Sie war noch nie so lange von ihrem Vater getrennt gewesen und deshalb so hibbelig wie sonst nur am Weihnachtsmorgen.

John hatte die vergangenen zwei Wochen bei einem Kongress für Palliativmedizin in London verbracht; unterdessen hatte Kate mit dickem rotem Filzstift die Tage abgehakt und es kaum erwarten können, dass er endlich nach Hause kam. Sie hoffte, dass das Klischee, eine Trennung schüre die Sehnsucht, auch auf John zutraf. Gleichzeitig fürchtete die Pessimistin in ihr, es könnte gerade umgekehrt funktionieren. Irgendwo hatte sie gelesen, dass zwei Wochen genügten, um mit einer Gewohnheit zu brechen, und eine Ehe war schließlich der Inbegriff der Gewohnheit.

Kate nahm Mia bei der Hand und machte sich auf den Weg zum Terminal. Im Ankunftsbereich des Melbourne International Airport wimmelte es von Menschen. Familien warteten mit handgeschriebenen Transparenten, ohne die gefrosteten Glastüren aus den Augen zu lassen, hinter ihnen Chauffeure in schwarzen Anzügen mit kleinen Täfelchen, auf denen die Namen ihrer Fahrgäste gekritzelt standen. Von den Wartenden ging eine kollektive Energie aus, die sie eher wie ein homogener Organismus statt eine Ansammlung aus mehreren Hundert Individuen wirken ließ. Alle bewegten sich auf eine vorsichtige, nervös aufeinander abgestimmte Weise, wie das Kettenband einer Planierraupe.

Jeden Moment musste John mit seinem kleinen blauen American-Tourister-Trolley im Schlepptau herauskommen, mit blutunterlaufenen Augen und müdem Gesicht von dem langen Flug, aber dann würde er sie in der Menge ausmachen und verblüfft strahlen, weil er nicht mit ihnen gerechnet hatte. Er hatte darauf bestanden, ein Taxi zu nehmen, und Kate hatte eingewilligt, obwohl sie die ganze Zeit gewusst hatte, dass sie und Mia ihn am Flughafen überraschen würden.

Sie konnte es kaum erwarten, ihren Ehemann wiederzusehen; noch größer war allerdings ihr Bedürfnis, ihm die Zügel wieder in die Hand zu geben. Obwohl sie überzeugt war, eine gute Mutter zu sein, machte sie all das nervös. Ihr war es nie leichtgefallen, mit dieser Mühelosigkeit in die Mutterrolle zu schlüpfen, wie andere Frauen es zu können schienen – ihre Freundinnen aus der Müttergruppe oder die patenten, geschäftigen Mamis in ihren SUVs vor dem Schultor. Mit Johns Unterstützung im Rücken fühlte sie sich hingegen gleich viel wohler.

»Ob Dad an meine Pfund denkt, was glaubst du?«, fragte Mia und sah zu der Kurstafel im Fenster einer Wechselstube hinüber. Neuerdings sammelte sie mit Begeisterung ausländische Währungen.

»Klar. Du hast ihn doch bestimmt zweitausend Mal daran erinnert«, antwortete Kate. »Ich kann mir nicht vorstellen, dass er sich traut, ohne das Geld nach Hause zu kommen.«

»Wie lange dauert's noch?«, fragte Mia.

»Fünf Minuten. Da drüben ist die Anzeigetafel. Siehst du es?«

Der Qantas-Flug aus Heathrow über Singapur und Sydney war pünktlich und ohne Probleme gelandet. Die Stille, die gerade noch unter den Wartenden geherrscht hatte, wich Rufen, Tränen und Gelächter, als die ersten Passagiere in die Ankunftshalle traten. Einige sanken in die Arme ihrer Angehörigen, andere schoben sich durch die Menge zu ihren Fahrern oder zum Taxistand dahinter.

Eine hübsche Frau mit einem weizenblonden Pferdeschwanz warf sich in die Arme ihres wartenden Mannes, schien für einen kurzen Moment alles um sich herum zu vergessen und küsste ihn leidenschaftlich auf den Mund. Ein älteres asiatisches Paar winkte hektisch, als ein junger Mann mit einem Kinderwagen auf sie zusteuerte, in dem zwei Zwillingsjungen friedlich schlummerten. Kate sah den Leuten zu, wartete darauf, als Nächste dran zu sein.

Es wunderte sie ein wenig, dass John nicht gleich unter den ersten Passagieren war. Er flog grundsätzlich Businessclass, was mit Privilegien wie Expressschlangen und schnellerer Abfertigung einherging.

Mia stellte sich auf die Zehenspitzen. »Siehst du ihn?«, fragte sie.

»Nein, noch nicht, Äffchen«, antwortete Kate.

Die hohen Glastüren schlossen sich. Gingen ein weiteres Mal auf. Diesmal trat eine kleinere Gruppe heraus.

»Ich sehe ihn, ich sehe ihn!«, rief Mia, riss ihren Ballon nach unten und drehte ihn so, dass man den Willkommensgruß lesen konnte, doch dann ließ sie die Schultern sacken. »Nein. Ich habe mich geirrt. Das war er nicht.«

Der zweite Schwung Fluggäste verteilte sich. Immer noch weit und breit nichts von John zu sehen. Die Glastüren öffneten und schlossen sich ein weiteres Mal. Diesmal humpelte ein älterer Herr mit dem Gehstock in der Linken und einem verstaubten alten Samsonite in der Rechten heraus. Der Korridor hinter ihm war leer.

Kate sah noch einmal zur Anzeigetafel und vergewisserte sich, dass Zeitpunkt und Ort stimmten, dann noch einmal. In ihre gespannte Erregung mischte sich ein Anflug von Besorgnis.

»Mum?«, fragte Mia.

»Pass schön weiter auf, Äffchen. Wahrscheinlich hat er seinen Koffer noch nicht bekommen oder wurde von einem übereifrigen Zollbeamten aufgehalten. Nur Geduld.«

Sie warteten. Schließlich zog Kate ihr Handy heraus und wählte Johns Nummer, darauf bedacht, sich ihre

Sorge nicht anmerken zu lassen. Der Anruf ging geradewegs auf die Voicemail. Sie versuchte es ein zweites Mal, mit demselben Ergebnis. Er hatte wohl vergessen, nach der Landung den Flugmodus zu deaktivieren. Oder aber er hatte das Ladekabel in der Steckdose im Hotel stecken lassen, und jetzt war der Akku leer.

Mit jeder Sekunde wurde sie nervöser, begann an den Nägeln zu kauen.

Wieder glitten die Glastüren auf. Kate holte Luft. Drei weitere Passagiere erschienen: ein älteres Paar, das mitten in einem Streit zu sein schien, und ein junger Rucksacktourist mit Dreadlocks. Keiner erwartete sie. Die Türen gingen zu, gingen ein weiteres Mal auf. Diesmal kamen die Crewmitglieder heraus, die sich angeregt unterhielten, sichtlich erfreut über das Ende ihres Arbeitstages.

Wo steckst du, John?

Er hätte doch Bescheid gegeben, wenn er seinen Flug verpasst hätte, oder nicht? Selbst wenn er keine Ahnung gehabt hatte, dass sie ihn abholen kämen, hatte er gewusst, dass sie auf ihn wartete. Sie versuchte es noch einmal auf dem Handy. Wieder nichts. Verzweifelt sah sie sich in der Ankunftshalle um: Bis auf eine Handvoll Leute an den Ständen der Mietwagenfirmen und einen Mann in einem grauen Overall, der die Fußmatte am Eingang absaugte, war niemand mehr zu sehen.

»Wo ist er, Mum?«, fragte Mia.

»Ich weiß es auch nicht, Äffchen. Aber bestimmt

kommt er bald. Es ist alles in Ordnung. Mach dir keine Sorgen.«

Den Blick auf die Glastüren geheftet streckte Kate die Hand nach Mias aus, fand sie und hielt sie fest, ganz fest. Sie warteten. Fünf Minuten vergingen. Dann weitere fünfzehn.

Zuletzt hatten sie via Skype miteinander gesprochen, am Morgen vor Johns Abflug. Kate und Mia hatten sich zusammen in einen Sessel im Wohnzimmer gequetscht und über die Tastatur des MacBooks gebeugt, während John siebzehntausend Kilometer weit entfernt auf dem Bett seiner Londoner Hotelsuite saß, im Hintergrund die typisch dezent grüne Tapete, eine Minibar zu seiner Linken, die Zimmerservice-Speisekarte zu seiner Rechten. Reisepass, Brieftasche und Handy lagen säuberlich auf seinem Koffer neben ihm.

»Und? Bereit für den langen Flug?«, fragte Kate.

»Ich habe alle drei Sachen, die jeder Flugreisende bei sich haben sollte«, antwortete er. »Ohrstöpsel, Valium und Haruki Murakami.«

»Ist Valium eine Droge?«, wollte Mia wissen.

»Ja, Schatz, aber eine von den guten«, antwortete er lachend, doch die Verbindung war schlecht, so dass es leicht zeitverzögert ankam. Der Bildschirm fror abwechselnd ein und löste sich wieder, was das Lachen wie aus einem Fiebertraum klingen ließ.

John war drei Jahre älter als Kate, wirkte mit seinem

jungenhaft dichten Haarschopf, seinen symmetrischen Gesichtszügen und seinem athletischen Körperbau jedoch, als wäre er fünf Jahre jünger. Sein Gesicht schien ein wenig gebräunter als sonst zu sein, andererseits war in London gerade Sommer.

Mia hockte sich auf die Knie und rutschte so weit vor, dass ihr Gesicht beinahe den Bildschirm berührte. »Du musst achtgeben, dass du im Flugzeug hinter dem Flügel sitzt«, mahnte sie. »Dort ist es am sichersten, falls es abstürzt.«

»Die Businessclass ist aber ganz vorn«, wandte er ein.

»Oje. Bei den meisten Abstürzen werden die Passagiere der ersten elf Reihen *pulverisiert.*«

»Mia, dein Vater braucht jetzt nichts über pulverisierte Passagiere zu hören«, sagte Kate. »Woher weißt du überhaupt, was das bedeutet?«

Mia zuckte die Achseln. »Aus dem Internet.«

»Sie hat herausgefunden, wie sie die Kindersicherung knackt«, sagte Kate. »Unsere Tochter, das Hackergenie.«

John ließ sich auf die Ellbogen zurücksinken und blickte nach links, auf einen Punkt hinter dem Laptopbildschirm, was das seltsame und völlig unbegründete Gefühl in Kate heraufbeschwor, dass er nicht allein war. *Sei nicht paranoid*, dachte sie.

»Lass die Suchsperre einfach offen«, sagte John nach einer Weile. Sein Tonfall ließ keinen Rückschluss darauf zu, ob er es ernst meinte oder nicht. »Das Leben hat doch auch keinen Filter. Weshalb sollte das Internet einen haben?«

»Na prima«, erwiderte Kate. »Dann kann ich sie heute Abend ja *Der Exorzist* anschauen lassen, und morgen ziehen wir uns sämtliche *Rambo*-Teile rein.«

Er lachte nicht.

»Wir versuchen, die Menschen, die wir lieben, vor bestimmten Wahrheiten zu beschützen«, sagte er. »Aber ich bin nicht überzeugt, ob das immer richtig ist oder fair. Wenn wir nicht über die Monster reden, die es in dieser Welt nun mal gibt, dann sind wir auch nicht auf sie vorbereitet, wenn sie plötzlich unter dem Bett hervorspringen.«

Kate verspürte den übermächtigen Wunsch, die Hand auszustrecken und sein Gesicht zu berühren. Von welchen Monstern sprach er?

»Geht's dir gut, John?«, fragte sie.

»Ich denke schon«, antwortete er. »Ich glaube, ich will nur endlich wieder nach Hause kommen.«

»Kate?«

»Ja«, antwortete sie. »Kate Keddie.«

»Oh, *Kate*. Johns Frau. Du meine Güte, wir haben uns ja ewig nicht gehört. Wie geht's?«

Chatveer Sandhu arbeitete als Assistent in der Verwaltung des Trinity Health Centre for Palliative Care, wo John als Mediziner angestellt war.

»Entschuldigen Sie die Störung«, sagte Kate. »Aber ich kann John nicht erreichen und dachte, Sie können mir bestimmt helfen. Es scheint, als wäre sein Flug aus London umgebucht worden, oder seine Termine wurden geändert, aber man hat vergessen, mich zu informieren?«

Einen Moment lang herrschte bedeutungsschwangere Stille in der Leitung, und Kate musste dem Drang widerstehen, sie irgendwie zu füllen. Sie sah zu Mia hinüber, die sichtlich verstört auf einem der Kunststoffstühle neben dem Informationsschalter saß. Tränen glitzerten in ihren Augen.

»Chat, sind Sie noch dran?«, fragte Kate schließlich.

»Ja«, antwortete er. »Entschuldigung. Ich ... ich verstehe Ihre Frage nicht ganz.«

»Ich bin am Flughafen, mein Mann aber nicht.«

Eine ziemlich klare Ansage, fand Kate, doch nach einer weiteren Sekunde des Zögerns sagte Chatveer: »Ich verbinde Sie mit Holly. Bleiben Sie bitte dran.«

»Mich verbinden? Nein, Chat, ich will doch nur ...«

Zu spät. Sie hing in der Warteschleife. Wieder kaute sie an den Nägeln. Als sie ein Stück Nagelhaut erwischte, zuckte sie vor Schmerz zusammen.

Klassische Musik wehte durch die Leitung: Henryk Góreckis 3. Sinfonie, ein düsteres Klagelied und eines von Johns Lieblingsstücken. Ein nicht angemessen gewürdigtes Meisterwerk, so seine Einschätzung. Vor ihrer Hochzeit war klassische Musik in Kates Augen etwas für verkopfte Intellektuelle gewesen; sie hatte sich wesentlich besser in der Gesellschaft von Mariah Carey als in der von Claude Debussy aufgehoben gefühlt. Doch nachdem John bei ihrem ersten Date ausgiebig über Amadeus Soundso und Ludwig van Irgendwas referiert hatte, war sie am nächsten Morgen losmarschiert, um sich eine Best-of-Classical-Deluxe-Doppel-CD zu besorgen, und hatte sich gezwungen, sie sich komplett anzuhören. In der Zwischenzeit mochte sie klassische Musik – glaubte sie zumindest.

»Kate, was kann ich für Sie tun?«, fragte Holly Cutter unvermittelt. Ihre Stimme klang scharf, beinahe ungeduldig.

Holly Cutter war eine frustrierend erfolgreiche Frau. Neben ihrer Funktion als medizinische Leiterin des Trinity Health Centre war sie auch examinierte Krankenschwester, Seelsorgerin und Heilpädagogin; zudem war sie in der Klinikforschung aktiv, hatte eine Honorarprofessur an der University of Melbourne inne und saß im Vorstand der International Association for Hospice and Palliative Care. Eine Streberin, wie sie im Buche stand.

»Hi, Holly«, sagte Kate. »Ich weiß nicht recht, wieso Chatveer mich an Sie weiterverbunden hat, aber ich bin gerade mit Mia am Flughafen. Johns Flug ist gelandet, allerdings ist er nicht da. Könnte es sein, dass er bei der Konferenz aufgehalten wurde? Oder seine Reisepläne wurden irgendwie geändert oder …«

»Das weiß ich nicht, Kate«, sagte Holly.

Kate unterdrückte das Bedürfnis, ihr Handy quer durch den Terminal zu schleudern.

»Wären Sie dann bitte so nett und stellen mich wieder zurück zu Chatveer?«

»Er weiß es genauso wenig.«

Kate kam sich wie die letzte Idiotin vor. Ihr war heiß, sie war stocksauer, und Mia weinte immer noch.

»Ich weiß nicht, was eigentlich los ist«, sagte sie, »aber offensichtlich liegt hier ein Missverständnis vor. John war die letzten zwei Wochen in London bei einer Palliativmedizinkonferenz. Eigentlich sollte er heute zurückkommen, und ...«

»Hören Sie«, unterbrach Holly. »Ich weiß nicht, was Sie wissen oder nicht wissen, und habe auch so schon mehr als genug am Hals, aber wenn John an der diesjährigen Konferenz teilgenommen haben sollte, dann ohne unsere Kenntnis.«

»Aber das verstehe ich nicht«, sagte Kate. »Wieso das?«

»Weil John schon seit drei Monaten nicht mehr hier arbeitet.«

2

– Die Frau –

»Elende Mistviecher«, schimpfte Abby Gilpin laut genug, um die Raben zu verscheuchen. Die Biester hatten sich an den Abfällen einer ganzen Woche gütlich getan, die überall auf der Straße verteilt lagen. Der Wind hatte die Mülltonne umgeweht, die ihr fünfzehnjähriger Sohn am Morgen – nach gefühlt siebenundfünfzig Aufforderungen – an den Straßenrand gezerrt hatte; jetzt lag sie seitlich da, der Deckel aufgeklappt wie ein gähnender Schlund.

Einige der Tüten waren zwar noch ganz, die meisten hatten die Vögel allerdings aufgerissen, so dass Essensreste, Plastikverpackungen, Eierschalen, Kaffeepulver und benutzte Papiertaschentücher herausquollen. Abby wappnete sich gegen den Gestank, hob die Tonne auf und machte sich daran, die Schweinerei zu beseitigen. Ihre Hand streifte etwas Weiches, Nasses. Erschrocken zuckte sie zurück, aber leider zu spät – etwas undefinierbar Braunes und Stinkendes lief am linken Bein ihrer Leggings hinunter.

Grundsätzlich legte Abby nicht viel Wert auf ihr Äußeres – meistens lief sie in schwarzen Leggings und einem weiten Sweatshirt durch die Gegend –, aber auf allen vieren Müll von der Straße aufzulesen erschien ihr dann doch unter ihrer Würde. Die Straße war noch feucht. Am Morgen war das bisher schlimmste Gewitter der letzten Monate über der Insel niedergegangen, und seitdem hatte es beinahe ununterbrochen gegossen. Zwar hatte es zwischendurch mal kurz aufgeklart, doch war es eine reine Zeitfrage, wann der Regen erneut einsetzen würde.

Gerade als sie die letzte Tüte in die Tonne stopfen und den Deckel schließen wollte, stach ihr etwas ins Auge: Durch den halb durchsichtigen Müllsack machte sie ein Paar hellbrauner Arbeitsschuhe aus. Mit dem Zeigefinger bohrte sie ein Loch in das Plastik und spähte hinein.

Die Stiefel gehörten ihrem Mann Ray und schienen bis auf ein paar Schlammreste und vereinzelte Schrammen nagelneu zu sein. Vielleicht hatte er ja die falsche Größe gekauft. Andererseits sah es ihm nicht ähnlich, sie einfach wegzuwerfen, statt sie für die Spende an die Heilsarmee beiseitezustellen. Ebenfalls in der Tüte lagen eine zerknüllte Arbeitshose und eines seiner grauen Arbeitshemden mit dem Island-Care-Schriftzug auf der Brusttasche. Die Sachen rochen noch nach dem Waschpulver mit Zitronenduft, das es bei Buy & Bye im Dauersonderangebot gab.

Ein kühler Windstoß ließ sie in die Garage hasten, mit den Sachen unterm Arm.

Im Dunkeln zog sie an der Schnur für die Deckenbeleuchtung, woraufhin die Neonröhren sirrend und flackernd über ihr zum Leben erwachten. Es war eine Doppelgarage, die eigentlich locker genug Platz für zwei Fahrzeuge bieten sollte, doch wie die meisten Garagen diente auch die der Gilpins als Abstellkammer für allen möglichen Krempel: Überall standen gefährlich schwankende Kartonstapel und leere Töpfe herum, ausgeleierte Fitnessbänder wurden an Haken spröde, und in der Ecke fristete eine von Spinnweben überzogene Kraftstation ein einsames Dasein. Daneben stand ein Aufsitzmäher, den Ray vor drei Jahren bei einem privaten Flohmarkt günstig erstanden hatte, ehe er – große Überraschung! – feststellen musste, dass er nicht funktionierte.

Durch all den Plunder verlief eine schmale Schneise, zudem war ein Rechteck für Rays Dienstwagen reserviert, einen schlammverspritzten viertürigen Pick-up. Abgesehen davon gab es nur einen weiteren freien Platz inmitten des Chaos – für Abbys Werkbank, ein massives, von Farbklecksen übersätes Ungetüm, das sie in einem Antiquitätengeschäft auf dem Festland erstanden hatten. Irgendwo dahinter musste der Karton mit den ausgemusterten Klamotten stehen, die seit Monaten zur Kleiderspende gebracht werden sollten.

Abby strich über die hölzerne Platte und nahm sich

vor, bald mal wieder etwas Zeit hier drinnen zu verbringen. Vielleicht abends, wenn Ruhe eingekehrt war, oder am Wochenende, wenn die Kids nicht zu Hause waren und Ray sich ein Spiel im Fernsehen ansah. An dieser Werkbank hatte Abby sich – durch zahlreiche Versuche und Fehlschläge und viele, viele Besuche der Belport Library, auf der Suche nach Fachbüchern – zu einer halbwegs versierten Tierpräparatorin entwickelt. Hinter der Werkbank befand sich eine Werkzeugwand, die bestückt war mit einer grünen Schürze, diversen Skalpellen, Einweghandschuhen, Insektennadeln, Angelschnur, Gummibändern, Spielkarten (für das so genannte »Kardieren« der Ohren), Borax-Seife für die Bearbeitung der Felle, Critter-Ton zum Modellieren. Hinzukamen die erforderlichen Werkzeuge: Holzspatel, Pinzetten, Sekundenkleber, ein Tacker und zwei Dutzend Glasaugenpaare in unterschiedlichen Größen.

Darunter stand ein kleiner Kühlschrank mit ein paar Mineralwasserflaschen, einem Sechserpack Bier und Abbys nächstem Projekt: ein Opossum, das Susi Lenten tot unter den Stromleitungen an ihrem Haus gefunden hatte. Daneben warteten in einer Plastikwanne diverse Chemikalien auf ihren Einsatz: Färbe- und Beizmittel, Luminol und Bakterizide.

Bislang beschränkte sich ihr Repertoire auf Mäuse, Ratten und Vögel, die auf Regalen überall im Haus verteilt standen, allesamt mit deplatzierten Beulen und Dellen, was sie in ihrer mangelnden Perfektion beinahe menschlich machte. Sie präparierte grundsätzlich nur Tiere, die eines natürlichen Todes gestorben waren. Deshalb riefen die Leute sie an, bei Tag und bei Nacht, wenn sie eine dieser armen Kreaturen in ihren Gärten, am Straßenrand oder auch am Strand gefunden hatten. Abby bekam dann Sätze zu hören wie: »Ich habe hier eine Elster auf meinem Balkon liegen. Das arme Ding ist geradewegs gegen die Fliegentür gedonnert. Sie ist noch nicht lange tot, aber vielleicht solltest du dich lieber gleich an die Arbeit machen, bevor die Fliegen kommen.« Oder: »Du musst unbedingt diese Buschratte aus der Kühltruhe holen, bevor Shivaun die Scheidung einreicht. Sie braucht den Platz, und ich bin ja nicht wahnsinnig und lege mich mit einer Schwangeren an.«

Abby konnte nicht sagen, was sie an der Tierpräparation so mochte, und sie hinterfragte diese Leidenschaft auch lieber nicht. Es war eine blutige, zugleich meditative Tätigkeit. Geld verdiente sie damit jedenfalls nicht.

Die wenigen Tiere, die sie nicht behielt, verschenkte sie – üblicherweise an Leute, die die Präparate mit zusammengebissenen Zähnen und entsetzt aufgerissenen Augen entgegennahmen. Dennoch hatte die Kunst des Präparierens eine wunderbar dunkle Faszination, die sie immer wieder bewog weiterzumachen. *Wenn der Tod das Leben imitiert*, dachte sie. Ein schöner Gedanke.

Schließlich fand sie den Altkleiderkarton zwischen

einer sandigen Picknickdecke, die nach Hund stank (was seltsam war, weil sie gar keinen Hund hatten), und einem Metallkorb voll alter Autoteile. Sie stopfte Schuhe, Hose und Hemd hinein, machte das Licht aus und ging ins Haus.

Das Heim der Gilpins war ein kleines, holzvertäfeltes Strandhaus, in dem so einiges nicht funktionierte: Die Fenster klemmten, die Rohre klapperten, die Steckdosen knisterten bedrohlich, wann immer man ein Elektrogerät einsteckte. Sie sparten auf eine Renovierung, aber vor der nächsten oder gar der übernächsten Saison würde es wohl nichts damit werden.

Abby hatte es nicht eilig. Sie liebte das Haus mit allen seinen Macken und Unzulänglichkeiten: die knarzenden Bodendielen, das ständige Ächzen des arbeitenden Holzes, die Fliegentür, die mitten in der Nacht endlos aufging und wieder zuschlug. Sie war kein Mensch, der sich beschwerte, ein Dasein in stiller Verzweiflung fristete und sich vor dem Altern fürchtete. Nein, so war Abby nicht. Sie war zufrieden mit sich und dem Rest der Welt. Glücklich.

Noch bevor sie die Küche betrat, wusste sie, dass sie dort ihren fünfzehnjährigen Sohn vorfinden würde: Der schwere Duft seines Lynx-Deos verriet ihn. Eddie stand mit einer blauen Schürze um die Hüften an der Arbeitsplatte und zerdrückte eine Knoblauchzehe. Eines Tages würde er einen gutaussehenden Mann abgeben, irgendwann in ferner Zukunft, wohingegen er aktuell gewissermaßen die Ichabod-Crane-Phase der Pubertät durchlief – viel zu lange Arme und Beine, die nichts als linkische, unkontrollierte Bewegungen zuwege zu bringen schienen, und ein Archipel aus wüsten violetten Aknepickeln auf der Stirn.

Er sah nicht auf, als Abby hereinkam.

»Was gibt's zum Abendessen?«, fragte sie.

»Vegetarische Gourmet-Pizza«, antwortete er mit emotionsloser Stimme, wie er sie vermutlich auch für einen Vortrag über die Erfindung der Leiter anwenden würde.

»Klingt aufregend.«

Mit einem gelangweilten Achselzucken wischte er routiniert die Messerklinge an der Schürze ab, kniff die Augen zusammen und begann, mit einer Entschlossenheit die Pilze zu schnippeln, als wollte er sie bestrafen.

»Nicht so hektisch«, mahnte Abby. »Wenn dein halber Finger drin landet, ist es nicht mehr vegetarisch.«

Er erwiderte nichts darauf. Miese Laune, tippte Abby. Sie nahm ein Bier aus dem Kühlschrank, als ihr Mann Ray aus dem Bad kam, frisch geduscht und duftend, mit noch nassem Haar.

»Auch ein Bier?«, fragte Abby.

»Wasser reicht.«

»Wasser statt Bier.« Sie schnitt eine Grimasse. »Ich dachte immer, ich kenne dich.«

Abby ging zwar regelmäßig joggen, glich ihr Fitnessprogramm jedoch mit einem ungesunden Maß an Zucker, Fett und Alkohol sorgsam wieder aus. Ray hingegen war derzeit auf einer Art Gesundheitstrip – was noch untertrieben war: Er unterwarf sich einem brutalen Fitnessregime, das an Selbstverletzung grenzte.

Er war niemals auch nur ansatzweise übergewichtig gewesen, sondern allenfalls kräftig gebaut, was ihm jedoch gut stand. In letzter Zeit jedoch bestand seine Brust aus einem deutlichen Relief aus Wölbungen und Konturen, die Haut spannte sich um seinen Kieferknochen, dessen markante Ausprägung ihr bislang nie aufgefallen war, und die Ärmel seiner T-Shirts spannten sich um einen strammen Bizeps. Die zunehmende Straffung und Festigung seines Körpers erinnerte Abby an eine archäologische Ausgrabungsstelle: Sie malte sich aus, wie die Forscher immer mehr Sand, Staub und Fett entfernten, bis nichts als das blanke Skelett übrigblieb.

»Klingt schwer nach Midlife-Crisis«, bemerkte sie, hielt ein Glas unter den Wasserhahn und reichte es ihm. »Bald fängst du noch an, dein T-Shirt in die Hose zu stecken.«

Er seufzte. *Vielleicht fasse ich ihn ja zu hart an*, dachte Abby und schlang die Arme um ihn. Sie konnte Ray deutlich spüren, gleichzeitig aber auch den Anti-Ray … Ray, von dem jemand die Kruste außen herum abgesäbelt hatte.

Erst jetzt ging ihr auf, dass es einige Zeit her war, seit sie zuletzt Sex gehabt hatten. Und noch länger, seit sie ihn vollständig nackt gesehen hatte. Die letzten Male hatten sie sich im Dunkeln geliebt. Und mit einer großen Flasche Rotwein intus.

Sie spürte seine Finger auf ihren Speckröllchen an der Taille, ehe er sie wegzog.

Weniger selbstsichere Frauen hätte es womöglich nervös gemacht, wenn ihr Partner systematisch sein Äußeres zu optimieren begann, doch Abby konnte die boshafte, wenngleich schuldbewusste Stimme in ihrem Innern nicht ignorieren, die ihr sagte, dass auch Rays Fitnesswahn nichts als eine Phase war. Letztes Jahr hatte er auf dem Festland ein paar Abendkurse belegt und sich als Neu-Entrepreneur gefühlt. Im Jahr zuvor hatte er das Thema Franchise für sich entdeckt gehabt. Wahrscheinlich setzte er sich nächsten Monat an den Schreibtisch, um seinen Romanbestseller zu Papier zu bringen, von dem er schon seit ihrer Hochzeit redete, ehe er anfing, Klavierstunden zu nehmen.

Sie brauchte lediglich abzuwarten. Der Gedanke mochte hässlich und gemein sein, trotzdem war etwas Wahres dran. Ray kapierte schlicht nicht – oder wollte nicht wahrhaben –, dass mehr als ein paar Stunden auf dem Laufband oder ein Semester BWL an der Volkshochschule nötig waren, um dieser Insel zu entkommen. Belport Island war bekannt dafür, dass sie einen festhielt; es war, als drücke sie einem den Kopf unter Wasser und flüstere einem *Ich werde dich niemals loslassen, Baby* ins Ohr. Diese Lektion hatte Abby schon vor langer Zeit gelernt, daher wusste sie, dass es leichter war, sich dem Sog zu ergeben, als gegen ihn anzukämpfen.

»Es ist nichts Schlechtes dran, wenn man versucht, etwas aus seinem Leben zu machen«, ertönte eine Stimme aus dem Flur, in einem Tonfall wie mit Rattengift bestreuter Erdbeerkuchen. Augenblicke später stapfte Lori in ihren Doc Martens, einem weiten Nirvana-Shirt und einem Gesicht wie drei Tage Regenwetter herein.

»Übrigens hat Eddie vergessen, das Brennholz reinzuholen, und jetzt ist es pitschnass.«

»Und deine Arme sind bloß angemalt, oder was?«, schoss Eddie zurück.

Lori verdrehte die Augen. Sie war ein bildhübsches Mädchen mit glattem dunklem Haar und feinen Gesichtszügen, die wie von einem Expertenteam zusammengestellt zu sein schienen, als hätte man versucht, ein Höchstmaß an Symmetrie zu erlangen. Irgendwann um die Zeit ihres dreizehnten Geburtstags war sie geheimniskrämerisch und berechnend geworden. Inzwischen war sie sechzehn, und nichts deutete auf eine baldige Änderung hin. Trotzdem war Abby bewusst, dass die Pubertät wie die Gezeiten war: Zuerst zog sie einen weg, dann spülte sie einen wieder zurück. Und wenn nicht, könnte aus Lori eines Tages immer noch eine erfolgreiche Managerin werden. Entweder das oder aber eine begnadete Serienmörderin.

»Ich finde es gut, dass du dich nicht mit dem

Erstbesten zufriedengibst, wenn du auch mehr haben kannst, Dad«, sagte sie.

»Danke, Schatz«, erwiderte Ray.

»Bei dem Wort *zufriedengeben* hat sie mich angeschaut«, sagte Abby. »Ich bin nicht die Einzige, der das aufgefallen ist, oder?«

Lori verschränkte die Arme vor der Brust. »Ich verstehe bloß nicht, wieso du dich so darum bemühst, dass er sich wie ein Idiot vorkommt.«

»Und ich verstehe nicht, wieso du dich so darum bemühst, dich wie ein Arsch aufzuführen«, konterte Abby.

»So sehr bemühen muss sie sich da gar nicht«, warf Eddie ein.

»*Ding, ding, ding*«, sagte Ray. »Runde eins ist beendet. Die Kontrahenten zurück in ihre Ecken.«

Lori zupfte eine Haftnotiz vom Kühlschrank und drückte sie Ray in die Hand. »Eileen Betchkie hat angerufen. Warum, hat sie nicht gesagt, dafür hat es eine Ewigkeit gedauert, bis sie es endlich raushatte. Ich dachte schon, ich müsste am Telefon übernachten.«

»Eileen?«, fragte Abby. »Warst du nicht heute bei ihr?«

Ray nickte. »Wahrscheinlich habe ich ein Büschel Rasen beim Mähen übersehen, und jetzt will sie, dass ich noch mal vorbeikomme und es wegmache. Ich rufe sie morgen an.«

Island Care bot hauptsächlich einen Betreuungsservice für leerstehende Ferienhäuser und Zweitwohnsitze auf der Insel an, doch auch wenn Ray in der kühleren Jahreszeit immer gut beschäftigt war, verdiente er trotzdem nicht genug, um sie über die Hauptsaison zu bringen, wenn die Touristen zurückkehrten und wieder selbst Hand anlegten. Deshalb nahm er auch Hausmeisteraufträge an, brachte Gärten in Schuss oder mähte den Rasen einheimischer Inselbewohner. Obwohl es Abbys Einschätzung nach eigentlich leichter sein müsste, für Ortsansässige zu arbeiten, empfand Ray es stets als latente Demütigung. Trotzdem – sie waren nicht in der Position, diese Aufträge abzuschlagen.

»Wahrscheinlich fühlt sie sich bloß einsam«, meinte sie.

»Oder sie steht auf Dad«, schlug Lori vor.

»Ich fürchte, ihr habt leider beide recht«, sagte Ray.

Er setzte sich an den Küchentisch und starrte auf den beachtlichen Stapel Rechnungen, als lasse sich allein durch intensives Hinsehen die Fälligkeit nach hinten schieben. »Irgendeine Chance, dass du eine zusätzliche Schicht bei Buy & Bye abkriegst?«, fragte er Abby.

»Um diese Jahreszeit kaum«, antwortete sie. »Ich kann ja trotzdem mal fragen. Aber wir kommen doch klar, oder?«, fügte sie beim Anblick seiner besorgten Miene hinzu.

»Immer«, antwortete er. »Wenn wir eines in dieser Familie können, dann ist es überleben.«

3

– Die Witwe –

»John Paul Getty III war der Enkel eines berühmten amerikanischen Ölmilliardärs«, erklärte Fisher Keddie und stapfte in dem hell erleuchteten Befragungsraum irgendwo im ersten Stock der Brighton Police Station auf und ab. »Er wurde 1973 entführt, und als sein Großvater sich weigerte, das Lösegeld zu bezahlen, haben die Kidnapper ihm kurzerhand ein Päckchen mit John Pauls Ohr geschickt. Seinem *Ohr.*«

Johns Vater hatte darauf bestanden, sich mit Kate auf dem Polizeirevier zu treffen. Er war klein und massig, mit beginnender Glatze und einer Brille, die zu winzig für sein dickliches Gesicht wirkte. In seinen sonst so gelassenen, nachdenklichen Augen stand blanke Panik.

»Und dann ist da noch Walter Kwok«, fuhr er fort. »Und Frank Sinatras Sohn. Die Liste ist endlos. Es sind alles Söhne reicher Männer, die entführt wurden, um deren Familien zu schröpfen. Das muss der Grund sein. Es gibt keine andere Erklärung.«

Der Polizist, der ihre Vermisstenanzeige aufnahm,

wartete Fishers Ausbruch geduldig ab. Er war groß und hatte sich offensichtlich schlampig rasiert, weil auf seiner linken Wange eine kleine Insel schwarzer Stoppeln prangte, von der Kate kaum den Blick lösen konnte. Er hatte ihr seinen Namen genannt, allerdings hatte Kate ihn nicht richtig mitbekommen, und das Namensschild an seiner Brusttasche war zu abgenutzt, um die Buchstaben ausmachen zu können.

»Hat John irgendwelche auffälligen Narben oder Tätowierungen, die die Identifikation erleichtern würden?«, fragte der Polizist, als ihm eine Pause in Fishers Wortschwall die Gelegenheit dazu bot.

»Ich habe das Gefühl, Sie hören mir gar nicht zu«, motzte Fisher prompt. »Unsere Familie ist millionenschwer. Wir sollten doch … keine Ahnung … Fangschaltungen einrichten, für den Fall, dass eine Lösegeldforderung eingeht. Und, ja, auf dem linken Unterarm hat er eine Narbe. Er ist mit neun von der Schaukel gefallen.«

»Das stimmt nicht«, warf Kate ein. »Vor der Hochzeit hat er sie bei einem plastischen Chirurgen entfernen lassen, weil er sie nicht länger wollte. Ich mochte sie, aber er konnte sie nicht ausstehen, weil sie wie Baked Beans aussah, meinte er.«

Im Zweifingersystem tippte der Polizist die Antwort in seinen Computer, ehe er die nächste Frage vom Bildschirm ablas. »Liegen schwerwiegende Krankheiten vor?«

»Nein«, antwortete Kate.

»Nimmt John irgendwelche verschreibungspflichtigen Medikamente?«

»Wie liefe das hier ab, wenn es sich um eine Frau handeln würde?« Fisher trat zu ihnen an den Tisch. »Sie würden sofort Hubschrauber und Hundestaffeln losschicken und von Tür zu Tür Befragungen durchführen.«

»Ist Drogen- oder Alkoholabusus bekannt?«

»Nein«, antwortete Kate.

»Hat Ihr Ehemann jemals Selbstmordandeutungen gemacht?« Sein Tonfall war trockener als ein ungebutterter Toast.

»Großer Gott«, stöhnte Fisher. »Natürlich nicht. John ist ein ganz normaler Mann. Er ist glücklich.«

Ist er das?, dachte Kate. Allmählich war es, als redeten sie nicht länger über ihren Mann, sondern über einen Fremden. Eine Vermisstenanzeige aufzugeben wies durchaus Ähnlichkeiten mit einem Bewerbungsgespräch oder einer Anfrage für einen Kredit auf: Man musste sich Dutzende Fragen anhören und kam sich mit jeder weiteren noch blöder oder naiver vor.

»Was machen Sie beruflich, Mrs Keddie?«, wollte der Beamte wissen.

Kate hasste diese Frage. »Ich bin Hausfrau und Mutter.«

»Ah, Sie haben Kinder?«

»Ja. Eine Tochter. Mia. Sie ist zehn. Ich wollte sie

heute nicht zur Schule schicken, deshalb ist sie gerade bei ihrer Großmutter.«

Der Polizist entdeckte einen Fettfleck auf der Leertaste und bearbeitete ihn mit seinem gut befeuchteten Zeigefinger. »Ist Ihr Mann gerne Arzt?«

»Doktor der Medizin«, korrigierte Fisher. »Und, ja, er hat Freude an seinem Beruf. Große Freude sogar.«

»Trotzdem ist es nicht gerade ein Spaziergang, in der Palliativmedizin zu arbeiten. Meine Frau und ich mussten meinen Schwiegervater in einem Hospiz unterbringen. Das Trinity konnten wir uns nicht leisten, aber ich gehe davon aus, dass sie im Grunde alle ähnlich sind. Der Tod ist ein ständiger Begleiter in diesen Einrichtungen. Es muss ziemlich deprimierend sein, so etwas permanent um sich herum haben zu müssen. Hat John deshalb gekündigt?«

»Ich weiß es nicht«, gestand Kate und bemühte sich, nicht resigniert zu klingen. »Er hat es mir nicht gesagt.«

»Er hat Ihnen nicht erzählt, weshalb er gekündigt hat?«

»Er hat ihr nicht erzählt, *dass* er gekündigt hat«, warf Fisher ein. »Und auch sonst niemandem in der Familie. Wir wissen es erst seit gestern.«

»Er hat es Ihnen beiden also vorenthalten?«, hakte der Beamte nach. »Wie erklären Sie sich das?«

»Ich habe keine Ahnung«, antwortete Kate. »Ich wünschte, ich hätte eine.«

Der Polizist lehnte sich auf seinem Stuhl nach hinten. »Erzählen Sie mir mehr über diese Konferenz.«

»Es ist ein zehntägiges Palliativkolloquium, zu dem das Trinity jedes Jahr einen Vertreter schickt. Es findet immer an einem anderen Ort statt. Letztes Jahr war es in San Francisco, das Jahr zuvor in Schweden, glaube ich. Eigentlich wollte John nicht hin, aber es fiel wohl in letzter Minute jemand aus, deshalb blieb ihm nichts anderes übrig.«

»Wie kurzfristig war es denn?«

»Er hat wenige Tage davor davon erfahren.«

»Aber Sie haben Grund zur Annahme, dass er nicht an der Konferenz teilgenommen hat.«

»Ich habe in dem Hotel angerufen, wo sie stattfand. Eigentlich sollte John dort ein Zimmer haben, aber man konnte keine Reservierung finden. Dann habe ich die Fluggesellschaft angerufen. Seine Flugdaten stimmten, aber er ist nie in die Maschine gestiegen. Soweit ich weiß, hat er nicht mal ein Ticket gekauft.«

»Haben Sie irgendeine Ahnung, wo Ihr Ehemann sich die letzten zwei Wochen aufgehalten haben könnte?«

»Nein.«

Die viel bedeutsamere Frage war, was John während der letzten drei Monate getan hatte, während er hätte bei der Arbeit sein sollen. Übelkeit stieg in ihr auf. Einige Teile ihres Körpers waren wie betäubt, andere schmerzten, ihre Brust war eng. Es war, als hätte sie jede Kontrolle über sich verloren. Sie schwankte unablässig zwischen Angst, Wut und der Frage, wo er die ganze Zeit gewesen war und wo er sich jetzt aufhielt, in diesem Moment.

Wenn er nicht tagtäglich in den frischen Hemden, die Kate ihm gebügelt hatte, ins Hospiz gegangen war, wohin dann? Wie hatte er seine Tage zugebracht? Mit wem?

»Standen Sie mit Ihrem Mann seit seiner Abreise in Kontakt?«, wollte der Polizist wissen.

»Wir haben alle paar Tage über Skype gesprochen.«

»Und es hatte den Anschein, als sei er in London?«

»Er schien sich in einem Hotelzimmer aufzuhalten. Es war nicht gerade Big Ben im Hintergrund zu sehen, aber ich hatte keinen Grund zur Annahme, dass er nicht in London ist.«

»Und hat er Ihnen bei den Gesprächen irgendwie das Gefühl gegeben, dass etwas nicht stimmt?«

Wenn wir nicht über die Monster reden, die es in dieser Welt nun mal gibt, sind wir auch nicht auf sie vorbereitet, wenn sie plötzlich unter dem Bett hervorspringen, hörte sie Johns leise Stimme sagen.

»Es wirkte so, als hätte er Heimweh«, sagte Kate. »Er hat uns vermisst. Er meinte, er wolle endlich wieder nach Hause kommen.«

»Sonst noch etwas?«

»Was denn zum Beispiel?«

Der Polizist zuckte die Achseln, viel zu beiläufig für Kates Geschmack. »Kam Ihnen etwas seltsam an ihm vor? Wirkte er bedrückt? Oder ist Ihnen sonst etwas Ungewöhnliches an seinem Verhalten aufgefallen? Etwas, das man als Ehefrau merkt?«

Fisher rümpfte die Nase, erhob sich mit einem übertriebenen Seufzer und trat ans Fenster. Kurz kniff er die Augen gegen die hereinfallende Sonne zusammen und schüttelte den Kopf.

Der Polizist beobachtete ihn einen Moment lang. »Möchten Sie noch etwas hinzufügen, Mr Keddie?«

»Kate ist nicht der Typ …« Mit einer resignierten Handbewegung ließ er seine Stimme verklingen. »Vergessen Sie's. Es ist nicht wichtig.«

»Nicht der Typ wofür?«, hakte Kate nach.

Er sah sie an, dann blickte er auf seine Füße. »Du bist nicht der Typ Ehefrau, dem etwas auffällt, Kate. Sollte ihn jemand in eine Falle gelockt und bedroht haben, hat er dir vielleicht ein heimliches Signal geschickt oder so was.«

»Aber da war nichts.«

»Bist du sicher? Nimm's mir nicht übel, Kate, aber du hast manchmal eine ziemlich schwammige Art an dir, eine Passivität bis an die Grenze der Substanzlosigkeit. Herrgott noch mal, ich brauche dringend eine Zigarette. Was für eine Scheiße, dass man hier drin nicht rauchen darf.«

Kate presste die Lippen aufeinander und versuchte, seiner Bemerkung keine allzu große Bedeutung beizumessen. Er hatte Angst um seinen Sohn, die er auf sie projizierte. Trotzdem waren seine Worte wie ein Schlag ins Gesicht. *Passivität bis an die Grenze der Substanzlosigkeit.* Hatte John sie nicht immer genau so haben wollen?

Der Polizist räusperte sich ungeduldig. »Besitzt Ihr Mann einen Wohnwagen, eine Hütte, ein Ferienhaus, eine leerstehende Immobilie oder sonst etwas in der Art?«

»Wir haben ein Ferienhaus auf Belport Island«, antwortete sie und spürte, wie sich Fishers Blick in ihren Hinterkopf bohrte. »Aber dort würde John nicht hingehen. Er kann die Insel nicht ausstehen.«

»Aber in dem Fall ist es doch seltsam, sich dort ein Ferienhaus zu kaufen, oder nicht?«

»Das haben wir auch nicht«, antwortete Kate. »Das Haus war ein Hochzeitsgeschenk von Johns Eltern.«

»Wir haben dort die Sommer verbracht, als John noch klein war«, erklärte Fisher.

Der Polizist lehnte sich auf seinem quietschenden Stuhl nach hinten und stieß einen Pfiff aus. »Wahnsinn. Ich habe zur Hochzeit eine Servierplatte und zwei Toaster bekommen.«

Weder Kate noch Fisher fanden die Bemerkung sonderlich witzig; zumindest in dem Punkt waren sie sich einig.

»Haben Sie irgendeinen Verdacht, ob Ihr Ehemann von jemandem entführt oder verletzt worden sein könnte?«

»Eigentlich nicht«, antwortete Kate zögerlich.

»Gibt es irgendjemanden, der ihm etwas antun wollen könnte?«, fragte der Beamte weiter. »Hat er Feinde? Leute, mit denen er sich nicht versteht?«

Fisher holte Luft und setzte zum nächsten Wutanfall an, doch der Polizist brachte ihn mit einer Geste zum Schweigen.

»Ich frage Mrs Keddie«, sagte er und wandte sich wieder Kate zu.

»Nein«, sagte sie. »Alle mögen John. Er ist ein sehr warmherziger Mensch, sehr charmant. Auf Dinnerpartys ist er immer der Gast, neben dem am liebsten alle sitzen würden.«

»Sie halten es also für wahrscheinlicher, dass er aus freien Stücken verschwunden ist?«

»Er würde nie im Leben einfach abhauen, ohne jemandem Bescheid zu sagen«, warf Fisher ein. »Das würde er Mia niemals antun.«

»*Mir* würde er das nicht antun«, sagte Kate.

Fisher ließ die Bemerkung unkommentiert. Die Augen des Polizisten schimmerten bläulich im Schein des Bildschirms.

»Wie würden Sie Ihre Ehe einstufen?«, wollte er von Kate wissen.

»Wie ich sie *einstufen* würde?«

»Würden Sie sie als erfolgreich bezeichnen?«

Sie wollte etwas erwidern, doch mit einem Mal war ihr Mund wie ausgedörrt. Beim Gedanken an ihre Ehe hatte sie einst ein atemberaubendes Heim auf einem weitläufigen Grundstück auf einer Klippe hoch über dem Wasser vor Augen gehabt, nun sah sie dasselbe Haus vor sich, aber auf morschen Balken stehend, von Termiten zerfressen und mit jedem Tag ein Stück weiter dem Abgrund zugeneigt.

»Glücklich«, sagte sie schließlich. »Ich würde meine Ehe als glücklich einstufen.«

Da ist es wieder, das Wort, dachte sie und zog die Sporttasche, die sie mitgebracht hatte, unter ihrem Stuhl hervor, stellte sie vor sich auf den Tisch und öffnete den Reißverschluss.

Der Polizist hob eine Braue. »Was ist das?«

»Ich habe im Internet gelesen, dass Sie wohl einen Blick auf Johns elektronische Kommunikation werfen und eine DNS-Probe von ihm nehmen wollen. Deshalb habe ich sein iPad mitgebracht, außerdem seine Zahnbürste, einen Kamm und ein paar alte Rasierklingen, die ich im Schrank gefunden habe. Ich wusste nicht genau, wie das mit der DNS-Probe funktioniert, hoffe aber, dass die Sachen okay sind. Ich habe beim Zusammenpacken Gummihandschuhe getragen.«

Er schürzte die Lippen und legte in einer sarkastischen »Ach, wie süß von Ihnen«-Geste den Kopf schief. »Meine Kollegen melden sich gegebenenfalls bei Ihnen, aber für den Moment können Sie die Sachen erst mal behalten.«

Kate kam sich wie eine Idiotin vor, als sie die Tasche

wieder schloss. Unter dem Tisch legte sie die Hände auf ihre Knie und grub ihre Nägel in den Stoff ihrer Hose.

»Und wie geht's jetzt weiter?«, fragte Fisher. »Geben Sie eine AMBER-Suchanzeige raus?«

»AMBER-Suchmeldungen gibt es nur für vermisste Kinder«, antwortete der Polizist. »Nein, mein Bericht wird in unsere Datenbank aufgenommen und mit Meldungen aus Krankenhäusern und über Notarzteinsätze abgeglichen.«

»Das ist alles?«

»Nach allem, was Sie mir erzählt haben, besteht kein Grund zu der Annahme, dass ein Verbrechen vorliegt. Im Allgemeinen wird ein Ehepartner, der nicht gegen das Gesetz verstoßen oder sich einfach eine Weile nicht mehr gemeldet hat, als geringgradig gefährdet eingestuft.«

»Geringgradig gefährdet?«, blaffte Fisher. »*Geringgradig gefährdet*? Wir sprechen hier von meinem Sohn!«

»Fisher, bitte«, sagte Kate. »Panik bringt uns auch nicht weiter.«

»Herumzuhocken und Däumchen zu drehen genauso wenig.«

»Also«, schaltete sich der Beamte wieder ein, »in Fällen wie diesem taucht die vermisste Person meistens innerhalb von ein, zwei Tagen wieder auf. In der Zwischenzeit sollten Sie sich an Freunde und Familie wenden, um herauszufinden, ob jemand von ihm gehört hat. Oder Sie klappern die Orte ab, an denen er sich üblicherweise aufgehalten hat, wie etwa ein Fitnessstudio oder sein Lieblingspub. Ich an Ihrer Stelle würde allerdings erst einmal die Frage klären, weshalb er seinen Job gekündigt hat.«

Das Trinity Health Centre for Palliative Care war ein weitläufiges, verglastes Gebäude inmitten von großzügigen Rasenflächen und Gärten mit heimischen Pflanzen und einer sorgfältig getrimmten Hecke ringsum, die die Geräuschkulisse der Stadt schluckte. Es war ein friedlicher Ort, trotz – oder gerade wegen – der Menschen, die zum Sterben hierherkamen. Für Kate jedoch hatte das Hospiz ganz und gar nichts Friedliches. Vielmehr empfand sie es bestenfalls als bedrückend; schlimmstenfalls, wie heute, sogar als gespenstisch.

Sie hatte Fisher nicht erzählt, dass sie herkommen würde, sonst hätte er nur darauf bestanden, sie zu begleiten, und sie war nicht sicher, wie lange sie ihn ertragen könnte, ohne dass sie einen Tobsuchtsanfall bekam.

Sie stellte den Lexus am Ende des Parkplatzes ab, neben einer kleinen Holzjurte mit einem Schild *Gebetsraum* über der Tür, die durch einen gläsernen Gang mit dem Hauptgebäude verbunden war. Kate folgte dem Gang in die große, in beruhigenden Blau- und Grüntönen gestrichene und mit dezenten introspektiven Kunstwerken ausgestattete Eingangshalle.

Mitten in der Lobby stand ein plätscherndes Wasserspiel im japanischen Stil. Manchmal fragte sie sich, wohin sich die Leute sonst zum Sterben zurückzogen, denn diese Einrichtung hier konnte sich ja kaum einer leisten.

Hinter der Rezeption saß ein schlanker Mittzwanziger in einem maßgeschneiderten grauen Anzug und mit einem schwarzen Turban. Im ersten Moment trat ein Lächeln auf seine Züge, das jedoch verblasste, als er Kate erkannte. »Hallo, Kate, das ist ja eine Überraschung.«

»Hi, Chatveer«, sagte sie. »Ist Holly da?«

»Haben Sie einen Termin mit ihr vereinbart?«

»Es dauert bloß ein paar Minuten.«

Kurz trommelte er mit den Fingern auf die Tischplatte und blickte den hell erleuchteten Korridor zum Haupttrakt hinunter, ehe er sich ihr wieder zuwandte. »Darf ich Ihnen einen Rat geben, Kate? Als Freund?«

Sind wir denn Freunde?, dachte sie.

»Holly hat mir von …« Er hielt inne und wählte seine Worte mit Bedacht. »… dem *Missverständnis* zwischen Ihnen und John erzählt. Sie möchte da nicht hineingezogen werden. Und ehrlich gesagt wollen *Sie* sie da auch nicht hineinziehen. Sie sollten mit John darüber reden. Das ist das Beste für alle Beteiligten, glauben Sie mir.«

»Das würde ich ja gern«, sagte Kate. »Aber John wird vermisst.«

Die Worte fühlten sich wie Glasscherben in ihrem Mund an, hart und scharfkantig.

»Vermisst?«

»Ich habe seit drei Tagen nichts von ihm gehört. Es muss einen Grund geben, weshalb er mir nichts von seiner Kündigung erzählt hat. Und vielleicht gibt es einen Zusammenhang zwischen dem und der Frage, wo er sich aufhält. Bitte.«

Er nickte knapp. »Ich hole Holly.«

Holly Cutter bot Kate einen Platz an einem der Tische in der Cafeteria an und erkundigte sich, ob sie einen grünen Tee haben wolle. Kate verneinte, doch Holly trat dennoch zu der Station in der Ecke, um sich selbst einen zuzubereiten.

Eine Handvoll Mitarbeiter räumte die Tische ab, polierte Besteck und bemühte sich nach Kräften, geschäftig zu wirken. Zwei Frauen mittleren Alters – Schwestern, wie Kate vermutete – saßen mit zwei Tassen schwarzem Kaffee und einem halb aufgegessenen Sandwich zwischen sich an einem Tisch in der Nähe der Speisenausgabe. Eine der Frauen weinte, die andere starrte durch die regennasse Fensterfront an der hinteren Wand nach draußen.

Die Worte des Polizisten kamen Kate wieder in den Sinn. Das Hospiz war tatsächlich ein deprimierender Ort, um seinen Arbeitstag zu verbringen. John sprach nur selten von seiner Arbeit, und Kate fragte ihn nur selten danach. In einem Hospiz zu arbeiten war kein gewöhnlicher Job, und wenn er abends nach Hause kam, schien es schlicht unangemessen, fröhlich »Hallo, Schatz! Und wie war dein Tag heute so?« durch den Flur zu trompeten. Wann immer Freunde oder Familienmitglieder sich bei John nach seiner Arbeit erkundigten, wechselte er möglichst schnell das Thema, und für die wenigen, die nicht lockerließen, hatte er eine Handvoll bedeutungsloser Klischees parat: *Es ist ein gutes Gefühl, den Menschen etwas zurückzugeben. Viele haben ja niemanden sonst. Tagtäglich mit dem Tod konfrontiert zu sein erinnert einen daran, wie wertvoll das Leben doch ist.*

Kate war stets davon ausgegangen, dass er schon mit ihr reden würde, falls er das Bedürfnis hatte; nun fragte sie sich allerdings, ob er sie vor etwas zu beschützen versucht hatte. Waren das die Monster, von denen er gesprochen hatte?

Holly setzte sich gegenüber von Kate an den Tisch und sah auf ihre Uhr.

»Ich habe nicht viel Zeit«, sagte sie.

»Ich habe auch nur zwei kurze Fragen«, erwiderte Kate. »Ich muss wissen, weshalb John gekündigt hat und wieso er mir nichts davon sagen wollte.«

Holly runzelte die Stirn. »Ob ich Ihnen bei der zweiten Frage helfen kann, weiß ich nicht, für die erste könnte ich jedoch eine Erklärung haben. Johns Kündigung war meine Idee.«

»Sie haben ihn gefeuert?«

»Nein. Ich habe ihm dargelegt, was auf dem Spiel

steht, wenn er bleibt.« Sie ließ ihren Teebeutel in der Tasse kreisen, nahm ihn heraus und legte ihn auf den Tisch, wo er mit einem leisen Platschen landete. »John hat gute Arbeit geleistet, und es war sehr bedauerlich, ihn zu verlieren. Er konnte sehr gut mit den Patienten, die Mitarbeiter mochten ihn, und seine Forschungen haben sehr positive Ergebnisse zu Tage gefördert. Aber all das brauche ich Ihnen wohl nicht zu erzählen.«

»Nein«, log Kate. John hatte nie ein Wort über seine Forschungsarbeit verloren.

»Es tat mir sehr leid, ihn zu verlieren«, fuhr Holly fort. »Aber noch mehr hätte ich es bedauert, wenn er geblieben wäre.«

»Was genau meinen Sie damit?«

»Hat John jemals mit Ihnen über den Begriff ›Seelenqual‹ gesprochen?«

Kate schüttelte den Kopf.

»Das wundert mich nicht. Jemandem, der nicht in diesem Beruf arbeitet, ist es schwer zu erklären. John war hier nicht nur Arzt, sondern auch Seelsorger. Das ist ganz normal in der Palliativmedizin. Wir heilen nicht, sondern begleiten. Aber so angenehm und schön man es einem Patienten im Endstadium auch macht, ändert es dennoch nichts an dem, was danach kommt. Das A und O ist, ihnen zu helfen, ihren Frieden zu finden, ehe es zu Ende geht.« Sie hielt kurz inne. »Wir Menschen in westlichen Kulturkreisen haben unsere Beziehung zum Tod ziemlich verhunzt«, fuhr sie fort. »Wir verbringen unser Leben damit, nicht darüber nachzudenken, gleichzeitig hoffen wir, mit dem Tod unseren Frieden geschlossen zu haben, wenn es so weit ist, nach der Devise *Damit befassen wir uns dann, wenn es so weit ist.* Aber so läuft es nun mal in der Regel nicht. Stattdessen empfinden viele eine Art … Leere, wenn das Ende naht.«

»Eine Leere?«

Nickend blickte Holly auf ihre Finger, als gehörten sie nicht zu ihrem Körper.

»Hier herrscht sehr große Traurigkeit, Kate, aber noch mehr Wut. Und Schuldgefühle. Als medizinische Leiterin habe ich nicht mehr viel mit der praktischen Arbeit als Ärztin zu tun, trotzdem rede ich sehr oft mit unseren Patienten. Zumindest mit denen, denen es noch gut genug geht, um überhaupt reden zu können. Wir unterhalten uns übers Wetter, über Musik oder darüber, wer ein Cricketspiel gewinnt. Manchmal kommen auch Sätze wie: *Es ist, als hätte Gott diesen Ort längst vergessen,* oder: *Womit habe ich das hier verdient?* Sie erzählen mir, dass sie keinerlei inneren Frieden empfinden. Genau das meine ich mit Seelenqual.«

Kate wartete schweigend.

»Wenn man lange genug in der Branche ist, fällt einem die Diagnose leicht. Manchmal genügt schon ein Blick in die Gesichter der Leute. Die Iris wirkt um einige Nuancen dunkler. Normalerweise passiert das bei den Patienten, aber hier und da beobachtet man es auch bei Kollegen und Mitarbeitern.«

»Wollen Sie damit sagen, John hätte unter Seelenqualen gelitten?«

»Ich sage, mir ist vor sieben Monaten aufgefallen, dass seine Iris plötzlich ein paar Nuancen dunkler war.«

»Und was ist vor sieben Monaten passiert?«

Holly zuckte roboterartig die Schultern. »Der Damm wurde immer größer«, flüsterte sie, beinahe zu sich selbst.

»Ich verstehe nicht ganz.«

»Ein Job wie dieser fordert einen emotional sehr stark«, erklärte Holly. »Deshalb trainieren wir etwas, das man ›Blätter auf dem Fluss‹ nennt. Es ist eine einfache Achtsamkeitsübung, die einem helfen soll, sich aus einem Geflecht negativer Gedanken zu befreien. Die Idee dahinter ist, dass man sich einen Fluss vorstellen und dann jeden einzelnen Gedanken nehmen und auf ein Blatt legen soll, das man dann aufs Wasser legt und davontreiben lässt. Aber es kann nur eine bestimmte Anzahl von Blättern auf dem Strom schwimmen, ehe sie zu einem Damm werden, der das Wasser aufstaut.«

»Und das ist mit John passiert? Er war ... gestresst?«

»Unter *Stress* leiden Menschen in Anwaltskanzleien oder Werbeagenturen. Jemand, der in der Palliativpflege arbeitet, leidet unter *Seelenqualen.*«

Frustriert schüttelte Kate den Kopf. Sie war hergekommen, um Antworten zu bekommen, stattdessen servierte Holly ihr nichts als Metaphern und Euphemismen. Am liebsten hätte Kate sie geohrfeigt und sie angeschnauzt, sie solle gefälligst wie ein normaler Mensch mit ihr reden, doch sie holte tief Luft und fragte: »Und welches war das Blatt, das den Fluss hat anstauen lassen?«

Holly lehnte sich zurück und nippte an ihrem grünen Tee. »Hat John jemals von Annabel erzählt?«

Kate schüttelte den Kopf.

»Annabel war Johns Patientin. Sie war erst Mitte sechzig und eigentlich viel zu jung, um hier zu sein. Annabel litt unter einer Lungenfibrose im fortgeschrittenen Stadium. Das ist eine degenerative, chronische Krankheit, bei der sich verstärkt Bindegewebe zwischen den Lungenbläschen bildet und die Lunge dadurch vernarbt und verhärtet, was das Atmen erschwert und wodurch sich der Sauerstoffgehalt im Blut gefährlich reduziert. Sie war Raucherin und hatte eine Strahlentherapie wegen Lungenkrebs hinter sich, wodurch der Krebs zwar geheilt werden konnte, aber als Nebenwirkung die Fibrose entstanden ist. Das Universum kann manchmal wirklich grausam sein. Annabel und John mochten sich sehr. Eigentlich darf man keine Patienten bevorzugen, aber es gibt nun mal Menschen, bei denen es einfach ›Klick‹ macht, und dann geht einem der Tod logischerweise ziemlich an die Nieren.«

»Und genau das ist passiert?«

»Nach Annabels Tod fiel John in ein tiefes Loch«, fuhr Holly nickend fort. »So eine Phase entwickelt sich schleichend, aber wenn ich einen Zeitpunkt benennen müsste, würde ich sagen, Annabels Tod war das Blatt, das den Fluss hat anschwellen lassen. Danach wurde John distanziert. Kalt. Er hat allein im Wagen zu Mittag gegessen, hat die Schwestern angeschnauzt. Es war, als hätte er eine Mauer um sich herum errichtet.«

»Und was ist dann passiert?«, fragte Kate.

»Ich habe ihn daran erinnert, dass er jederzeit zu mir kommen kann, wenn er reden will; sollte aber die Qualität seiner Arbeit weiter leiden, sei wohl ein ernsteres Gespräch fällig. Am nächsten Tag hatte ich seine Kündigung auf dem Tisch.«

Schuldgefühle regten sich in Kate, legten sich wie eine Nebeldecke über sie. Ihr Ehemann hatte seelische Höllenqualen durchlitten, ohne dass sie, seine Frau, es mitbekommen hatte.

Passivität bis an die Grenze der Substanzlosigkeit, so hatte Fisher es genannt. Die Treffsicherheit seiner Einschätzung tat weh. Und das galt nicht nur für John: Auch bei der Arbeit hatte sie sich immer so verhalten, tat es vielleicht selbst jetzt noch im Umgang mit ihren Freundinnen oder im Schulbeirat – arbeiten, um anderer Leute kühne Visionen und Träume umzusetzen. Sie war die stets bemühte Assistentin, die bereitwillig unterstützte, half, herumfuhr, organisierte. Das erlaubte ihr, sich auf sicherem Terrain zu bewegen, bedeutete aber auch, dass sie die letzten beiden Jahrzehnte weitgehend in einer Blase gelebt hatte, einem behaglich warmen Kokon, in dem sie mit Freuden gerne für den

Rest ihres Lebens geblieben wäre. Doch seit dem Flughafen, seit der Unterredung auf dem Revier, seit der Erkenntnis, dass John um eine Frau getrauert hatte, von der sie noch nie gehört hatte, knackte die Schale dieses Kokons. Die Frage war nur, was zum Vorschein käme, wenn er vollends zerbrach.

»Versuchen Sie bitte, das zu verstehen«, fuhr Holly fort. »Normalerweise schmeißen die Leute einen Job in der Palliativpflege nicht hin, weil sie eine Beförderung oder ein besseres Angebot bekommen haben. Sondern weil es sie auffrisst, wenn sie noch länger bleiben. Ich wollte nicht, dass John uns verlässt, aber dass das mit ihm passiert, war auch keine Alternative.«

Die beiden Frauen am Fenster standen auf und hielten einander einen Moment lang in den Armen, ehe sie langsam den Weg zur Station einschlugen.

»Was glauben Sie, wo er ist, Holly?«, fragte Kate. »Wohin gehen Menschen, wenn sie unter Seelenqualen leiden?«

Wieder kamen dieses roboterhafte Achselzucken und ein Blick auf die Uhr. Mehr würde Kate nicht aus ihr herausholen, auch wenn es keineswegs viel zu sein schien.

Sie stellte sich das Ufer eines Flusses vor, an dem sich ein dichter Teppich toter, welker Blätter wölbte. Und dann sah sie sich selbst, wie sie ins Wasser glitt und untertauchte.

4

– Die Ehefrau –

Abby rollte auf den Rücken und zog die Decke gegen die morgendliche Kälte enger um sich. Neben ihr reckte sich Ray, schwang laut gähnend die Füße aus dem Bett und fuhr sich mit seinen Pranken übers Gesicht. Als Selbstständiger galten die üblichen Arbeitszeiten für ihn nicht, daher kam es ziemlich häufig vor, dass er so früh aufstand.

»Was soll das denn werden?«, fragte Abby. »Ich brauche meine lebende Wärmflasche.«

»Ich war letzte Woche bei Lance und Sally Thinner und habe vergessen, die blöden Sturmschutze wieder vor die Fenster zu schrauben, glaube ich. Gestern Abend hat es ziemlich heftig gestürmt, deshalb habe ich keine Ruhe, bis ich noch mal nachgesehen habe, ob alles in Ordnung ist.«

»Dieses Haus mit der Sauna im Freien?«

»Sauna *und* Dampfbad«, antwortete er. »Das scheinen zwei verschiedene Dinge zu sein.«

Ray betreute fast die Hälfte der Anwesen auf der

Insel; neben allgemeinen Gartenarbeiten und der Behebung von Sturmschäden brachte er auch Alarmanlagen auf Vordermann und achtete darauf, dass sich keine Hausbesetzer einnisteten oder eingebrochen wurde.

In einer verschlossenen Kiste im Fußraum seines Lasters verwahrte er Schlüssel und Alarmcodes für all die Häuser, die er betreute, allerdings betonte er immer wieder, es sei bei Weitem nicht so aufregend, sich in den riesigen, leeren Luxusschuppen anderer Leute aufzuhalten, wie Abby es sich ausmalte. Stattdessen fühle er sich an manchen Tagen wie Jack Nicholson, der durch die leeren Hotelflure schlurfe und Ausschau nach den Geistern toter Kinder halte.

»Dann wollen wir mal hoffen, dass du nicht den Verstand verlierst und deine Familie mit einem Krocketschläger ermordest«, hatte Abby einmal gesagt.

»War es nicht eine Axt?«

»Im Buch verwendet er einen Krocketschläger, für den Film haben sie es in eine Axt geändert.«

»Wenn du es sagst, wird es schon so sein.«

Abby lächelte bei der Erinnerung. Unterdessen war Ray ächzend aufgestanden, schnappte sein Arbeitshemd, das er am Vorabend über die Lehne des Sessels in der Ecke bereitgelegt hatte, und knöpfte es eilig gegen die beißende Kälte zu. Abends hielt das Kaminfeuer im Wohnzimmer das Haus schön warm, doch so viel Abby auch vor dem Schlafengehen nachlegte, erlosch es unweigerlich über Nacht.

»Herrgott, ist das kalt«, zischte er. »Meine Finger sind sogar zu klamm, um die Hemdknöpfe zuzukriegen.«

»Ich sehe es«, bemerkte sie mit einer Geste auf seine Brust. Er sah an sich hinunter und fluchte leise – es war verkehrt zugeknöpft. »Du arbeitest heute Abend, richtig?«

»Ja, Spätschicht, deshalb brauchst du nicht auf mich zu warten.«

»Wir geben uns also praktisch die Klinke in die Hand.«

Als er das Schlafzimmer verließ, nahm er auch noch den Rest der Wärme mit sich. Sie lauschte seinen Schritten den Korridor entlang und die Treppe hinunter, hörte die Haustür, gefolgt vom Scheppern und Dröhnen, als der Laster ansprang, ehe er die Einfahrt hinunterfuhr, auf die Mill Street bog und endgültig verschwand. Zurück blieben nur die Flammenbrustschnäpper, die vor dem Fenster zwitscherten.

Die Lust auf einen Kaffee trieb Abby aus dem Bett. Sie stand auf, machte halbherzig das Bett und ging nach unten, um den Kamin anzuzünden, was sich als nicht ganz einfach entpuppte, weil das einzige Anmachholz feucht war. Ruhelos wanderte sie im Raum umher und wartete darauf, bis ihr Kaffee endlich durchgelaufen war. Abgesehen vom Zischen und Rumpeln des Kaffeebereiters war es still.

Zwei Tassen später hörte sie oben die Wecker läuten, gefolgt vom Rattern der Wasserleitungen, als die Kinder aufstanden und sich um das heiße Wasser und die zugewiesenen Benutzungszeiten des Badezimmers zankten. Lori war als Erste fertig und kam in ihren zerschrammten, schmutzverkrusteten Doc Martens die Treppe heruntergepoltert.

»Kannst du die Schuhe nicht unten an der Tür stehen lassen?«

»Nicht, wenn ich rechtzeitig für den Bus fertig sein soll. Es dauert mindestens 'ne Stunde, die Teile zu schnüren.«

Lori schüttelte zwei Apfel-Pop-Tarts aus der Packung, steckte sie in den Toaster und sah zu, wie die Glühdrähte heiß wurden.

»Ich an deiner Stelle wäre vorsichtig«, warnte Abby. »Ich glaube, Nietzsche hat gesagt, wenn du lange in den Toaster blickst, blickt der Toaster auch in dich hinein.«

»Haha«, ätzte Lori und schenkte sich einen Kaffee ein, ehe sie in der Chromkanne ihr Gesicht betrachtete und ihren Pony zurechtzupfte. Ihre hellen Augen waren von einem dicken schwarzen Eyeliner umrandet.

»Du siehst nett aus«, sagte Abby.

»*Nett* ist die kleine Schwester von scheiße«, konterte Lori.

»Na gut, dann eben nicht nett, sondern cool. Grungy.«

»*Grungy?*«

»*Goth*? Keine Ahnung. Was auch immer du sein willst, es hat funktioniert.«

Lori nippte an ihrem Kaffee, der so tiefschwarz war wie ihre Garderobe. »Oh Mann, Mum, du bist so ein Honk. Kann ich nach der Schule mit Carry und Elise nach Finley fahren? Elise braucht dringend was für die Hochzeit ihres Bruders, und wir sollen sie beraten. Darf ich?«

»Und wie kommst du wieder zurück?«

»Wir sind längst fertig, bevor die letzte Fähre geht.«

»Unter einer Bedingung: Vorher umarmst du mich.«

»Echt jetzt?«

»Komm schon, es wird dich schon nicht umbringen.«

»Stört es dich nicht, dass du mich erpressen musst, um körperliche Zuwendung zu bekommen?«

»Nur ein ganz kleines bisschen.«

Lori seufzte. »Na gut«, brummte sie.

Sie drückte ihre Mutter an sich. Für eine kurze Sekunde war der Teenager verschwunden, und Abby hielt wieder ein Kind in den Armen. Doch dann sprangen die Pop-Tarts aus den Toasterschlitzen, und Lori entwand sich ihr.

Als Nächstes kam Eddi in die Küche geschlurft und durchsuchte lautstark die Küchenschränke nach Müsli. Er hatte sein Markenzeichen, einen Hoodie, über seine Schuluniform gestreift und die Bänder so festgezurrt, dass sein Gesicht lediglich durch ein winziges Stofffenster zu erkennen war, wie eine scheue Waldnymphe, die aus ihrer Höhle spähte.

»Guten Morgen, Schatz«, sagte Abby.

Er grunzte eine Erwiderung und rieb sich den Schlaf aus den Augen.

»Großer Gott«, maulte Lori. »Du siehst aus, als hättest du gerade erst gelernt, aufrecht zu gehen.«

Eddie zeigte ihr den Stinkefinger, was Lori mit derselben Geste quittierte, womit die Sache vom Tisch zu sein schien.

Zweimal pro Woche ging Abby joggen, immer dieselbe Route.

Sie lief los, die Harvill Hill Road hinauf, deren Anstieg sich in ihren Oberschenkeln deutlich bemerkbar machte. Die Melden am Straßenrand waren regenfeucht und bebten in der Brise. Ein Stück den Hügel hinunter hatte der Regen die Kreuzung Brown/Delahunt Street überflutet, was so ziemlich jedes Jahr um diese Zeit passierte und üblicherweise den ganzen Winter über so blieb, bis das Wasser wieder vollends versickert war. Die Stadtverwaltung hatte sie mit zwei leuchtend orangefarbenen Balken abgesperrt, für den Fall, dass frustrierte Autofahrer auf die Idee kommen sollten, ihr Glück trotzdem zu versuchen und sie zu überqueren.

Der Regen klatschte Abby ins Gesicht, lief ihr über die Wangen, tropfte in ihre Laufschuhe. Ihr Winterspeck schwabbelte, ihr linkes Knie gab alle paar Schritte ein bedenkliches Knacken von sich, und etwas schien mit ihrem Knöchel nicht zu stimmen – trotzdem kämpfte sie sich weiter. Im Winter genoss sie ihre Joggingrunden ganz besonders. Die Kombination aus Endorphinen und bitterer Kälte hatte etwas geradezu Magisches.

Oben auf dem Hügel bot sich ein Rundumblick über die Insel, über weitläufiges Buschland und eine Handvoll kleiner Süßwasserseen im Süden, während sich im Norden die Stadt erstreckte, ein Teppich aus Sprenkeln, die wie die aufgeworfenen Pocken auf dem Bauch eines Wals aussahen. Um diese Jahreszeit standen mindestens zwei Drittel der Häuser auf der Insel leer, trostlos und wie Socken ohne Füße darin.

Bei warmem Wetter war Belport ein beliebter Anlaufpunkt für Touristen, Camper und Feriengäste. Doch kaum war die Sonne nicht da, blieben auch die Leute weg. Fensterläden wurden geschlossen, Plastikfolie über dem Mobiliar ausgebreitet, und all die feudalen Zedernholzstrandhäuser auf der Insel standen für die nächsten neun Monate weitgehend leer. Eigentlich sollte sich die Insel größer anfühlen, wenn weniger Menschen hier waren, stattdessen war genau das Gegenteil der Fall – sie schien förmlich zu schrumpfen, so als schwappte das Meer immer weiter herein. Einmal hatte Abby versucht, diesen Eindruck Ray zu vermitteln, der jedoch nur mit einer ganzen Wagenladung an Fakten über die Erosion gekontert hatte.

In der Ferne sah sie die Fähre näher kommen, deren Bugwelle eine weiße schaumige Linie zwischen Belport und der Bellarine Peninsula schuf und sie wie eine Art flüssige Nabelschnur miteinander verband.

Vom Harvill Hill bog sie nach rechts ab und trabte hinunter zur Bay Street, Belports Hauptstraße. Eine einzelne Ampel baumelte von den Kabeln an der Kreuzung Bay/Bramwell und blinkte bernsteinfarben im gräulich trüben Tageslicht. Auf der einen Straßenseite befand sich die All-You-Need-Tankstelle, auf der anderen das Belport Inn, auch Belly genannt, ein gemütlicher Irish Pub mit Buntglaslampen und Bildern mit Meeresmotiven an den Wänden.

Die Restaurants, Souvenirshops und der Zeitschriftenladen waren allesamt geschlossen. Das Postamt, die öffentliche Bibliothek und das Polizeirevier lagen alle unmittelbar nebeneinander am Ende der Bay Street.

Sie trabte weiter in Richtung Strand, vorbei am Rummel auf der Uferpromenade zu ihrer Rechten, der mit Vorhängeschlössern verriegelt war. Dunkel hoben sich die Silhouetten der Fahrgeschäfte gegen den unheilvoll grauen Regenhimmel ab. Das Gerüst des Sky Winder, einer bekanntermaßen stocklangweiligen Achterbahn, ragte wie ein gewaltiger Brustkasten mit kantigen Rippen empor; die Lichter des Riesenrads, das im Sommer wie ein gelb leuchtender und funkelnder Ring kreiste, waren dunkel.

Abby lief die Promenade entlang, durch den verwaisten Campingplatz am Ufer und über den nassen, festgebackenen Sand. Scheinbar endlos zog sich das aufgewühlte blaue Wasser der Bass-Straße. In der Luft hing der Geruch nach Fisch und Salz.

Ein Schwarm Möwen beäugte sie von der Markise des verrammelten Angelgeschäfts, als würden sie sich fragen, wie ein menschliches Wesen sich selbst so bestrafen konnte.

Mittlerweile hatte sie Seitenstechen, ein kontinuierlicher Schmerz jagte durch ihre linke Körperhälfte – trotzdem rannte sie weiter. Ihre Atemzüge waren abgehackt und arrhythmisch, ihre Beine fühlten sich spröde wie vertrockneter Bambus an, was jeden Schritt zur Qual machte, während ihre Eingeweide wie glitschige Aale waren, die aus einem vollen Eimer zu flüchten versuchten. Trotzdem hatte der Schmerz auch etwas Befriedigendes, weil er sie daran erinnerte, dass sie am Leben war.

Erst an der hohen Steinmauer, die den Strand von den Bootsrampen trennte, blieb sie stehen, um Atem zu schöpfen. Riesige Klumpen aus verhedderten Algen klammerten sich an die Backsteine, an denen ein großes Blechschild montiert war: *Warnung vor starken Strömungen, scharfen Gegenständen, rutschigen Steinen, unterschiedlichen Wassertiefen, nicht vorhersehbarem Wellengang. Alkoholgenuss verboten. Tauchen verboten.* Jemand hatte mit roter Sprühfarbe *Spaß verboten* darüber geschmiert.

Die Hände in die Hüften gestemmt richtete Abby sich auf und blickte auf das Meer hinaus, während sie allmählich zu Atem kam. Zwischen Mai und Oktober war es nicht ungewöhnlich, dass man Buckelwale, Südkaper, Blauwale und sogar den einen oder anderen Schwertwal auf ihrer alljährlichen Reise von ihren antarktischen Futterplätzen in die wärmeren Gewässer Australiens schwimmen sah, doch heute wirkte das Meer trostlos und feindselig. Es war schwer vorstellbar, dass unter der Oberfläche Leben herrschte.

Und darüber ist auch nicht wirklich viel los, dachte Abby.

Abby änderte ihre gewohnte Route, um im Buy & Bye vorbeizusehen, wo der Besitzer, Henry Biller, ihr in den Wintermonaten drei, in den Sommermonaten sechs Schichten pro Woche zuteilte.

Als sie hereinkam, fegte Henry, ein stämmiger, rotwangiger Kerl mit einem freundlichen Lächeln, den ohnehin blitzsauberen Fußboden.

»Ich glaube nicht, dass es noch sauberer werden kann«, sagte sie.

»Wer Zeit zum Herumstehen hat, hat auch Zeit zum Putzen«, erwiderte Biller lächelnd. »Übrigens bist du drei Stunden zu früh dran.«

»Ich war gerade in der Gegend und dachte, ich hole mir meine Lohntüte, damit ich das Geld auf der Bank einzahlen kann, bevor sie schließt. Aber würdest du mich so überhaupt arbeiten lassen?«

Er musterte sie, ihr vom Regen klatschnasses Haar, ihre Laufklamotten.

»Auch wieder wahr«, sagte er. »Könntest du kurz

hierbleiben und aufpassen, während ich das Geld aus dem Safe holen gehe?«

Er wischte sich die Hände an der Schürze ab und trat durch den Plastikvorhang im hinteren Teil des Ladens, der zur Lieferrampe führte. Es gab nicht allzu viel aufzupassen, denn abgesehen von ihr war niemand hier.

Der Supermarkt war nicht allzu groß, aber so effizient wie möglich angelegt. Es gab zwölf Gänge, und in einem Anfall von Optimismus hatte Henry sieben Kassen eingerichtet, obwohl nur selten mehr als zwei gleichzeitig benötigt wurden. Es gab eine Handvoll Einkaufswagen und eine gut sortierte Spirituosenabteilung in der vorderen rechten Ecke. Im Sommer war der Laden bis unters Dach mit Waren bestückt, doch um diese Jahreszeit reduzierte Biller das Sortiment auf das Notwendigste.

Von den zerklüfteten Felsenhügeln der Insel wehte eine bitterkalte Brise so heftig, dass die Glasfront des Ladens bebte. Vor dem Schaufenster, das mit *Lebensmittel – Spirituosen – Angelbedarf* warb, lag die Bucht mit der wild tosenden dunkelgrauen See.

»Könnte wieder mal ziemlich heftig werden«, bemerkte Biller, als er zurückkehrte.

»Ach was, wir kriegen bestimmt keinen heftigen Sturm mehr«, meinte Abby. »So viel Aufregung verträgt die Insel nicht.«

Biller reichte ihr einen gelben Umschlag. Er bezahlte Abby grundsätzlich in bar, damit ihr Lohn nicht in den

Büchern erschien. »Ist ein bisschen leicht diesmal. Liegt an der Jahreszeit. Kann ich nächstes Mal vollends aufstocken?«

Abby zögerte. Kurz lag ihr auf der Zunge, dass auf der ganzen Insel Ebbe herrschte und die Gilpins keine Ausnahme darstellten, doch stattdessen nickte sie nur und stopfte das Geld in ihren Sport-BH. »Und ich wollte schon fragen, ob ich vielleicht ein paar Extraschichten übernehmen könnte.«

Er fuhr sich mit der Zunge über die Lippen und schob die Hände in die Schürzentaschen. »Tut mir leid, Ab.«

»Schon gut«, wiegelte sie ab. »Das ist nun mal der Preis für neun Monate Ruhe und Frieden.«

»Damit trösten wir uns ja immer.«

Sie wandte sich um, sah auf die Wolken, die sich am Horizont türmten. Ein einzelnes Motorboot pflügte durch die Wellen in Richtung Elk Harbour, als wollte es vor ihnen die Insel erreichen.

Als Abby nach Hause kam, parkte ein Streifenwagen vor dem Haus, und eine Frau in Uniform stand auf ihrer Veranda und spähte durch die Scheiben in der Eingangstür.

»Haben Sie einen Durchsuchungsbefehl, Ma'am?«, rief Abby.

Bobbi fuhr zusammen und lachte. »Du elendes Miststück. Du hast mir einen Riesenschreck eingejagt.«

Sie umarmten einander. Bobbi und Abby hatten früher im Buy & Bye zusammengearbeitet – Bobbi hatte sich beschwert, Schuhe und einen BH bei der Arbeit tragen zu müssen, derer sie sich meist im Lauf ihrer Schicht ohnehin entledigt hatte. Vor ein paar Jahren hatte sie gekündigt, um zur Polizei zu gehen, allerdings war die Freundschaft zwischen den beiden Frauen danach sogar noch enger geworden.

»Ich wollte deinen ekligen Babyplunder abholen«, sagte Bobbi. »Maggie schickt mich.«

»Die Sachen sind nicht eklig.«

»Sie sind fünfzehn Jahre alt.«

Bobbis Partnerin Maggie war im achten Monat schwanger und lag Abby wegen Loris und Eddies alten Babykleidern in den Ohren, seit ihr Fötus so groß wie eine Erdnuss war, aber Abby hatte den Moment immer wieder hinausgezögert, auch wenn sie nicht genau sagen konnte, was sie davon abhielt, die Sachen herzugeben. Sie und Ray hatten keineswegs vor, ein drittes Kind zu bekommen, dennoch beschwor die Vorstellung, all die niedlichen Sachen zu verschenken, eine seltsame Traurigkeit in ihr herauf.

»Komm mit rein«, sagte Abby.

Sie ging vor Bobbi her den Durchgang entlang, der das Haus mit der Garage verband. Zwar hatte der Regen nachgelassen, doch eine der Dachrinnen war verstopft, so dass das Wasser in einem Schwall auf den Rasen platschte und alles in eine riesige Matschpfütze verwandelte, um die sie herumtreten mussten.

»Das ist ja der reinste Zoo hier«, bemerkte Bobbi.

Auf dem Regal an der hinteren Garagenwand tummelten sich allerlei Tierpräparate, die Abby nicht hatte weggeben können, hauptsächlich Kleintiere wie Vögel, Mäuse, ein Beuteltier und eine fette graue Kröte, deren Häutung sich als äußerst heikel erwiesen hatte.

»Ich habe das Gefühl, ich werde allmählich besser«, meinte sie. »Vielleicht nehme ich ja bald das Kaninchen in Angriff, das Whitley Higgins für mich in seiner Kühltruhe aufbewahrt. Er hat es vor der Hintertür gefunden und glaubt, seine Katze hätte es angeschleppt, nur für mich. Allerdings bin ich noch nicht ganz sicher, wie ich das mit den Ohren hinbekommen soll.«

»Manchmal ist es mir ein Rätsel, wie wir beide Freundinnen sein können«, sagte Bobbi.

Während Abby den Korb mit den Babysachen herauszog, griff Bobbi nach dem eselsohrigen Taschenbuch auf der Werkbank. Das Cover zeigte eine Landschaft mit abgestorbenen Bäumen und den Kreideumrissen von zwei Leichen. *Die Buck-River-Morde – Die wahre Geschichte über eine Familie, blutige Rache und hinterhältigen Verrat.*

»Wenn du es lesen willst, ich habe es fast durch«, sagte Abby.

Nickend drehte Bobbi das Buch hin und her. »Taugt es was?«

»Es geht ziemlich zur Sache. 1986 wurden in der Nähe eines Flusses in Denver zwei Leichen gefunden.

Ein etwa sechzigjähriger Schwarzer, getötet durch einen Schuss in die Brust, und ein Ausreißer im Teenageralter, der durch einen Schlag mit einem stumpfen Gegenstand auf den Kopf ums Leben gekommen war. Die Leichen wurden zehn Meter voneinander entfernt abgelegt, ansonsten konnte die Polizei aber keine weitere Verbindung zwischen ihnen herstellen.«

Abby las eine ganze Menge während des Winters, am allerliebsten True-Crime-Bücher – eine gruselige Lektüre und damit durchaus passend für einen Ort wie Belfort, wo die Straßen in der Nebensaison nicht leer, sondern regelrecht leer*gefegt* waren.

Sie stellte den Korb auf die Werkbank und öffnete den Deckel. Jacken, Mützen und winzige Stiefelchen kamen zum Vorschein, selbst die hellblaue Pudelmütze, die sie für eine Schneewanderung gekauft hatten, als Eddie noch Windeln trug, war noch da. Sie zog einen grün-schwarz gestreiften Strampler heraus und sog all die Erinnerungen in sich auf, die in seinen Fasern gespeichert waren. Ein Gefühl der Nostalgie überkam sie.

»Den haben wir auf einem Markt in Queensland erstanden«, sagte sie. »Der ist selbst genäht.«

»Du liebe Güte, wer hätte gedacht, dass deine zwei einmal so klein und niedlich waren, dass sie da reingepasst haben?«, meinte Bobbi, die eines von Loris alten, unfassbar winzigen Nachthemdchen herausgezogen hatte.

»Allerdings. Was ist bloß aus ihnen geworden? Ich

kann nicht glauben, dass sie tatsächlich mal da reinge …«

»Oh nein!«, stöhnte Bobbi und schob den Finger durch ein ausgefranstes Loch in der Größe einer Fünfzig-Cent-Münze. »Wann hattest du die Sachen das letzte Mal in der Hand, Ab?«

Abby gab keine Antwort. Sie hatte soeben eine rote Strumpfhose voller Löcher herausgezogen. Sie beugte sich über den Karton, nahm ein mottenzerfressenes Kleidungsstück nach dem anderen heraus. Ihr Anblick schmerzte sie mehr, als es sollte.

Sobald es kühler wurde, hielten die verdammten Viecher Einzug. Braun, fett und blind schwirrten sie in Massen um die Verandabeleuchtung, wobei ihre pelzigen Leiber in ungezügelt chaotischem Einklang dagegenprallten, wie hundert Einzelteilchen eines größeren Ganzen. Sie klammerten sich an die Lüftungsschlitze über Abbys Kasse im Buy & Bye, lagen auf der Lauer, wann immer sie ein gelagertes Holzscheit hacken wollte, und tanzten wie von Sinnen vor den Scheinwerfern ihres Wagens, wenn sie im Dunkeln nach Hause fuhr. Und sie fraßen die Kleider ihrer Kinder.

»Verdammt«, stieß sie leise hervor.

»Mach dich deswegen nicht verrückt. Vor diesen elenden Scheißdingern ist niemand sicher. Erst vor ein paar Tagen habe ich Maggie in der Küche so laut schreien hören, dass mir beinahe das Herz stehen geblieben ist. Sie wollte sich Haferflocken zum Frühstück machen, und die ganze Schachtel war voller Mottenlarven. Ich habe sie gefragt, was so schlimm daran sei, schließlich sei sie ja keine Vegetarierin. Sie fand das allerdings nicht sonderlich witzig.«

»Warum bloß?«, erwiderte Abby.

»Mal im Ernst, ist alles okay?«

Abby faltete die Sachen, legte sie in die Schachtel zurück und schloss achselzuckend den Deckel. »Ja, ja. Es kommt mir nur ein bisschen wie ein schlechtes Omen vor.«

Wie auf ein Stichwort erwachte das Funkgerät an Bobbis Revers zum Leben. Einen Moment lang knisterte es nur, dann ertönte eine barsche Männerstimme. »Sind Sie da, Bobbi? Over.«

Bobbi legte den Zeigefinger auf die Lippen – immerhin war sie im Dienst –, dann drückte sie auf eine Taste. »Was liegt an, Sarge?«

»Ich brauche Sie drüben am Beech Tree Landing«, drang die Stimme aus dem Gerät. »Könnte eine größere Geschichte sein, Bobbi. Over.«

Abby und Bobbi wechselten einen Blick.

»Klingt ja ziemlich besorgniserregend«, sagte Abby. Trotzdem gelang es keiner der Frauen, ihre Begeisterung zu verhehlen.

5

– Die Witwe –

Die Keddies lebten in einem eleganten, renovierten Haus im viktorianischen Stil in Caulfield, einem Vorort von Melbourne. Es war hell und offen gestaltet, mit originalen Bleiglasfenstern, auf Hochglanz polierten Treppengeländern und raumhohen Fenstern im Wohnzimmer, in denen sich bei Sonnenuntergang das Licht brach wie in einem Prisma. Doch nun war die Sonne längst hinter dem Horizont verschwunden, und John war irgendwo dort draußen, jenseits der Fenster, irgendwo in der Finsternis.

Und trotz der vier Meter hohen Decken löste das Haus irgendwie Klaustrophobie in Kate aus. Die Sohlen ihrer Sneakers flappten auf dem Eichenparkett, als sie nach ihrer Tochter sah. Unter normalen Umständen hätte sie auf die Einhaltung ihrer strikten Keine-Schuhe-im-Haus-Regel bestanden, nun allerdings schien es nicht mehr wichtig zu sein, ob der Fußboden ein paar Schrammen bekam.

Mia saß mit ihrer Großmutter Pam auf dem Ledersofa im Wohnzimmer. Seit ihrer Rückkehr vom Flughafen hatte sie kaum ein Wort gesprochen und auch nichts gegessen. Betrübt starrte sie aus dem Fenster. Ohne die brennende Verandabeleuchtung erschuf die Fensterscheibe ein bleiches, fast gespenstisches Spiegelbild von ihrem kleinen Gesicht.

Pam hörte Kate nicht kommen – sie war auf einem Ohr vollständig taub, weigerte sich jedoch, ein Hörgerät zu tragen, da sie Angst hatte, sie könnte zu sehr wie ihre eigene Mutter aussehen. Obwohl sie über siebzig war, besaß sie eine straffe, glatte Haut, die sie deutlich jünger wirken ließ. Sie hatte die Hände um ihre Gucci-Tasche gekrallt und trug eine extravagante Cat-Eye-Sonnenbrille von Yves Saint Laurent, für die sie locker sechshundert Dollar hingeblättert hatte.

»Daddy hat dich sehr lieb und vermisst dich bestimmt sehr«, sagte Pam. »Er kann gerade bloß noch nicht nach Hause kommen. Wegen der Arbeit. Aber bald ist er wieder da.«

»Wie bald?«, wollte Mia wissen.

»Sobald er kann, Liebes.«

Johns Eltern hatten sich im Haus einquartiert. Fisher war ein kettenrauchendes Nervenbündel, wohingegen Pam eine geradezu nervtötende Ruhe an den Tag legte. Kate konnte nicht sagen, was schlimmer war.

Sie setzte sich aufs Sofa und zog Mia zu sich heran. »Eigentlich ist das nicht ganz richtig, Äffchen. Die Wahrheit ist, dass wir nicht genau wissen, wo Daddy gerade ist, aber wir suchen nach ihm. Und wo auch immer er sein mag, versucht er bestimmt, so schnell wie möglich zu uns zurückzukommen. Hast du Hunger?«

»Ich esse, wenn Daddy heimkommt.«

»Aber wir wissen nicht, wie lange das noch dauern wird, Äffchen.«

»Du weißt überhaupt nichts!«

»Na gut«, meinte Kate. »Iss etwas, oder lass es bleiben. Wie du willst.«

Mia glitt vom Sofa und stapfte davon, die Treppe hinauf in ihr Zimmer, wo sie die Tür zuknallte. Kate schloss die Augen, hoffte, betete, flehte stumm, Pam möge den Mund halten, nur für ein paar …

»Sie ist erst zehn«, sagte Pam. »Eine der zahlreichen Aufgaben einer Mutter besteht darin zu filtern.«

Das Leben hat keinen Filter.

»Ich will ihr keine Angst machen, Pam. Aber belügen will ich sie genauso wenig.«

»Selbst eine falsche Hoffnung ist besser als keine Hoffnung, Liebes. Vor allem für ein Kind.« Sie lächelte. »Ich weiß, du bist nicht katholisch, aber meine Mutter hat immer gesagt, ein kleines Gebet kann helfen, damit wir uns besser fühlen. Möchtest du mit mir gemeinsam beten?«

Obwohl ihr Sohn spurlos verschwunden war, hatte Pam sich die Zeit genommen, ihr Make-up aufzufrischen, ehe sie aus dem Gästezimmer herabgeschwebt war, und war mit so viel Schmuck behängt, dass es sich angehört hatte, als käme gleich ein Weihnachtsbaum um die Ecke. Entweder hatte sie ein Valium eingeworfen, oder aber die Frau wusste etwas, das Kate nicht wusste.

Pam zog ein Messbüchlein aus ihrer Handtasche und begann, darin zu blättern, bis sie innehielt und mit einem zufriedenen Lächeln aufsah. »Das hier passt perfekt.«

Auf der anderen Seite der gläsernen Schiebetür tigerte Fisher auf der Veranda auf und ab und rauchte mit dem Handy am Ohr eine Zigarette nach der anderen. Jetzt warf er Kate einen Blick zu, drückte den Glimmstängel aus, steckte den Stummel in seine Brusttasche und kam herein. Er stank wie die vielen Liebhaber ihrer Mutter.

Pam packte Kates Hand. »Ich fand, ein Gebet könnte ganz hilfreich sein«, sagte sie zu Fisher. »Wir sind alle ein bisschen durcheinander und überfordert von der Situation. Möchtest du dich uns vielleicht anschließen?«

Fisher fuhr sich mit der Hand durch sein schütteres Haar und setzte sich mit einem Seufzer neben seine Frau. Pam ließ gerade lange genug von Kate ab, um sich zu bekreuzigen, ehe sie ihre warmen, fleischigen Finger wieder um ihre Hand legte.

»Im Namen des Vaters, des Sohnes und des Heiligen Geistes«, intonierte sie und blickte auf das Buch in ihrem Schoß. »Lieber heiliger Antonius, glorreicher

Diener Gottes, du bist berühmt für deine Verdienste und Wunder, hilf uns, unseren John wiederzufinden, der verloren ist und deiner Führung bedarf. Hilf uns, die Gnade Gottes wiederzuerlangen, indem du unseren Sohn zurück in …«

»Gibt es noch irgendjemanden, den wir noch nicht angerufen haben?«, fragte Fisher. »Freunde oder Kollegen?«

»Fisher«, zischte Pam halblaut.

»Wir sollten eine Liste zusammenstellen«, unterbrach Fisher erneut, »und alle aufschreiben, mit denen er im letzten Monat in Kontakt stand, vom Fitnessstudio bis hin zu seiner Sekretärin, die ihm morgens den Kaffee kocht.«

»*Fisher*«, blaffte Pam, die noch immer Kates Hand umklammert hielt und nun kräftig zudrückte. Ihre Ringe bohrten sich schmerzhaft in Kates Haut, doch sie sagte nichts.

Ohne ein weiteres Wort ging Fisher wieder nach draußen, um noch eine Zigarette zu rauchen. Kate zögerte einen Moment, dann folgte sie ihm.

Es war ein kühler, windstiller Abend. Hoch oben am Himmel flog ein Flugzeug, dessen rote und blaue Lichter inmitten der scheinbar endlosen, tiefen Schwärze blinkten. Jenseits des weitläufigen Gartens mit den Trauerweiden erstreckte sich die Stadt im fahlen Schein eines dicken, runden Mondes.

Fisher stand am Geländer und fummelte eine Zigarette aus dem roten Päckchen. Kate trat neben ihn. Lange Zeit sprach keiner ein Wort. Den Blick in die Finsternis gerichtet lauschte Kate dem Knistern der Glut, als ihr Schwiegervater an seiner Zigarette sog, und dem langen Zischen seines Atems, wenn er den Rauch ausstieß.

»Was du vorhin auf dem Revier über mich gesagt hast«, begann sie schließlich. »Ich sei passiv bis an die Grenze der Substanzlosigkeit.«

»Muss das jetzt unbedingt sein?« Fisher stöhnte. »Das Ganze hier macht mich völlig fertig. Was ich gesagt habe, tut mir leid, ehrlich, aber ...«

»Du hattest recht.«

Wortlos zog er an seiner Zigarette. Kate sah ihn einen Moment lang an, dann richtete sie ihren Blick wieder auf den Mond.

»Für dich bin ich jemand, der beschützt werden muss.« Die Worte schienen aus einem dunklen, tief verborgenen Teil ihres Innern zu kommen. »Du glaubst das, weil John es glaubt, und John glaubt es, weil ich es ihn glauben lasse. Ich dachte immer, er wolle mich so haben. Deshalb habe ich mich so benommen, habe dieses Verhalten sogar regelrecht kultiviert. Aber so bin ich gar nicht, Fisher.«

Er wandte sich ihr zu. »Wer bist du dann?«

»Ich bin viel stärker, als die Leute glauben. Deshalb bitte ich dich, von jetzt an nicht mehr mit mir zu reden, als wäre ich ein kleines Kind. Und mich auch nicht anzusehen, als wäre ich hysterisch. Stattdessen möchte ich, dass du Respekt vor mir zeigst und sagst, was Sache ist. Klare Ansagen, okay?«

Er zuckte zusammen.

»Okay«, sagte er.

»Okay.«

Er schnippte seine Zigarette in den Garten, der sich wie eine unendlich tiefe Kluft in der abendlichen Dunkelheit erstreckte. Sekundenlang flog der Stummel durch die Luft, orange glühende Funken glommen auf, ehe sie erloschen. Ohne ein weiteres Wort machte Kate kehrt und ging wieder hinein.

Mia war in ihrem Zimmer. Sie hatte ihren Spiderman-Einteiler angezogen, den John ihr geschenkt hatte. Das Zimmer war freundlich und hell, mit viel fröhlichem Gelb und Blau, doch Mia, die im Schneidersitz auf dem Boden hockte, wirkte beinahe farblos.

Sie hatte die Hände aneinandergelegt und flüsterte vor sich hin.

»Darf ich reinkommen?«, fragte Kate.

Mia zuckte die Achseln, was Kate als Einladung wertete. Sie setzte sich neben ihre Tochter. »Betest du?«

»Irgendwie schon«, sagte Mia. »Ich weiß auch nicht. Gran meinte, ich könnte Gott bitten, dass er Dad nach Hause bringt. Kann Gott wirklich die Gedanken der Leute lesen?«

»Deine Großmutter glaubt es zumindest.«

»Aber wenn Gott meine Gedanken lesen kann, dann habe ich Angst, dass er Dad nicht nach Hause bringt.«

»Wie kommst du denn darauf, Äffchen?«

Sie zuckte die Achseln. »Weil ich manchmal schlimme Sachen denke.«

»Jeder denkt manchmal schlimme Sachen«, meinte Kate. »Niemand kann immer nur Gutes denken. So sind die Menschen nicht.«

Mia betrachtete ihre Fingernägel. »Manchmal denke ich auch schlimme Dinge über Gott.«

»Was denn zum Beispiel?«

»Na ja, erstens wie Noah so viele Tiere in diese Arche schaffen konnte. Und wenn es regnete, dann müsste der Regen doch Süßwasser gewesen sein, aber wie konnten dann die Meeresfische überleben? Und wo ist all das Wasser geblieben? Und wieso hat Gott all die ägyptischen Babys getötet? Und dann noch Abraham und …«

»ZVI, Äffchen.«

»Oh«, sagte Mia. »Tut mir leid.«

ZVI (zu viel Information) war ein Code, der in ihrem Haus ziemlich häufig ausgesprochen wurde, beispielsweise, wenn Mia eingehend darlegte, welcher Teil des Schweins für den Frühstücksspeck verwendet wurde, oder wenn sie beim Anblick eines überfahrenen Tiers am Straßenrand über den Lebenszyklus von Maden referierte, wenn sie die unterschiedlichen Exekutionsmethoden in der amerikanischen Geschichte auflistete oder sich in den zahllosen anderen verstörenden Fakten erging, die sie ominöserweise im Internet ausgrub. Dann unterbrach *ZVI* ihren Redefluss abrupt.

»Es ist gut, Dinge zu hinterfragen«, meinte Kate. »Ich weiß bis heute nicht, wie ich zu dieser ganzen Sache mit Gott stehe, aber das ist etwas, worüber du dir nicht gerade heute Gedanken zu machen brauchst.«

»Aber ich muss nun mal daran denken, und wenn es Gott wirklich gibt und er meine Gedanken lesen kann, weiß er, dass ich all das denke, und dann bringt er Daddy vielleicht doch nicht nach Hause zurück.«

»Wenn es Gott wirklich gibt, versteht er es. Und wenn nicht, kommt dein Daddy trotzdem wieder nach Hause, Mia.«

»Woher weißt du das?«

Weil ich ohne ihn nicht überlebe, dachte Kate.

»Weil du auf ihn wartest«, antwortete sie.

Ein Hauch Farbe erschien auf Mias Wangen. Sie schmiegte sich an Kate, die sie an sich zog und Mias Wärme an ihrem Körper spürte. Am liebsten wäre sie in Tränen ausgebrochen.

Gegen drei Uhr früh verkroch Kate sich in ihr leeres Bett. Sie rollte sich unter der Decke zusammen und sagte sich, dass John bestimmt bald zurückkehren würde. Er würde nach Hause kommen, würde die kalte Seite des Bettes wärmen, und sie würde in seinen Armen aufwachen.

Lange Zeit lag sie da und weinte. So gern sie auch laut geschluchzt hätte, sie traute es sich nicht, weil sie nicht wollte, dass die anderen sie hörten. Deshalb ließ sie die Tränen stumm laufen, während der Kummer in Wellen über sie hinwegschwappte und wieder verebbte. Sie war wie eine Sektflasche, deren Korken sich ganz langsam herausschob – allerdings durfte sie sich nicht erlauben, mit einem lauten Knall herauszuploppen. Nach qualvollen Stunden des Weinens beruhigte sie sich allmählich, und ihr Körper schaltete in eine Art Stand-by-Modus, kein richtiger Schlaf, sondern eher ein Zustand der erzwungenen Reglosigkeit. *Weck mich, wenn John nach Hause kommt.* Allerdings musste sie irgendwann doch eingenickt sein, denn als das Telefon läutete, dauerte es einige Momente, ehe sie das Geräusch zuordnen konnte.

»John«, flüsterte sie. Ihre Stimme klang belegt und unheimlich in der Dunkelheit. Sie tastete nach ihrem Telefon. Beim Zubettgehen hatte sie es noch fest in der Hand gehalten, doch nun lag es irgendwo in dem Durcheinander an Laken. Sie sah das erleuchtete Display schimmern, hörte das gedämpfte Läuten. Schließlich bekam sie es zu fassen und drückte die Annahmetaste, ohne auf die Nummer zu sehen, denn tief im Innern wusste sie ohnehin, wer dran war.

»John?«

Am anderen Ende der Leitung herrschte Stille, dann sagte ein Mann mit einem nach Mittlerem Osten klingenden Akzent: »Entschuldigen Sie, dass ich Sie so spät anrufe, aber hier ist Tom von Sanctuary Security. In unserem System gab es einen Warnhinweis, dass die Alarmanlage in Ihrem Haus aktiviert wurde.«

Kate schwang die Beine über die Bettkante und knipste die Nachttischlampe an. Sie fühlten sich heiß und verschwitzt an – sie hatte ihre Jeans angelassen.

»Sind Sie sicher?«, fragte sie. »Ich höre nichts.«

»Seltsam«, sagte der Mann von der Sicherheitsfirma. Kaugeräusche drangen durch die Leitung. Es hörte sich an, als würde er einen Apfel essen. »Können Sie bestätigen, dass Sie sich in der 118 Neef Street, Belport Island aufhalten?«

»Belport Island? Nein, ich bin zu Hause, in Caulfield. Sie meinen unser Ferienhaus.«

»Sie halten sich also nicht dort auf, Ma'am?«

»Nein.«

»Tja, aber jemand anderes tut das.«

6

– Die Ehefrau –

Die letzten Stunden vor Ladenschluss waren immer die schlimmsten: Abby war allein im Buy & Bye, mit ihren Gedanken und dem Einkaufsgedudel aus den Lautsprechern als Gesellschaft – heute eine Instrumentalversion von Cat Stevens' *Father and Son.*

Bobbi hatte versprochen, vorbeizusehen und ihr die pikanten Details des »Könnte was Großes sein«-Falles zu liefern, wie ihr Sergeant es bezeichnet hatte, doch bislang war sie nicht aufgetaucht. Abby vertrieb sich die Zeit, indem sie den Schweppes-Kühlschrank frisch bestückte, den Spirituosenschrank auffüllte, den Angebotskorb aufstockte, den Fußboden fegte, den Kühlraum nass wischte, die Delikatessenecke saubermachte, Obst und Gemüse umdrehte, den Kühlschrank im Pausenraum ausputzte und die quietschende Rolle an diesem verdammten Einkaufswagen ölte. Schließlich sah sie auf die Uhr.

Die Zeit zog sich zäh dahin wie eine Ostersonntagspredigt. Wann immer ein Wagen draußen vorbeifuhr, beugte sie sich über den Tresen und hielt nach Bobbis blau-weißem Streifenwagen Ausschau. Sie sehnte sich regelrecht nach einer kleinen Abwechslung. Gerade als sie die Ablaufdaten auf den Milchkartons überprüfen wollte, fuhr ein alter grüner Saab vor; drei der vier Radkappen fehlten, und die Rückscheibe war zertrümmert und mit mehreren Plastiktüten notdürftig geflickt worden, die nun wie Kehllappen in der Brise flatterten.

Die Tür des Wagens ging auf, eine Frau um die siebzig in High Heels stieg aus und stand einen Moment schwankend da, ehe sie wie ein neugeborenes Fohlen auf den Laden zugestakst kam. Eileen Betchkie.

Trotz der Kühle trug Eileen lediglich einen knallengen Minirock und ein noch engeres Tanktop, unter dem ein rosafarbener BH-Träger gezielt platziert über eine Schulter hing. Sie hatte blond gefärbtes Haar mit einem scharfen Gelbstich, ihre Augen waren dick mit mitternachtsblauem Eyeliner umrandet und ihre Brüste mit einem beachtlichen Fake-Dekolleté gepimpt.

Die Frau würde eine hammermäßige Dragqueen abgeben, dachte Abby, *wenn sie nicht diesen fürchterlichen Gang hätte.* Sie ging immer leicht nach vorn gebeugt, als lasteten all die Geister ihrer Fehler aus der Vergangenheit auf ihren Schultern – und die waren zahlreich, wenn man der Insel-Gerüchteküche glauben durfte. Sie hatte vier Ehemänner verschlissen, war zwei Mal pleitegegangen, drei Mal wegen Drogenbesitz verurteilt worden und ein Mal wegen Prostitution.

Aber natürlich waren das bloß Gerüchte. Wenn auf Belport Island etwas prächtig gedieh, dann der Klatsch.

Die elektrische Glocke über der Tür bimmelte, als Eileen hereinkam. Abby konnte die Gänsehaut auf ihren breiten nackten Schultern sehen. Eileens Arme waren muskulös, als hätte sie ihr Leben lang jede Menge Holz gehackt.

»'n Abend, Schätzchen«, sagte sie, als sie an die Kasse trat.

»Wie geht's, Eileen?«

»Puh, keine Ahnung. Ich glaube, ich hab Depressionen. Oder ich bin einsam. Oder beides. Hast du gestern *60 Minutes* gesehen? Da war so eine Frau irgendwo in England, die einfach vor dem Fernseher tot umgefallen ist. Und sieben Jahre hat es keiner gemerkt. *Sieben Jahre.*«

Eileen gehörte zu den treuesten Stammkundinnen im Buy & Bye, deshalb hatte Abby bereits angefangen, ihre üblichen Einkäufe zusammenzupacken: Zwei Schachtel Winfield Red und ein Fünfliter-Tetrapack Rawlings Pinot Noir, der zufällig sowohl ihr billigster Wein als auch ihre größte Verpackungseinheit war – *Pei-Not Norie*, wie Eileen es aussprach.

Nimm nichts aus dem obersten Regal, solange du selbst bezahlst, schien Eileens Motto zu sein.

»Kannst du dir vorstellen, was von der armen Frau noch übrig war, als ihre Familie endlich mal zu Besuch kam? Sie war komplett mumifiziert. Und zerflossen.

Igitt. Tu mir einen Gefallen, Abby. Wenn ich mal eine Woche nicht herkomme, dann komm bei mir vorbei und sieh nach, ob ich noch lebe.«

»Natürlich«, sagte Abby. »Das gehört zum Service hier bei Buy & Bye. Wir helfen dir dabei, alles zu finden, was du brauchst, packen die Einkaufstüten für dich und checken ab und zu, ob du nicht schon tot vorm Fernseher liegst.«

Eileen grinste. Ihre Zähne waren unnatürlich gerade und weiß. »Apropos vergessen: Wieso reagiert dein Mann eigentlich nicht auf meine Anrufe? Ich mag nicht so reich sein wie seine anderen Kunden, aber mein alter Herr hat immer gesagt: *Jeder Kunde ist der wichtigste Kunde.* Er hat sechsundvierzig Jahre lang Holdens verkauft, und das jeden Tag gern. Hätte ihn nicht die Gicht erwischt, wäre er wohl mitten in seinem Verkaufsraum im Autohaus gestorben.«

»Das solltest du lieber Ray selbst fragen, Eileen. Hat er irgendwas bei dir vergessen?«

»Er ist gar nicht erst hier bei mir aufgetaucht«, antwortete sie. »Vor der Gartenhütte stehen ein paar Myrtenheiden, die älter sind als ich und die nach diesem Winter schon ein herzhafter Furz umhauen könnte. Ray hat versprochen, sie zu fällen, aber ich hab nichts mehr von ihm gehört. Eigentlich würde ich den Auftrag ja lieber euch geben, Herzchen, aber der kleine Wei, der den Angelladen betreibt, würde es auch für die Hälfte erledigen. Er ist Chinese. Die haben einfach eine andere Arbeitseinstellung als unsereins, sage ich immer.«

»Das ist ja seltsam«, meinte Abby.

»Was denn?«

»Ach, gar nichts. Ray sagte nur, er wolle heute zu dir fahren. Wahrscheinlich war es bloß ein Missverständnis, mehr nicht.«

»Wie auch immer. Richte ihm einen schönen Gruß von mir aus, er soll gefälligst seinen Arsch rüberschaffen und sich um meine Myrtenheiden kümmern.« Sie öffnete das Zigarettenpäckchen, legte die Zellophanhülle auf das Kassenband, steckte sich eine Zigarette zwischen die Lippen und zog ein blaues Feuerzeug aus ihrem BH. »Keine Angst, Herzchen, ich zünde sie mir schon nicht hier drinnen an«, beteuerte sie beim Anblick von Abbys besorgter Miene.

Die Straßenlampen vor dem Schaufenster flackerten, als Eileen den Laden verließ.

Eileen war die letzte Kundin an diesem Tag. Bobbi tauchte nicht mehr auf. Den Rest der Schicht brachte Abby mit Aufräumen zu. Als sie auf dem Heimweg über einen Hügel fuhr, ließ sie den Blick über die Insel schweifen. In sämtlichen Ferienhäusern brannten die Lichter – die Besitzer hatten Zeitschaltuhren installiert, um Einbrecher oder Hausbesetzer abzuschrecken. Die Leere hatte etwas Beängstigendes, deshalb suchte sie im Radio nach einem Song, den sie mitsingen konnte, und drehte die Lautstärke auf.

Ray war im Schlafzimmer und legte seine Sachen für den nächsten Tag heraus, wobei er den Inhalt ihres Kleiderschranks betrachtete, als wäre er ein Forscher, der ein geheimnisvolles Tableau mit einer längst vergessenen Sprache entdeckt hatte.

»Wie kannst du nur so lange dafür brauchen, wo du doch ohnehin jeden Tag dasselbe trägst«, sagte sie, woraufhin er vor Schreck zusammenfuhr.

»Puh, du weißt ja, wie man so schön sagt: *Kleide dich für den Job, den du gerne hättest.*«

Sie blickte in den Schrank, der fast ausschließlich mit seinen grauen Arbeitshemden mit dem aufgestickten Island-Care-Emblem auf der Brusttasche bestückt war.

Es tat Abby leid, dass Ray seine Arbeitstage ganz allein verbringen musste, und es beschwor unwillkürlich die Erinnerung an den Geruch der Lunchboxen aus der Kindheit und das Bild eines alten Mannes herauf, der ganz allein im Restaurant am Tisch sitzt. Ray hatte es in der Vergangenheit mit Angestellten versucht, allerdings war keiner lange geblieben. Für die letzte Saison hatte er Russ Graves engagiert, einen Mann, der Rays Einschätzung nach nicht gerade die hellste Kerze auf der Torte war – nicht clever genug, als dass ihm langweilig würde, und nicht fantasievoll genug, um sich einsam zu fühlen. Später sollte sich herausstellen, dass er beides war. In seiner Kündigung legte er dar, dass er, wenn er noch länger bliebe, sich höchstwahrscheinlich die Taschen mit Steinen beschweren und sich in den Elk Harbour stürzen würde.

»Wie war's bei der Arbeit?«, fragte sie.

»Den Großteil des Nachmittags habe ich damit verbracht, ein totes Opossum aus dem Indoorschwimmbecken von Dan und Louise Buckley zu fischen.«

Er zog sein Unterhemd aus.

»Hast du mir den Kadaver für die Präparation mitgebracht?«, fragte sie.

»Ich hab kurz darüber nachgedacht, andererseits lag er schon eine ganze Weile im Wasser. Und der Gestank … ich fürchte, man hätte nicht näher rangehen können, ohne dass einem übel geworden wäre. Und bei dir? Alles okay bei der Arbeit?«

»Immer dieselbe Leier«, antwortete sie.

»Du kommst spät. Musstest du Überstunden machen?«

»Unten an der Delahunt Street hat sich der reinste See gebildet.« Sie zog ihre Hose aus und schlüpfte in ihre alte, bequeme Schlafanzughose. »Deshalb habe ich zehn Minuten länger gebraucht.«

»Es wird mindestens vierundzwanzig Stunden dauern, bis das Wasser versickert ist, und das auch nur, wenn es nicht über Nacht weiterregnet, was ziemlich unwahrscheinlich ist.«

»Du lieber Himmel, wann sind wir eigentlich zu einem der Ehepaare mutiert, das sich übers Wetter unterhält?« Abby stopfte ihren Buy-&-Bye-Kittel in den

Wäschekorb und schlüpfte unter die Bettdecke. »Mann, ist das eisig hier. Los, beeil dich und wärme mich.«

Ray kletterte ins Bett. Augenblicklich rutschte Abby näher und schlang die Arme von hinten um ihn.

»Eileen Betchkie war heute Abend im Laden«, sagte sie.

Die Muskeln in Rays Unterarmen spannten sich an, ehe sie sich wieder lockerten – es war eine kaum merkliche Bewegung, für ein ungeübtes Auge praktisch nicht wahrnehmbar, aber unverkennbar für eine Ehefrau.

»Tatsächlich?«

»Ja. Tatsächlich. Sie meinte, du hättest dich nicht bei ihr blicken lassen, aber wenn ich mich recht entsinne, hast du doch gestern erzählt, du seist bei ihr gewesen. Anscheinend hat sie mehrere Myrtenheiden, die beim geringsten Furz umkippen könnten.«

»Die Frau ist allmählich nicht mehr ganz dicht«, sagte er. »Ich war den ganzen Tag gestern mit der Kettensäge in ihrem Garten unterwegs, aber sie hat es entweder nicht mitbekommen oder schon wieder vergessen. Keine Ahnung, was davon mir mehr Angst macht. Ehrlich gesagt bin ich nicht so sicher, ob sie weiter ganz alleine in dem Haus leben sollte.«

Abby holte langsam Luft. »Also warst du gestern bei ihr?«

Einen Moment lang schwieg Ray, dann rollte er zu ihr herum und sah sie an. »Wo soll ich sonst gewesen sein?«

»Du könntest dich mit einer anderen Frau herumgetrieben haben, was sonst?«

Er lachte auf, ehe er ihr tief in die Augen sah. »Ich würde dich niemals betrügen, Ab. Und weißt du auch, warum?«

»Weil ich eine absolute Traumfrau bin?«

»Nein, weil es auf dieser Insel so gut wie keine verfügbaren Frauen gibt.«

»Halt die Klappe.«

»Ich liebe dich.«

»Ich liebe dich auch«, erwiderte sie.

Er gab ihr einen flüchtigen Kuss auf die Wange und rollte sich herum, um die Nachttischlampe auszuknipsen. Innerhalb weniger Minuten schnarchte er.

Aus Gründen, die Abby erst sehr viel später verstehen sollte, fand sie keine Ruhe, wurde hin- und hergerissen zwischen Wachen und Schlafen, wie ein Boot auf rauer See.

7

– Die Witwe –

Kate hatte keine Ahnung, wie lange sie auf Belport Island bleiben würde. Inzwischen war sie zu der Erkenntnis gelangt, dass John sich, aus welchen Gründen auch immer, in ihrem Ferienhaus auf der Insel aufhielt. Er hatte – ebenfalls aus welchen Gründen auch immer – die Alarmanlage ausgelöst, und sie musste lediglich hinfahren und ihn zurückholen. Ein Klacks. Dass die Sicherheitsfirma sofort nach dem Eingang des Signals jemanden hingeschickt, aber niemanden vorgefunden hatte, spielte keine Rolle. John war dort. Sie würde ihn mit nach Hause nehmen. Darüber, was von ihrer Ehe noch übrig war, würden sie sich später Gedanken machen.

Unglücklicherweise war Kate nicht dumm. Sie wusste, dass es bei Weitem nicht so einfach werden würde. Vielleicht wäre sie gezwungen, ein oder zwei Nächte dortzubleiben. Deshalb packte sie wie für einen sechsmonatigen Europatrip: sechs BHs (darunter ein Sport-BH, ein trägerloser und ein Push-up), zwei Winterparkas, drei Jeans, ein Kleid, drei Paar Schuhe (ein viertes Paar musste sie wieder auspacken, weil sich sonst der Deckel nicht schließen ließ) und ein Badeanzug (was völlig schräg war). Wie es aussah, war sie noch nicht einmal mehr imstande, vernünftig einen Koffer zu packen.

Seit Johns Verschwinden waren selbst so einfache Dinge nahezu unmöglich geworden. Eine Mahlzeit zuzubereiten erschien ihr mit einem Mal ungewohnt und unnötig kompliziert. Am Vorabend hatte sie versucht, Nudeln für Mia zu kochen, nur um festzustellen, dass sie allein die Auswahl an Kochgeräten hoffnungslos überforderte. Am Ende war sie mitten in der Küche auf den Fußboden gesunken, ehe sie Pizza bestellt und geweint hatte, bis sie geliefert worden war.

Mia, die die nächsten Tage im Haus ihrer Großeltern verbringen sollte, hatte beim Packen wesentlich mehr Vernunft an den Tag gelegt. Alles, was sie brauchte, war in ihrem rosa Rucksack verstaut. Zu Kates Erleichterung hatte sie nicht darauf bestanden, sie auf die Insel zu begleiten. Zweifellos wünschte Mia sich nichts mehr als mitzukommen, doch mit einer Weisheit, wie alte Seelen sie nun einmal besaßen, hatte sie darauf verzichtet, Kate deswegen anzuquengeln.

Sie stiegen in den Lexus. Kate ließ den Motor an.

»Bist du sicher, dass du nicht noch mal auf die Toilette musst?«

Es war zwar nur ein kurzes Stück zu Fishers und

Pams Haus, doch Mia hatte die Angewohnheit, dass sich ihre Blase meldete, sowie das elektronische Tor hinter ihnen zuschwang.

Mia blickte nach unten, als wollte sie den Füllstand ihrer Blase überprüfen, und schüttelte den Kopf. »Nein, alles in Ordnung.«

Im Schneckentempo rollte Kate die Einfahrt entlang und auf die Straße. Es war ein düsterer Morgen mit zähfließendem Verkehr, durch den Kate sich nun bewegte, als wate sie durch hüfthohes Wasser.

Kurz nach neun Uhr fuhren sie vor Fishers und Pams dreigeschossigem Stadthaus in Brighton vor.

»Zwei Mal schlafen«, erklärte Kate in beruhigendem Tonfall, der sowohl ihr selbst als auch Mia galt, und sah ihre Tochter an. »Höchstens drei Mal.«

Mia nickte ruhig und löste mit einem Seufzer ihren Gurt. Einem tiefen Seufzer. Zu tief für ein Kind und mit viel zu viel Schmerz und Sorge, die darin schwangen.

»Kommst du zurecht?«, fragte Kate.

»Mir geht's gut, Mum. Und du?«

»Ich?«

»Geht's dir auch gut?«

»Mach dir wegen mir keine Sorgen, Äffchen«, sagte Kate nach kurzem Zögern. »Ich komme schon klar. Und in ein paar Tagen bin ich wieder zu Hause.«

»Versprochen?«

»Versprochen.«

Fisher und Pam traten aus dem Haus; Fisher, der

darauf bestanden hatte, sie nach Belport zu begleiten, trug eine kleine Reisetasche über der Schulter. Bei der Vorstellung, so viel Zeit mit ihrem Schwiegervater zu verbringen, war Kate reichlich mulmig zumute, dennoch erschien es ihr immer noch die bessere Wahl, als allein zu fahren.

Mia stieg aus. Fisher hob sie hoch und sagte zu ihr: »Tu mir einen Gefallen und kümmere dich um deine Oma, solange ich weg bin, okay?«

»Okay, Opa«, erwiderte sie betrübt.

Pams Pantoffeln hinterließen tiefe Abdrücke im morgenfeuchten Gras, als sie Fisher folgte. Sie ergriff Kates Hände und drückte ihr einen zärtlichen Kuss auf die Wange. »Ich weiß, dass ihr losmüsst, aber vorher muss ich dir noch etwas sagen. Es ist wichtig.«

»Was denn?«

Pam trat einen Schritt nach hinten, ohne Kates Hände loszulassen. »John geht es gut«, flüsterte sie.

»Ich weiß. Er brauchte nur eine kleine Auszeit. Wir holen ihn nach Hause, Pam.«

»John geht es gut«, wiederholte sie. Unwillkürlich fragte Kate sich, ob Pam ihr zugehört hatte. »Ich habe geträumt.«

»Geträumt?«

»Du weißt doch von den Träumen, die ich manchmal habe. Ich weiß es immer ganz genau, wenn sie sich auf etwas Reales beziehen.« Pam blickte gen Himmel. »Ich stand vor den Himmelstoren. Natürlich wurde mir der Zutritt verwehrt, aber ich durfte hineinsehen. Und ich konnte bis zu Johns Thron sehen … und weißt du was?« Sie lachte – ein abgehacktes, leicht irres Prusten. »Er war leer. Johns Thron ist leer, weil er noch nicht darauf sitzen soll. Er lebt, Kate. Er lebt, ganz sicher. Wart's ab, du wirst schon sehen. Wart's ab.«

Kate und Fisher tauschten einen besorgten Blick über die Motorhaube hinweg. »Pams Schwester ist schon unterwegs aus Beechworth, um ihr bei Mia zu helfen«, sagte Fisher, als hätte er ihre Gedanken gelesen.

Kate nickte und lächelte nervös, ehe sie sich hinkniete und Mia tief in die Augen sah. »Ruf mich an, wann immer du es willst, Tag und Nacht, ganz egal. Du musst jetzt ein großes Mädchen sein, solange ich weg bin, okay?«

Sie nickte. »Zwei Mal schlafen.«

»Höchstens drei.«

»Und … Mum?«

»Ja, Äffchen.«

»Du musst auch ein großes Mädchen sein.«

Belport Island war lediglich über eine dreißigminütige Überfahrt mit der Fähre von einem Hafen auf der zwei Autostunden entfernten Bellarine Peninsula erreichbar. Es dauerte einige Zeit, bis sie die Stadt hinter sich hatten, doch dann ließ der Verkehr nach, und der Highway erstreckte sich vor ihnen.

Kate hielt sich eisern auf der langsamen Spur, immer

einige Kilometer unter der erlaubten Höchstgeschwindigkeit. Ihre Kriecherei machte Fisher bestimmt verrückt, trotzdem bat er sie nicht, auf die Tube zu drücken. Im Gegensatz zu ihm hatte Kate es nicht eilig – für sie war die Insel das eisige Ausrufungszeichen am Ende eines Satzes: Sobald sie hinkämen, würde sich das Drama, in das John auch immer verstrickt sein mochte, offenbaren und ihrem Leben, wie sie es bisher kannte, ein jähes Ende setzen. Hier hingegen, auf der Straße mit all den Kommata und Semikola, konnte man sich in den Gedanken flüchten, dass alles ein großes Missverständnis war und John gewiss eine harmlose Erklärung für alles liefern würde. Solange der Satz offiziell noch nicht beendet war, gab es Hoffnung. So konnte man es zumindest bezeichnen: als Hoffnung. Ein anderes Wort dafür wäre *Leugnung*.

Je bedeutungsschwerer die Stille im Wagen wurde, umso tiefer flüchteten Kates Gedanken, verloren sich in Fantasien. Irgendwann hatte sie sich auf die Idee fixiert, dass John bereits vorgefahren war, um das Ferienhaus für ihre Ankunft vorzubereiten. Wann immer sie es das erste Mal nach längerer Abwesenheit betraten, schlug ihnen ein schaler, muffiger Geruch entgegen, deshalb war John stets vor ihnen hingefahren, um sämtliche Fenster zu öffnen und ordentlich durchzulüften, die Laken von den Möbeln zu nehmen, frische Bettwäsche aufzuziehen und auf ihre und Mias Ankunft zu warten.

Sie malte sich aus, nicht ihr Schwiegervater sitze neben ihr auf dem Beifahrersitz, sondern Mia, was einfach war, solange sie stur geradeaus auf die Straße blickte. *Ja*, dachte sie, *es ist Mia, die jetzt neben mir sitzt*. Wahrscheinlich wäre sie vor lauter Erschöpfung längst eingeschlafen, weil sie auf der ersten Etappe abwechselnd all die Muscheln aufgezählt hätte, die sie am Strand sammeln würde, und mit ihr »Ich sehe was, was du nicht siehst« und Automarken-Erkennen gespielt hätte. Wenn sie endlich ihr Ziel erreichten, wäre es auf einen Schlag Sommer, mit einer angenehm warmen Brise, die sie empfing. John würde auf der Schaukel auf der Veranda sitzen und lächelnd zusehen, wie sie die Auffahrt herauffuhren. Mit der freien Hand (in der anderen eine Flasche kühles Bier) würde er einladend auf den Platz neben ihm tätscheln, und Kate würde der Aufforderung folgen.

»Wahrscheinlich hat er sich bloß für eine kleine Weile verdrückt. Das hat er früher als Teenager auch immer wieder getan«, erklärte Fisher. Dies waren die ersten Worte, seit sie die Stadt hinter sich gelassen hatten, und sie rissen Kate aus ihren Tagträumen wie das laute Knacken eines Asts.

»Was meinst du damit?«

»Einmal hat er uns erzählt, er sei in einem Schullager. Ein paar Tage später, als Pam seine Jeans waschen wollte, fand sie jedoch eine Quittung des McDonald's in der Innenstadt. Er hatte sich in einer Jugendherberge einquartiert gehabt, wenn auch nur für eine Nacht. Als wir ihn zur Rede stellen wollten, meinte er nur, er hätte ein bisschen Zeit für sich gebraucht.«

Fisher zog eine Zigarette heraus, traute sich aber offenbar nicht, sie im Wagen anzuzünden, sondern drehte sie stattdessen zwischen den Fingern hin und her. »Ich verstehe ihn. Vielleicht nicht hundertprozentig, aber das Bedürfnis, allein zu sein, kann ich absolut nachvollziehen. Was ich nicht verstehe, ist, weshalb er ausgerechnet nach Belport gefahren sein soll. Er konnte die Insel noch nie ausstehen.«

»Noch nie?«

»Wusstest du das nicht?«

»Normalerweise meckert er immer, aber ich dachte, als Junge wäre er gern hier gewesen.«

Fisher stieß einen Seufzer aus, in dem eine Menge Unausgesprochenes mitschwang. »Früher mal vielleicht. Aber selbst als Junge konnte er auf der Insel nie wirklich runterfahren. Als wir euch das Haus zur Hochzeit geschenkt haben, dachte ich, er könnte Belport endlich als das sehen, was es für mich all die Jahre war – ein Ort zum Abschalten. Aber so war's nicht.«

Sie blickte auf die Straße. Gestrüpp ragte zwischen den Leitplanken in der Mitte des Highways heraus. Vor ein oder zwei Jahren hatte ein Buschbrand auf der Insel getobt; der Seitenstreifen war immer noch verkohlt und schwarz vom Ruß, wohingegen die Vegetation dahinter in leuchtendem Grün blühte.

»Hat John dir eigentlich erzählt, dass er vor seinem Antrag um meinen Segen gebeten hat?«, fragte Fisher. »Er kam zu mir, um mich um Erlaubnis zu fragen. Ich habe ihm gesagt, dass es normalerweise umgekehrt läuft und man den Vater der Braut auf seine Seite ziehen muss. Aber er wollte nur wissen, ob ich es für eine gute Idee hielt und fand, dass ihr beide gut zusammenpasst.«

»Nein, das wusste ich nicht.«

Er blickte auf seinen goldenen Ehering, der inzwischen mindestens eine halbe Nummer zu eng war. Sein Finger erinnerte Kate an eine Salami im Netz.

»Er hat seine ganze Kindheit immer um die Zustimmung anderer Leute gebuhlt. Pam meint, es liegt daran, dass ich zu streng zu ihm war und ihn nicht genug gelobt habe. Ich hingegen denke eher, es ist schlicht und einfach sein Charakter. Er ist nun mal ein Mensch, der sich viele Gedanken macht.«

»Und was hast du ihm geantwortet?«

»Dass du eine sichere Bank wärst.«

Eine sichere Bank. Hatte er das als Kompliment gemeint?

Kate hatte lange nicht verstanden, weshalb John sie geheiratet hatte, immerhin hatte es massenhaft attraktivere und interessantere Frauen in seinem Leben gegeben. Er hätte die Wahl gehabt. Kate war optisch kein Hingucker, sie war still, einer Ente gleich, die geräuschlos durch den Teich glitt. Trotzdem hatte John ihr geradezu aggressiv den Hof gemacht, wie ein Mann, der genau wusste, was er wollte.

Im Lauf der Jahre, als Kate immer weitere Schichten der Persönlichkeit ihres Mannes freigelegt und einen Blick in seine Vergangenheit erhascht hatte, war ihr aufgegangen, weshalb seine Wahl ausgerechnet auf sie gefallen war. Vor ihr hatte er nur eine ernsthafte Beziehung gehabt – mit Audrey Flynn, ein Name wie für einen Filmstar. Audrey war eine atemberaubende Schönheit und eine begabte Künstlerin. Mehr als einmal hatte Kate sie nach ein, zwei Gläschen Weißwein auf Facebook gestalkt. Audrey Finn beherrschte Gebärdensprache, weil ihre Schwester taub war. Ihr Vater war eine Art Diplomat, weshalb sie einen Teil ihrer Kindheit in Japan und in den USA verbracht hatte. Johns Schilderungen legten nahe, dass es ihm nicht gelungen war, sie interessenmäßig bei der Stange zu halten.

Kate dagegen: seit zwei Jahren mit der Uni fertig, ein Job in einer kleinen, unbedeutenden Steuerkanzlei in einem Vorort im Norden, bisher keinen richtigen festen Freund und nie aus Australien rausgekommen. Sie wäre verrückt, wenn sie sich John entgehen ließe, und das wusste er auch.

»Kate, eigentlich ist es eine Selbstverständlichkeit, aber ich will nur noch mal sagen, dass für dich und Mia gesorgt sein wird, egal was hier passiert … was wir auf der Insel vorfinden.«

»Egal was passiert?«

»Ich frage mich die ganze Zeit, weshalb John nach Belport kommen sollte, weshalb er dir nichts von seiner Kündigung erzählt und uns belogen hat. Ich habe eine Reihe von Theorien dazu, und … na ja, keine ist besonders positiv.«

Kate befeuchtete ihre Lippen und drückte fester aufs Gas. Die Tachonadel bewegte sich nach oben, erreichte die Geschwindigkeitsbegrenzung, glitt darüber.

»Ich sage nur, dass wir vorbereitet sein sollten«, fuhr Fisher fort. »Mental. Es könnte sein, dass wir Dinge über John erfahren, die wir lieber nicht wissen wollen.«

»Zum Beispiel?«

Fisher blickte aus dem Fenster. »Wir alle haben unsere Geheimnisse. Dinge, die wir lieber unter Verschluss halten wollen … Dinge, die die Sicht anderer auf uns verändern würden, wenn sie ans Licht kämen. Wie gut kennt man einen anderen Menschen wirklich, das ist die Frage, auf die ich hinauswill.«

Kate fragte sich, welche Leichen Fisher wohl im Keller haben mochte.

»Du glaubst, er hat eine Affäre, stimmt's?« Obwohl sie weiter geradeaus sah, spürte sie seinen Blick auf ihr ruhen. »Er könnte im Sommer jemanden kennengelernt haben. Eine Frau von hier. Vielleicht sind sie in Kontakt geblieben. So was ist heutzutage ja ein Kinderspiel.«

»So etwas würde John nicht tun«, sagte Fisher, doch

seine Worte waren wie die Kulisse in einem Hollywoodstudio – aus dünnem Spanholz zurechtgezimmert und mit billiger Farbe zugekleistert. »Du fährst zu schnell, Kate.«

Sie glitt auf die Überholspur, fuhr an einem silbernen BMW vorbei und lenkte den Wagen abrupt auf die linke Fahrbahn zurück.

»Klare Ansagen, schon vergessen?«

»Klare Ansagen«, echote er. »Ja, anfangs dachte ich tatsächlich, es könnte jemand anderes geben. Wenn Männer etwas tun, was ihnen nicht ähnlich sieht, ist für gewöhnlich eine Frau im Spiel. Und jetzt hoffe ich auf gewisse Art sogar, dass das der Grund ist.«

»Du hoffst, er hat eine Affäre?«

»Im Vergleich zur Alternative, ja, wenn ich ehrlich sein soll.«

Sie nahm den Fuß vom Gas. »Und was ist die Alternative?«

»Ich muss dauernd daran denken, was seine Chefin zu dir gesagt hat. Das über die Seelenqualen. Ich kannte den Begriff nicht, aber er beschreibt perfekt eine ausgiebige Phase in Johns Leben, als er noch ein Teenager war. Eine Zeit lang war er sehr ... düster.«

Sie nickte. »Ich erinnere mich an die Fotos aus der Zeit, als er achtzehn wurde. Sie sahen aus wie von Alice Coopers Hochzeit.«

»Es beschränkte sich nicht bloß auf schwarze Klamotten und Heavy-Metal-Musik«, sagte Fisher. »Sondern er war regelrecht besessen von Ouija-Brettern, Dämonologie und Ritualmorden. Er fing an, Horrorromane dieses durchgeknallten Amerikaners zu lesen ... Lovecroft? Lovecraft? Irgendwas in der Art. Und er hat ununterbrochen über diesen alten Dichter und Okkultisten recherchiert, Aleister Crowley hieß der. Pam hat John die Bibel aufs Auge gedrückt ... mit erwartungsgemäßem Erfolg. In dieser Zeit hat sie angefangen, bei sämtlichen Messen zu assistieren, als eine Art Wiedergutmachung oder so was.«

»Das ist alles lange her, Fisher. Wir alle durchleben irgendwelche Phasen, wenn wir jung sind und herausfinden wollen, wer wir wirklich sind. Vielleicht versuchst du, Verbindungen herzustellen, wo gar keine sind.«

»Kann sein. Ich denke, ich suche einfach nach irgendeiner plausiblen Erklärung, an der ich mich festhalten kann.«

Die Worte ihres Schwiegervaters beunruhigten Kate. Gleichzeitig hatte es etwas Wohltuendes, ihn so verwundbar zu sehen, nachdem sie ihn bislang immer als eher kalt und distanziert erlebt hatte. Plötzlich wirkte er wie ein gewöhnliches, dreidimensionales menschliches Wesen.

Fisher sah wieder aus dem Fenster. Der Rest der Fahrt verlief schweigend.

Wie der Schlund eines riesigen Meeresungeheuers öffneten sich die stählernen Tore der Fähre, und Kate fuhr auf das Autodeck. Vor ihnen rumpelte ein uralter Camper mit einem Aufkleber auf der Heckscheibe – *Wir verprassen das Erbe unserer Kinder* – über die Rampe.

Kates letzter Trip nach Belport lag sechs Monate zurück, als es so heiß gewesen war, dass man sich nur mit Lichtschutzfaktor 50+ auf dem Oberdeck hatte aufhalten können. Die Leute waren in Shorts und Bikinis herumgelaufen, und vor dem Kiosk hatte sich eine endlos lange Schlange gebildet. Der Bauch der Fähre war proppenvoll gewesen: Autos mit Unmengen an Campingausrüstung im Kofferraum und Kajaks auf dem Dach. Nun war die Fähre praktisch leer.

Fisher ging zum Kiosk, um einen Kaffee zu holen, während Kate zum Bug schlenderte und sich die eisige Brise um die Nase wehen ließ. Die Überfahrt dauerte bloß eine halbe Stunde. Wenig später ragte die Insel wie der Panzer einer moosbewachsenen Riesenschildkröte aus dem Meer. Eine spätvormittägliche Nebelbank lag über dem Wasser und verschluckte Teile der Insel.

Sie dachte darüber nach, was Fisher gesagt hatte – darüber, dass sie sich innerlich darauf einstellen sollten, was sie vorfinden würden. Wenn sie die Monster auf der Welt nicht zur Sprache brachten, waren sie auch nicht auf sie vorbereitet, wenn sie plötzlich unter dem Bett hervorsprangen. Welche erwarteten sie wohl auf Belport Island?

8

– Die Frau –

Lori stand auf der vorderen Veranda. Sie kaute hektisch an dem Nagel ihres kleinen Fingers und machte ein Gesicht, als sei sie versehentlich falsch abgebogen und geradewegs in einer üblen Gegend gelandet. Eddie war bereits auf dem Weg zum Schulbus, doch Lori trödelte herum. Irgendetwas beschäftigte sie.

Abby beobachtete sie durchs Küchenfenster. Sie war hinter dem Sukkulenten-Blumenkästchen auf dem Fensterbrett abgetaucht und verfolgte das Geschehen wie ein Dokumentarfilmer, der herausfinden wollte, was sein Zielobjekt als Nächstes tat. Die ahnungslose Lori trat zwei Schritte die Verandatreppe hinunter, dann machte sie kehrt, ging noch einmal zur Haustür, zögerte, machte neuerlich kehrt.

Abby klopfte gegen die Scheibe. Lori fuhr zusammen.

»Alles in Ordnung?«, rief sie. »Du siehst aus wie dein Vater in der Nacht deiner Geburt.«

»Es ist nichts«, rief Lori zurück, ging die Treppe wieder hinunter und in den Garten.

Abby schlüpfte in ihre Laufschuhe und folgte ihr. Sie war noch im Schlafanzug, doch es war ohnehin niemand ringsum zu sehen.

»Was ist los, Lori?«, fragte Abby.

»Es ist nichts. Ehrlich.« Den Blick gesenkt trat sie mit ihrem Stiefel gegen die unterste Verandatreppe. »Ich wollte bloß fragen, ob zwischen dir und Dad alles in Ordnung ist.«

»Ja, alles bestens«, sagte Abby. »Wieso?«

Lori zuckte die Achseln. »Keine Ahnung. Wahrscheinlich ist es nichts. Ich verpasse den Bus.«

»Herrgott, Lori, spuck's aus oder lass es, aber entscheide dich.«

Lori seufzte. »Na gut. Dad war heute Morgen superfrüh dran, und ich musste superdringend aufs Klo, und ich dachte, ihr hättet euch vielleicht gezofft oder so was, weil ... als ich vor der Badezimmertür stand, habe ich ihn gehört und ...«

»Und was?«

»Ich will es nicht sagen.«

»Hat er ...? Oh Lori ...«

»Gott, nein, doch nicht das.«

»Was dann?«

»Vielleicht habe ich es mir bloß eingebildet, aber ich bin ziemlich sicher, dass er ... geweint hat.«

Ray weinte nicht. Lori musste sich tatsächlich verhört haben, und falls nicht, gab es eine Million plausibler

Erklärungen. Das Problem war nur, dass ihr gerade keine einzige einfallen wollte.

Es gab jede Menge im Haus zu erledigen: Wäsche zusammenlegen, Holz hacken, ihr Buch lesen, ein Opossum häuten und ausstopfen. Doch die Vorstellung, den ganzen Tag drinnen bleiben zu müssen, beschwor eine eigentümliche Traurigkeit in Abby herauf, deshalb beschloss sie, stattdessen laufen zu gehen.

Nach ein paar Minuten begann ihre Lunge zu brennen, und ihre Atemzüge wurden flach. Wenn sie nicht einen Gang runterschaltete, holte sie sich einen Muskelkater, der eine ganze Woche anhalten würde; trotzdem konnte sie sich nicht überwinden, langsamer zu werden. Sobald sie ihr Tempo ein wenig drosselte, um Treibholz oder sonst einem Hindernis auszuweichen, wurde sie augenblicklich von finsteren Gedanken heimgesucht.

Erstens hatte Ray behauptet, er sei bei Eileen Betchkie gewesen, was Eileen jedoch abgestritten hatte. Dann hatte er im Badezimmer geweint. Irgendetwas war im Busch. Etwas Schlimmes, und Abby konnte nur beten, dass es nichts mit einer anderen Frau zu tun hatte.

Schließlich stand sie an der Mauer am Strand, unter dem SPASS-VERBOTEN-Schild, als ihr hundeelend wurde. Sie beugte sich vor, schnappte nach Luft, blickte aufs Meer hinaus. Hinter den Bojen hatte sich eine dichte Nebelwand gebildet, die für einen Moment den Eindruck entstehen ließ, als existiere das Festland gar nicht. Sie sah einen Pelikan wie durch Zauberhand aus dem Dunst aufsteigen, der über sie hinwegflog und dabei einen Haufen absonderte.

Stimmen wehten herüber. Eine alte Steintreppe führte an der Steinmauer hinauf und auf der anderen Seite wieder hinunter zum Beech Tree Landing, eine Reihe von Slipanlagen, über die Boote zu Wasser gelassen werden konnten. Dort kamen die Stimmen her. Sie erklomm die Stufen, spähte über die Mauer und erstarrte.

»Heilige Scheiße«, flüsterte sie.

Fünf Streifenwagen standen auf dem asphaltierten Parkplatz. Hinter ihnen, zwischen zwei besonders langen, für Bootsanhänger genutzten Rampen, war ein großer weißer Transporter geparkt, auf dessen abgeklebten Seitenfenstern *Crime Scene Service* stand. Überall liefen Kriminaltechniker in weißen Overalls und mit Beweismitteltüten und -behältern herum. Abby hielt nach Bobbi Ausschau, sah jedoch nur finster dreinblickende Beamte, die sie nicht kannte.

Ein Polizeiboot zog langsame Kreise im seichten Wasser. Vor dem Haupteingang der Anlage standen zwei Constables Wache; beide trugen weite, formlose Jacken mit aufgenähten Reflektorstreifen auf den Ärmeln. Obwohl keiner in ihre Richtung sah, kauerte sie sich auf der obersten Stufe zusammen. Es war, als hätte jemand auf ihrer Insel ein Filmset eingerichtet.

Eine Frau stieg aus dem Transporter der Spurensicherung, eine Kamera mit einem Teleobjektiv und einer

Hochleistungstaschenlampe in der Hand, und trat zu den beiden Beamten am Tor.

Am Ende des Piers befand sich der ehemalige Fährterminal, ein baufälliges Holzgebäude, das vor zehn Jahren, nach der Inbetriebnahme der topmodernen Anlegestelle in Elk Harbour, stillgelegt worden war. Salzwasser und Wind hatten die Wände zu einem hellen Grün verblassen lassen, und das Dach war mit kleckerigen Vogelschissen übersät.

Gemeinsam mit den anderen Polizisten ging die Frau zum Terminal und verschwand im alten Fährgebäude.

Das musste der Grund gewesen sein, weshalb Bobbi gestern herbeordert worden war. *Nichts Gutes.* Konzentriert blickte Abby auf das Szenario, um jedes Detail abzuspeichern. In der dunklen Stille hinter ihren Augen verbarg sich ein wahres Arsenal an Verbrechen, ein Museum menschlicher Abgründe, die Regale voller Bücher von Ann Rule und John Berendt und die Wände vollgepflastert mit Tatortfotos und Serienkillerporträts.

»... dürften gar nicht hier sein.« Eine strenge Stimme riss Abby ins Hier und Jetzt zurück. Sie war so in Gedanken versunken gewesen, dass sie den Polizisten gar nicht näher kommen gehört hatte. Er hatte eine Hand in die Hüfte gestemmt, die andere lag auf seiner im Holster steckenden Waffe. »Haben Sie mich verstanden?«

»Ich ...«

»Verschwinden Sie.«

»Was ist denn passiert?«, fragte Abby.

Der Constable zog seine dichten Brauen hoch. »Nichts Gutes«, antwortete er.

Er starrte sie finster an, ohne zurückzuweichen. Abby nickte, kletterte die Steinstufen wieder hinunter und ließ den Tatort hinter sich. Mit einem Mal war ihre Besorgnis einer heimlichen Erregung gewichen.

Sie trabte landeinwärts, die Harvill Hill Road hinauf, wo sie stehen blieb und aufs Meer hinaussah. Die Fähre fuhr gerade in den Hafen.

9

– Die Witwe –

Um 12:25 Uhr dockte die Island Ferry im Elk Harbour auf Belport Island an. Die Stahltore glitten auf, eine Rampe wurde heruntergelassen und spie den Lexus wie einen unzerkauten Bissen Fleisch aus. Kate und Fisher folgten der Straße hinauf zur Promenade und in Richtung Zentrum.

»Lange her, seit ich das letzte Mal hier war«, bemerkte Fisher und ließ den Blick über den Waldstreifen an der Küste schweifen. »Ich kann mir beim besten Willen nicht vorstellen, wie jemand das ganze Jahr über hier leben kann. Diese Isolation würde mich wahnsinnig machen.«

»Darüber habe ich sogar schon mal nachgedacht«, gestand Kate. »Ehrlich gesagt tue ich das sogar jeden Sommer, immer am letzten Wochenende, bevor wir zurückfahren. Wenn auch eher um Mias willen. Heutzutage werden die Kinder viel zu schnell erwachsen, deshalb dachte ich immer, eine Kindheit hier auf der Insel wäre herrlich unbeschwert. Einfach, bescheiden und …«

»Und was?«

»*Sicher* lag mir auf der Zunge.«

»Hm«, erwiderte er. »Früher dachte ich das auch immer.«

Sie gelangten zur Bay Street, wo während der Saison stets Trubel herrschte. Heute hingegen war alles trostlos und grau, so wie fast überall in Belport.

Die meisten Geschäfte und Restaurants waren bis Dezember geschlossen. Island Gifts, wo Mia letztes Jahr eine Plüschrobbe und etwa drei Dutzend Postkarten gekauft hatte, die niemals losgeschickt worden waren; Pond & Beyond Seafood, wo es einen erstklassigen Hoki vom Grill gab, mit extra viel frittierten Zwiebelringen, und das Belport Bike & Kajak Hire.

Die Eisenwarenhandlung, der Waschsalon und der Buy-&-Bye-Supermarkt hatten zwar geöffnet, aber auch hier war so gut wie nichts los. Kates Wagen schien das Einzige weit und breit zu sein, das sich bewegte.

»Müssen wir noch irgendwo Halt machen?«, fragte Kate.

»Nein. Lass uns gleich losfahren.«

»Geht es dir gut?«

Die Frage schien ihn zu verblüffen. Wahrscheinlich bekam er sie nicht allzu häufig gestellt. »Ich denke schon. Und dir?«

»Ich denke auch. Zumindest jetzt gerade. Ich überlege die ganze Zeit, wie ich Mia all das erklären soll. Bestenfalls finden wir John, der sich im Haus vergraben hat und grübelt. Was sage ich ihr dann? *Daddy brauchte mal Ferien?* Wie viel soll ich ihr vorenthalten, um sie zu schützen?«

»John war etwa in ihrem Alter, als meine Mutter gestorben ist. Er hat damals alle möglichen seltsamen Fragen gestellt. Ob Grandma denn da unten in ihrem Grab keinen Hunger kriegen würde. Oder ob das Bestattungsinstitut Löcher in den Sarg bohrt, damit sie auch atmen kann. Solche Dinge. Was hier gerade passiert, lässt sich zwar damit nicht vergleichen, trotzdem denke ich, das Wichtigste ist, ihr zuzuhören.«

Am Ende der Bay Street bog Kate nach links in die Ewing Street, dann nach rechts in die Double Bluff Road, die weiter in die Hügel der Insel führte. Nach einer Weile gelangte sie zu einer Einmündung, an der sie nach links in die Neef Street einbog. Zahllose Male war sie den Weg gefahren, aber nie ohne John oder Mia im Schlepptau. Die Straße entlangzufahren und die Häuser der Nachbarn zu sehen hatte sich stets wie Heimkommen angefühlt; nun hingegen erschien es falsch und unheimlich. Das würfelförmige schiefergraue Haus, das sie früher als elegant und hochmodern empfunden hatte, mutete plötzlich wie ein Raumschiff an, das nicht hierhergehörte, wohingegen das Herrenhaus mit den sechzehn Schlafzimmern, das sie einst an Downton Abbey erinnert hatte, wie ein Spukschloss wirkte.

Schließlich hielt sie vor ihrem Feriendomizil – ein Strandhaus im kalifornischen Stil, ein Stück von der

Straße zurückversetzt und durch einen hohen Holzzaun vor neugierigen Blicken geschützt. Es wirkte surreal, wie eine Replik dessen, was es letzten Sommer noch gewesen war. Vielleicht lag es daran, dass sie nicht daran gewöhnt war, es außerhalb der Saison zu sehen – der Rasen war nicht wie gewohnt tadellos gepflegt, und die Umgebung wirkte trist –, vielleicht aber auch an all den wenig erfreulichen Dingen der letzten Tage.

Hat sich das Haus verändert oder ich?

Sie fuhr durch das Zufahrtstor und hielt unter ein paar Birken an, die deutlich vitaler aussahen als in der Hitze des vergangenen heißen Sommers. Die Einfahrt war leer, und im Haus brannte kein Licht. Die Welt schien in Stille zu versinken, als sie den Motor ausmachte. Kein Verkehrsrauschen in der Ferne, kein Baulärm.

Kühle Luft schlug ihr beim Aussteigen entgegen. Zwar hatte sie zwei Parkas eingepackt, doch sie hatte jetzt keine Zeit für ihren Koffer. Sie wollte so schnell wie möglich ins Haus. Ohne sich weiter um Fisher zu kümmern, hastete sie durch die Kälte. An der Tür blieb sie kurz stehen. Der Hausschüssel, den sie mitgebracht hatte, war der einzige, den sie in Caulfield aufbewahrten. Aus einem Impuls heraus zog sie den Kunstharzstein unter der Verandatreppe hervor, in dem ein Ersatzschlüssel für Notfälle oder Verwandtenbesuche versteckt lag. Der rostige Messingschlüssel war noch da.

Sie schloss die Tür auf und schaltete die Alarmanlage aus. Einen Moment lang blieb sie auf der Schwelle stehen und ließ den Blick durch den Eingangsbereich schweifen. Es dauerte einige Sekunden, bis ihre Augen sich an das Halbdunkel gewöhnt hatten. Sämtliche Fensterläden waren geschlossen, so wie sie sie bei ihrer Abreise im Sommer zurückgelassen hatten. Sie sah auf den Boden. Jemand hatte eine Visitenkarte hindurchgeschoben. *Sanctuary Security – Ihre Sicherheit ist bei uns in besten Händen!*

»John!«, rief sie.

Keine Antwort. Sie trat ein, dicht gefolgt von Fisher, der die Treppe hinaufging, um die Zimmer oben zu überprüfen.

»John«, rief er, »bist du da, Junge?«

Unterdessen ging Kate in die Küche und machte aus einer spontanen Eingebung heraus den Kühlschrank auf – ein altes, mit Magneten vollgepflastertes Ungetüm, das John zu ersetzen versprochen hatte, sobald es den Geist aufgab, doch bislang klammerte sich das Ding auch weiter an seine brummende, surrende Existenz. Darin standen einige Flaschen Wasser, mehrere Plastikschalen mit Hummus und ein Liter Milch. Sie blickte auf das Haltbarkeitsdatum: noch drei Tage. In der Mikrowelle neben dem Kühlschrank war ein unberührter Karton Fertigmakkaroni mit Käse.

Auf der Arbeitsplatte stand eine braune Einkaufstüte mit zwei ineinander verschlungenen Bs auf der einen

Seite, die eine Schachtel Baldriantabletten, ein Päckchen Kamillentee, drei verschiedene Antihistaminika, eine Literflasche Wild Turkey, dünne Cracker, einen Fünferpack Mi-Goreng-Instantnudeln und eine Schachtel Frosties enthielt.

Neben dem Telefon klebte ein gelber Post-it-Zettel. *S. Hallston, 14 Uhr.* Sie hatte keine Ahnung, wer oder was S. Hallston sein sollte und was der Zettel zu bedeuten hatte, die Handschrift gehörte allerdings eindeutig John. Sie war der unwiderlegbare Beweis dafür, dass er hier gewesen war. Die Erkenntnis drehte ihr den Magen um. Sie verspürte das dringende Bedürfnis, sich zu übergeben und mit der Faust eine Wand einzuschlagen, wenn auch nicht zwingend in dieser Reihenfolge.

Auf Zehenspitzen ging sie den Korridor hinunter, spähte in jedes Zimmer, auf der Suche nach irgendeinem Hinweis, dass etwas anders war als sonst. Waschküche, Badezimmer, Toilette, Gästezimmer, sämtliche Türen stand weit offen.

Sie spähte ins Wohnzimmer, doch auch hier war nichts von ihm zu sehen. Gerade als sie kehrtmachen wollte, hielt sie inne und sah sich noch einmal um. Etwas war anders, allerdings konnte sie nicht auf Anhieb sagen, was es war. Ihr Blick schweifte über den Plasmafernseher und die Regale mit alten DVDs und Blu-rays an der Wand gegenüber vom Kamin. Die dreiteilige Sofalandschaft war unverändert, ebenso wie der blaue Flauschteppich, auf dem Mia so gerne beim Fernsehen lümmelte. Trotzdem war irgendetwas anders als sonst. Ganz sicher.

In diesem Moment fiel der Groschen. In der hinteren rechten Ecke des Raums hatte die Familie über Jahrzehnte hinweg die Körpergrößen festgehalten, nicht nur von John, sondern auch von seinen Cousins, Cousinen und Freunden. Sobald Mia groß genug gewesen war, hatte er jeden Sommer auch ihre Größe markiert, und jedes Mal hatte Mia aufs Neue gestaunt, wie viel sie in den vergangenen Monaten gewachsen war. Vor zwei Jahren hatte Mia darauf bestanden, dass auch Kate sich hinstellte, was sie voller Stolz getan hatte. Doch nun waren sämtliche Markierungen verschwunden, und die Wand wies denselben Eierschalen-Farbton auf wie der Rest des Raums. Es war, als wäre sie in ein Paralleluniversum getreten, in dem alles exakt gleich war, bis auf ein winziges, scheinbar triviales Detail.

Vorsichtig tippte Kate mit dem Finger gegen die Wand. Die Farbe war sogar noch leicht feucht.

»Was hast du hier getrieben, John?«, flüsterte sie.

Eilig machte sie kehrt und verließ den Raum, um nach oben ins Elternschlafzimmer zu gehen. Am letzten Urlaubstag hatten sie das Bett abgezogen, doch seitdem hatte jemand eindeutig versucht, es notdürftig zu machen. Die Vorhänge waren zugezogen, weshalb der Raum in unnatürlich gelbliches Nachmittagslicht getaucht war. In einem Film wäre dies die Szene mit der

Rückblende: Die Hauptdarstellerin sah sich selbst und John, wie sie im Bett lagen, eng aneinandergeschmiegt, wie sie sich liebten oder die Sonntagszeitung lasen.

Auf der anderen Seite des Bettes unter dem Fenster stand Johns Koffer. Sie kniete sich hin und zog den Reißverschluss auf. Sämtliche Kleider, die er für London gepackt hatte, lagen darin, frisch gewaschen und sorgfältig zusammengelegt. Hosen, Hemden, Socken, Unterwäsche, ein Kulturbeutel. In einem separaten Fach im Kofferdeckel befand sich ein ledergebundenes schwarzes Notizbuch. Sie zog es heraus und blätterte darin.

Es war voller Zeichnungen. Kate erkannte auf Anhieb Johns amateurhaften, fast kindlichen Stil: jede Menge uneinheitliche enge Linien, Schraffierungen und verschobene Perspektiven, nur dass sie diese Kritzeleien allenfalls auf dem Rand der Sonntagszeitung gesehen hatte, kleine Häuser oder Würfel, aber nichts Derartiges.

Er hatte Buntstifte verwendet, ohne Zweifel Mias, ausnahmslos in dunklen Farben: schwarz, dunkelbraun, tiefrot. Insgesamt waren es fünfzehn Skizzen, alle mit demselben Motiv: ein dunkler, nichtssagender Raum und ein Mann, der mit dem Gesicht zur Ecke zugewandt stand. Seite um Seite wurde seine Darstellung detaillierter, fast wie bei einem Daumenkino – von einem Schatten zu einem Mann mit kurzem Haar, Tennisschuhen und einem weiten schwarzen Mantel.

Auf den letzten vier Seiten zog sich ein langer, gezackter Spalt durch sein Gesicht, aus dem kleine braune Gebilde drangen.

»Motten«, flüsterte sie, obwohl sie das Wort am liebsten laut hinausgeschrien hätte. Irgendwo in ihrem Hinterkopf hörte sie Holly Cutters Stimme. *Seelenqualen.*

Kate schlug das Notizbuch zu und steckte es in ihre Tasche, als sie die Berührung eines Fingers auf ihrem Kopf spürte. Erschrocken schnappte sie nach Luft und fuhr herum, doch da war niemand. Sie fuhr sich mit der Hand durchs Haar. Ein kleines Staubknäuel löste sich. Es musste heruntergefallen sein.

Sie sah nach oben an die Zimmerdecke mit der flachen, rechteckigen Luke, die Zugang zu dem geräumigen Speicher bot. *Die Tür vom Dach*, hatte Mia die Luke stets genannt und, zumindest als sie noch kleiner war, geglaubt, ein hässlicher, kinderfressender Gremlin hause dort oben, der nachts heruntergeklettert käme, um Mia in ihrem Bett heimzusuchen.

In all den Jahren hatte Kate die Luke nur einmal offen stehen gesehen, und zwar als John nach seinen alten Sonic-Youth-CDs gesucht hatte. Bis heute. Zwischen der Klappe und dem Rand klaffte ein etwa zwei Zentimeter breiter Spalt. Eigentlich gab es keine Veranlassung für John, dort oben zu sein – andererseits hatte er auch keine, sich auf Belport Island aufzuhalten.

Kate fiel ein Zeitungsartikel ein, den sie vor ein paar

Wochen auf Facebook gelesen hatte. Darin ging es um einen Mann, der ganz allein in einem Apartment im japanischen Kyoto lebte. Als er merkte, dass regelmäßig Lebensmittel aus seiner Küche verschwanden, installierte er überall Kameras. Die Aufnahmen zeigten eine Frau, die mitten in der Nacht aus seinem begehbaren Dielenschrank stieg, sich über sein Essen hermachte und die Toilette benutzte. Er rief die Polizei, die die Frau festnahm – sie gab an, bereits mehrere Monate in dem Schrank gelebt zu haben.

»Kate? Kate!«, rief Fisher von der anderen Seite des Flurs. »Komm!«

Sie folgte seiner Stimme in Mias hellblau gestrichenes Zimmer. Fisher stand in der Ecke und blickte auf etwas hinter dem hohen Kleiderschrank, auf dem eine große Plastikwanne mit Mias Sommerspielsachen stand und auf dessen Türen Poster von Katzen in unterschiedlichen Yoga-Positionen geklebt waren.

»Was ist denn?«

»Kommt dir das bekannt vor?«

Sie durchquerte den Raum und spähte hinter den Schrank. Ein frisch mit weißer Bettwäsche bezogenes Einzelbett war an die teilweise mit hellgrüner Tapete versehene Wand geschoben worden. Es gab einen kleinen Minibarkühlschrank – Kate hatte keine Ahnung, woher das Ding auf einmal kam – mit einer gefalteten Speisekarte des Zimmerservice, auf der *High Holborn London* stand.

»Oh Gott«, stieß sie hervor. »Es sieht wie ein Hotelzimmer aus.«

»Ich glaube, genau das war die Absicht dahinter. Hat er von hier aus mit dir und Mia geskypt?«

Sie öffnete den Mund, um zu antworten, doch die Worte blieben ihr im Hals stecken. Sie hatte sich gerade erst damit abgefunden, dass John sie wegen seiner London-Reise belogen hatte; jetzt allerdings sehen zu müssen, wie er das Kinderzimmer ihrer Tochter in ein Set umfunktioniert hatte, verlieh dem Ganzen eine gänzlich andere, sehr viel unheilvollere Note – das hier war geplant gewesen. Vorsätzlich. Antagonistisch. Unvermittelt verspürte sie den Drang wegzulaufen, wie ein Tier, das die Bedrohung eines Feindes bemerkte. Am liebsten hätte sie auf der Stelle das Haus verkauft und nie wieder einen Fuß hineingesetzt. Die neuen Besitzer könnten alles behalten, Möbel, Geschirr, Küchenutensilien, Bett- und Tischwäsche, Sommersachen, Spielzeug, dieses beschissene High-Holborn-Hotelzimmer. Oder sie verbrannten den ganzen Plunder einfach.

»Ich kann nicht sagen, was mir am meisten Angst macht«, sagte sie. »Dass John heimlich hergekommen ist oder dass er es anscheinend so eilig hatte, wieder wegzukommen. In der Küche steht eine Tüte mit Einkäufen, und in der Mikrowelle habe ich etwas zu essen gefunden. Es ist irgendwas Schlimmes passiert, Fisher.«

Fishers Handy läutete. Er zog es mit der Geschmeidigkeit eines Revolverhelden heraus und hielt es sich ans Ohr. »Ja? Hier spricht Fisher Keddie … Hallo?«

»Wer ist dran?«, fragte Kate.

Er lauschte, schüttelte den Kopf. »Ich weiß es nicht. Der Empfang ist so schlecht hier drinnen.«

»Auf der hinteren Veranda geht es besser.«

Er nickte und hastete hinaus. Kate wollte ihm folgen, blieb jedoch an dem kleinen Fenster stehen, das einen Ausblick auf den Vorgarten bot. Direkt davor stand eine alte Birke, die Mia aus unerfindlichen Gründen Simon getauft hatte. Normalerweise sah man lediglich die dichte Laubkrone, doch nun waren die Blätter abgefallen, so dass sich durch das Skelett aus Ästen freie Sicht bis zur Straße bot.

Ein schlammverspritzter Pick-up parkte an der Ecke Milt Street. *Hausbetreuung* stand auf der einen Wagenseite. Den Fahrer konnte sie nicht erkennen, doch es schien, als beobachte er das Haus. Unterdessen ging Fisher auf dem Korridor auf und ab und sprach hektisch in sein Handy. Kate sah ihn an. Als sie sich wieder zum Fenster wandte, fuhr der Pick-up los, machte eine Kehrtwende und verschwand über den nächsten Hügel.

Fisher war kreidebleich, als er zurückkehrte.

»Was ist los?«, fragte Kate.

»Das war die Polizei von Belport.«

»Ja?«

»Sie …«

»Spuck's aus, Fisher.«

»Sie wollen, dass wir ins Belport Medical kommen. Jetzt gleich«, sagte er, wobei ihm jedes Wort schwerzufallen schien.

»Ins Krankenhaus?«, rief Kate. »Warum? Ist es John? Ist er verletzt?«

Fisher blickte auf seine Hände.

»Verdammt, Fisher«, stieß Kate hervor. »Was ist passiert?«

10

– Die Ehefrau –

»Die haben eine Leiche gefunden«, platzte Henry Biller aufgekratzt heraus. Eigentlich war heute sein freier Abend, trotzdem war er auf dem Heimweg vom Belly vorbeigekommen, um eine Tiefkühlpizza mitzunehmen und ein bisschen zu tratschen. Er war mit einem, wie Lori es nennen würde, affigen Arschloch-Grinsen hereingekommen, die Wangen rot von der Kälte und dem einen oder anderen Bierchen zu viel. Henry hatte mindestens ein Dutzend Theorien parat gehabt, weshalb plötzlich so viele Polizisten auf der Insel herumliefen, und damit war er nicht alleine.

Es war ein kalter, windiger Abend, und Abby hatte sich auf eine weitere langweilige Schicht eingestellt. Stattdessen war ungewöhnlich viel los gewesen, ein steter Strom an Kunden aus dem Ort, denen allen dieselbe Frage unter den Nägeln brannte: Was war am Beech Tree Landing passiert?

Laut Caddy Larson, die den Kiosk auf der Fähre betrieb, hatte es auf der Morgenrunde von Polizisten nur so gewimmelt. Sie hätte sogar eine Extraportion Eier-Speck-Pasteten aufwärmen müssen, damit alle etwas bekamen. Laut Paul und Liz Ryan, die eine Familienpackung Eiscreme und eine Flasche Jim Beam kauften, führte die Polizei bereits eine Haus-zu-Haus-Befragung durch, ob jemand etwas Verdächtiges gehört oder gesehen hatte. Chris de Luca, der in einem Wohnwagen am Leuchtturm wohnte, schwor Stein und Bein, er hätte sie im Polizeifunk von einer Wasserleiche reden hören.

Abby hatte allen berichtet, was sie am Beech Tree Landing beobachtet hatte, und eine gewisse Befriedigung aus dem Respekt gezogen, den ihr ihre Schilderung einbrachte. Die Spekulationen reichten von einem Drogenlabor auf der Insel bis zu einem Verbrechen mit Mafiaverstrickung oder einem flüchtigen Serienkiller, doch der allgemeine Konsens war …

»Die Bullen haben eine Leiche gefunden«, sagte Biller noch einmal und klatschte in die Hände.

»So geht das Gerücht«, erwiderte Abby.

»Das ist kein Gerücht.« Biller trat vor, lehnte sich über das Kassenband und senkte die Stimme, als verleihe dies seiner Ankündigung einen offizielleren Charakter. »Ich sag's dir, die haben eine Leiche gefunden. Alle im Pub reden schon darüber.«

»Alle in *Belport* reden darüber«, korrigierte Abby. »Was hast du gehört und von wem?«

»Zwei Bullen waren heute bei mir«, verkündete Biller grinsend.

»Bei dir? Im Laden? Heute?«

»Genau. Die waren beide auch nicht von hier. Ich glaube, die haben eine Handvoll Cops vom Festland rübergeschippert, damit sie bei der Ermittlung helfen. Einer sah aus wie ein Baby mit einer Dienstmarke, der andere hielt sich für Columbo. Sie wollten wissen, ob ich in letzter Zeit irgendwelche Fremden in den Laden hätte kommen sehen. Jemanden, der sich komisch benommen hat oder so.«

»Und was hast du gesagt?«

»Ich hab sie gefragt, ob es vielleicht ein bisschen genauer geht. Da haben sie mir ein Foto von einem Kerl gezeigt, über den sie … ich zitiere … *Informationen in Erfahrung bringen* wollen. Das Foto sah nach Führerschein aus.«

»Und hast du ihn erkannt?«

Biller zog seine staubigen Jeans hoch und stemmte die Hände in die Hüften. »Er war vor ein paar Tagen hier.«

»Was? Wann denn? Hast du ihn bedient?«, fragte Abby ganz elektrisiert.

Biller nickte selbstgefällig. »Aber für mich sah der Typ völlig normal aus, und benommen hat er sich auch nicht auffällig, also, er hat sich nicht ständig umgesehen, ob er verfolgt wird, oder so was. Falls er in irgendwas Übles verstrickt gewesen sein soll, hat er sich jedenfalls nicht so benommen. Genau das hab ich den Cops auch gesagt.«

»Wie gruselig, dass er hier war«, meinte Abby. »Was ist deiner Meinung nach passiert?«

»Bei den vielen Cops auf der Insel muss es Mord sein, oder? Deshalb nehme ich an, der Typ auf dem Foto ist entweder tot oder aber der Täter.« Er sah sie finster an. »Was hast du gehört?«

Sie schilderte, was sie von Caddy Larson und den Ryans wusste und was Chris de Luca im Polizeifunk zu hören geglaubt hatte. Erst am Ende – das Beste hob man sich bekanntermaßen für den Schluss auf – beschrieb sie den Tatort bei den Bootsrampen. Biller lauschte mit weit aufgerissenen Augen und ließ hier und da ein *Wahnsinn!* oder *Du lieber Gott!* einfließen.

»Du hast also den Tatort so richtig gesehen?«, fragte er.

»Ja, habe ich«, bestätigte Abby. »Es wimmelte bloß so von Polizisten. Die hatten sogar ein Boot im Wasser, und es herrschte ein ständiges Kommen und Gehen im alten Terminalgebäude ... alles voller Kriminaltechniker.«

»Der Fährterminal also«, murmelte er. »Tja, das wirft eine ganze Liste an Fragen auf.«

»Was meinst du damit?«

»Na ja, du weißt ja, was man sich von dem Gebäude erzählt, oder? Was da drin vor sich geht.«

»Nein, was denn?«

Die Furchen auf seiner Stirn vertieften sich. Abby hatte diesen Ausdruck schon viele Male auf den Gesichtern der Belporter gesehen. Biller überlegte gerade, wie vertrauenswürdig sie war.

»Vielleicht sollte ich es dir ja lieber nicht erzählen«, meinte er.

Abby lebte seit fast achtzehn Jahren auf der Insel und konnte sich mit Fug und Recht als Einheimische bezeichnen. Allerdings war sie nicht auf der Insel geboren, im Medical Centre ein Stück die Straße runter. In jeder Gemeinde gab es Geheimnisse, verborgene Wahrheiten und geheime Türen. Die vielen Jahre, die sie auf der Insel lebte, hatten ihr viele dieser Türen geöffnet, trotzdem schien es auch jetzt noch einige zu geben, die ihr nach wie vor verschlossen waren.

»Komm schon, Biller«, sagte sie. »Was ist mit dem Terminal?«

»Na ja, es heißt, der Terminal sei ein, na ja, ein Treff.«

»Ein Treff?«

»Ja, ein Schwulentreff, wo Typen sich treffen, um ungehindert Sex zu haben. Deshalb könnte ich mir vorstellen, dass es ein Verbrechen aus Hass war oder eine fehlgeschlagene Erpressung oder, keine Ahnung, ein Streit zwischen Liebenden.«

»Ich verstehe nicht«, erwiderte sie. »Weshalb sollte jemand in dieser alten, verranzten Bude Sex haben wollen, völlig egal ob schwul oder hetero.«

Biller schüttelte den Kopf. »Ach, Abby. Süße, naive Abby.«

»Was auch immer es am Ende sein mag, jedenfalls gab es hier nichts so Spektakuläres mehr, seit Big Jenny an den Strand geschwommen ist.«

Big Jenny war der Name der Südkaper Walkuh, die 1993 an den Strand von Belport Island gespült worden war. Der Kadaver war zu groß gewesen, um ihn zu bewegen, deshalb hatte die Stadtverwaltung ihn aufschneiden und die Kadaverbrocken portionsweise mit dem Laster abtransportieren lassen müssen.

»Möge sie in Frieden ruhen«, fügte Abby hinzu.

»Ich denke, es sollte eher *Möge sie in Stücken ruhen* heißen, Schätzchen«, entgegnete Biller zwinkernd.

Abby blickte nach draußen. Inzwischen war es dunkel geworden.

»Tja, war wohl eine reine Frage der Zeit«, sagte Biller.

»Eine Frage der Zeit?«

»Bis die reale Welt uns auch hier auf der Insel einholt.«

»Ein Mord auf der Insel«, sagte Abby. »Es ist tragisch, aber auch irgendwie …«

»Spannend?«, fragte Biller.

»Macht mich das zu einem schlechten Menschen?«

»Eher zu einem menschlichen, Süße.«

Die Zeit bis zum Ende ihrer Schicht verging verblüffend schnell. Abby schloss den Laden ab, ehe sie die Belege sortierte und die Kasse machte – Biller würde sich über den Umsatz bestimmt freuen –, was alles ein wenig länger dauerte als gewohnt. Sie schob die Geldbombe mit den Einnahmen in das Rohr zum Safe und schaltete die Lichter aus. Dunkelheit senkte sich über den Supermarkt.

Abby trat hinaus und marschierte zügigen Schritts zu ihrem verrosteten kleinen Volvo, wobei sie sich ständig umsah, halb in der Erwartung, den Belport-Killer aus dem Schatten springen zu sehen. Fest schloss sie die Finger um ihre Wagenschlüssel und ließ den Daumen über das spitze Ende gleiten. Alle ihre Sinne schienen in Alarmbereitschaft zu sein.

Anfangs waren die stillen Wintermonate ein echter Schock für Abby gewesen, doch sie hatte nicht allzu lange gebraucht, um sich damit zu arrangieren. Offen gestanden sehnte sie sich inzwischen sogar immer nach der friedlichen Stille, wenn der sommerliche Touristenwahnsinn ein Ende hatte. Dennoch gab es Momente – beispielsweise wenn sie das Knarzen des Daches aus dem Schlaf riss, wenn beim Joggen im Wald ein Ast knackte oder auch in Augenblicken wie diesem, wenn sie die wenigen Meter vom Supermarkt zum Wagen in der Gewissheit zurücklegte, dass ein Mörder frei auf der Insel herumlief –, da ging ihr all das gewaltig an die Nieren.

Gerade als sie sicher im Wagen saß und die Zündung einschaltete, flackerten die Scheinwerfer eines Wagens im Rückspiegel auf. Sie drehte sich um und machte die

Silhouette eines Jeep Cherokee im Schatten der Uniting Church auf der anderen Straßenseite aus.

Sie kurbelte das Fenster ein Stück herunter und rief in die Dunkelheit: »Bobbi?«

»Ja«, antwortete die vertraute Stimme. »Ich bin's.«

Als Abby zu ihrer Freundin in den Wagen stieg, ging die Innenbeleuchtung kurz an und tauchte Bobbis Gesicht in ein ungesundes gelbliches Licht. Bobbi sah fürchterlich aus. Unter ihren Augen lagen dunkle Ränder, ihr Zopf hatte sich gelöst, so dass ihr das Haar auf der einen Seite wirr ins Gesicht fiel. Sie hatte eine Flasche Tequila in der Hand – die billige Marke mit dem roten Sombrero als Deckel. Sie trug noch immer ihre wenig figurfreundliche pastellblaue Polizistenbluse und das leere Holster um die Hüften.

»Mach die Tür zu«, sagte sie.

Abby gehorchte. »Was ist denn los? Ist was passiert? Mit Maggie? Dem Baby?«

Die Innenbeleuchtung erlosch. Abby sah zu, wie Bobbi die Flasche an die Lippen hob, das Gesicht verzog und mit der Faust aufs Armaturenbrett einschlug.

»Nein, Maggie und dem Baby geht's gut, sogar ganz hervorragend. Genau deshalb kann ich diese Scheiße nicht mit nach Hause schleppen, und genau deshalb bin ich hier.«

»Was ist passiert, Bobbi?«, fragte Abby. »Ich warte schon seit gestern, dass du dich meldest.«

Bobbi nahm noch einen Schluck. »Was hast du gehört? Darüber, was hier los ist, meine ich.«

»Bislang nur Gerüchte. Biller meinte, ihr hättet eine Leiche gefunden.«

Bobbi verzog das Gesicht und starrte auf die Bay Street hinaus, dann wanderte ihr Blick zu der Flasche, aus der sie einen weiteren Schluck nahm. »Biller hat recht.«

»Ernsthaft?« Ein heftiger, wenngleich keineswegs gänzlich unangenehmer Schauder lief Abby über den Rücken.

»In der Polizeiakademie zeigen sie einem während der Ausbildung eine Menge krasser Fotos«, sagte Bobbi. »Von Opfern mit Schussverletzungen, von Autounfällen, Selbstmördern, das ganze Programm. So gruselig es auch sein mag, ist es durchaus sinnvoll, weil es einem helfen soll, sich für die Realität abzuhärten. Damit wir uns nicht die Seele aus dem Leib kotzen, sobald wir einen Tatort betreten. Der Unterschied zwischen den Fotos und dem, was ich heute gesehen habe, ist wie der zwischen einem Bären im Zoo und einem in freier Wildbahn.«

Abbys Herz begann zu hämmern. Es war, als hätte jemand sie wachgerüttelt. Sie fühlte sich mit einem Mal quicklebendig.

»Du hast die Leiche also gesehen?«

Bobbi nahm einen langen Zug aus der Flasche, was nichts anderes als ein Ja war. Tränen glitzerten in ihren

Augen, die sie mit dem Ärmel abwischte. Abbys erster Impuls war, den Arm um ihre beste Freundin zu legen, doch Bobbi hasste Umarmungen, sogar wenn sie von Maggie kamen. Also strich Abby ihr stattdessen eine lose Haarsträhne hinters Ohr.

»Und wisst ihr schon, wer es ist?«, hakte Abby nach. »Biller hat behauptet, es sei kein Einheimischer.«

»Er hat ein Sommerhaus auf der Insel, aber keiner weiß, was er um die Jahreszeit hier zu suchen hatte.«

»Gott sei Dank«, meinte Abby.

»Gott sei Dank? Wofür genau bist du Gott denn so dankbar?«

»Tut mir leid, ich hab's nicht so gemeint. Ich dachte nur, wie froh ich bin, dass es niemand von hier ist. Natürlich ist es trotzdem tragisch und schlimm und krank, aber ich finde es schon schlimm genug, dass so etwas überhaupt hier passiert. Wenn das Opfer auch noch jemand wäre, den wir kennen …«

Bobbi strich über den oberen Flaschenrand, ehe sie mit dem Finger die Lippen berührte.

»Hast du ein Foto von ihm? Kann ich es sehen?«, fragte Abby.

Bobbi musterte sie mit argwöhnisch zusammengekniffenen Augen – ein Blick, den Abby nur zu gut kannte. Normalerweise bekam sie ihn zu sehen, wenn sie anderen Leuten erzählte, dass sie in ihrer Freizeit Tiere ausstopfte.

»Zwei Polizisten waren heute bei Biller«, fuhr Abby

eilig fort. »Sie haben ihm ein Foto von dem Mann gezeigt. Wenn Biller ihn bedient hat, besteht eine gute Chance, dass ich ihn auch gesehen habe.«

Das entsprach nicht ganz der Wahrheit, und wenn Bobbi auch nur eine halbwegs brauchbare Polizistin war – was sie für Abbys Dafürhalten durchaus war –, wusste sie das auch. Es gab nur einen Grund, weshalb Abby das Foto unbedingt sehen wollte: pure Neugier. Dieselbe Neugier, die sie auch antrieb, wenn sie mit dem Skalpell den Bauch eines toten Tiers aufsäbelte.

Bobbi nahm einen letzten Schluck Tequila und schraubte den Sombrero wieder auf die Flasche, dann schaltete sie die Innenbeleuchtung ein und zog das Foto aus der Brusttasche.

Es zeigte einen gutaussehenden, glatt rasierten Mann, der direkt in die Kamera blickte. Obwohl er nicht lächelte, war die Belustigung in seinen Augen unübersehbar. Der Kragen eines dunkelgrauen Businesshemds war zu erkennen – vielleicht Banker oder Anwalt, vermutete Abby.

»Erkennst du ihn wieder?«, fragte Bobbi.

»Nein.« Enttäuschung stieg in Abby auf. »Was ist mit ihm passiert? Habt ihr schon eine Theorie?«

»Noch ist es zu früh, aber du kennst ja Belport. Hier gibt es nicht allzu viele Geheimnisse, und die wenigen, die es gibt, bleiben nicht lange unter Verschluss. Irgendjemand weiß immer was.«

Sie nahm Abby das Foto aus der Hand. »Ich sollte

nach Hause fahren. Maggie macht sich sonst bloß Sorgen.«

»Kannst du fahren?«, fragte Abby.

Bobbi nickte. »Danke, dass ich mich bei dir ausmotzen durfte«, sagte sie leise.

Abby drückte ihre Hand. »Dafür sind Freundinnen doch da.«

11

– Die Witwe –

Der weitläufige Parkplatz vor dem Belport Medical Centre war bis auf einen einzelnen Streifenwagen in der Nähe des Eingangs leer. Kate stellte den Wagen ab und sah Fisher an. Ihr Schwiegervater beobachtete zwei Rettungssanitäter, die sich neben einem vor der Notaufnahme abgestellten Krankenwagen eine Zigarette teilten.

»Bist du bereit?«

»Klare Ansage?«

»Unbedingt.«

»Ich bin nicht sicher, ob ich dem gewachsen bin, Kate.«

»Du brauchst nicht mit hineinzukommen, Fisher«, sagte sie. »Es reicht, wenn einer von uns geht.«

»Das kann ich dir nicht antun.«

»Es ist okay, Fisher. Bleib hier.«

»Das Verrückte ist, dass Pam es könnte, wenn sie jetzt hier wäre.« Seine Stimme war sanft geworden. »Ich weiß, dass du sie für eine Spinnerin hältst, und wahrscheinlich ist sie das auch, aber der Glaube dieser Frau ist so stark, dass er ihr durch jede Krise hindurchhilft ... so stark, dass sie es schaffen würde, aus diesem Wagen zu steigen und da reinzugehen.« Er wandte sich ihr zu. »Bist du sicher?«

Kate nickte, stieg aus und betrat das Krankenhaus. In der Eingangshalle sah sie eine stämmige Polizistin in Zivil auf einem der Plastikstühle im Wartebereich sitzen und gedankenverloren an ihrer Nagelhaut zupfen. Als sie Kate sah, erhob sie sich.

»Hallo, Mrs Keddie, ich bin Detective Barbara Eckman. Ich habe mit Ihrem Schwiegervater telefoniert.« Sie schüttelten einander die Hand.

»Freut mich, Sie kennenzulernen«, sagte Kate, obwohl ihr die Begrüßung reichlich absurd erschien, und lächelte reflexartig, ehe ihre Miene schlagartig ernst wurde, als sie sich vor Augen führte, wo sie sich befand.

Detective Eckman legte den Kopf schief und blickte einen Moment in die Ferne, als versuche sie, sich etwas ins Gedächtnis zu rufen, das sie zuvor geprobt hatte. »Sind Sie bereit?«, fragte sie dann sanft.

War sie bereit? Ihr Herz hämmerte, sie zitterte, ihr war abwechselnd heiß und kalt. Es war, als hinge eine unheilvolle Düsternis über ihnen, die ihr wie ein Schatten folgte und sie, wenn sie jetzt nach unten ging und die Leiche in der Pathologie sah, umschlösse, in die Tiefe zöge und nie wieder losließe.

»Ja«, antwortete sie. »Ich bin bereit.«

Detective Eckman führte sie zu den Aufzügen und drückte die Ruftaste. Ein klaustrophobisches Engegefühl erfasste Kate. Unwillkürlich musste sie an eine Kuh denken, die einen von Eisengattern flankierten Zugang entlanggetrieben wurde, ohne zu ahnen, welches Schicksal sie im Schlachthaus erwartete.

»Wann haben Sie das letzte Mal mit Ihrem Ehemann gesprochen?«, fragte die Polizistin. Ihr Tonfall klang wesentlich ernster als der des diensthabenden Sergeants in Melbourne, der dachte, er hätte eine paranoide Ehefrau mit einer übersteigerten Fantasie vor sich. Detective Eckman hingegen sprach wie mit einer Witwe mit ihr, obwohl Kate verzweifelt hoffte, dass sie darin falschlag. Mit aller Macht klammerte Kate sich an den Traum, den Pam ihr am Morgen geschildert hatte – von Johns leerem Thron im Himmelreich. Sie hoffte inbrünstig, dass er tatsächlich prophetisch gewesen war.

»Zwei Tage bevor er zu Hause eintreffen sollte«, antwortete sie.

»Haben Sie irgendeine Ahnung, weshalb er hierher auf die Insel gekommen sein könnte?«

»Nein«, antwortete Kate. »Ich habe erst davon erfahren, als die Sicherheitsfirma mich über den Alarm informiert hat. Er hat gesagt, er sei in …«

»London, ja«, beendete Eckman den Satz für sie. »Ich habe Ihre Vermisstenanzeige gelesen.«

Kate glaubte so etwas wie einen Vorwurf in der Stimme der Polizistin zu hören und fragte sich, ob ihr schwitziges, nervöses Kleinstadt-Polizistengehabe bloß aufgesetzt war, denn normalerweise war die Ehefrau doch immer die Hauptverdächtige, oder? Falls Detective Eckman tatsächlich versuchte, Kates Antworten auszuloten, stellte sich die Frage, was sie davon hielt. Kate hatte nicht die leiseste Ahnung, wie man sich in einer Situation wie dieser am besten verhalten sollte. Vielleicht sollte sie ja schluchzen, ihren Kummer laut hinausschreien oder untröstlich sein.

Sie erreichten das Untergeschoss und gingen einen kurzen Korridor entlang.

»Hier ist es«, sagte Detective Eckman und blieb vor einer Tür stehen. »Falls Sie noch mehr Zeit brauchen, Mrs Keddie …«

»Nein danke. Es ist in Ordnung.«

Die Polizistin musterte sie einen Moment lang, dann öffnete sie die Tür und führte Kate in einen kleinen Besucherraum. Der Geruch nach Formaldehyd war weniger durchdringend, als Kate erwartet hatte, stattdessen roch es eher nach künstlicher Fichtennadel und Kirsche. Die Decke war niedrig. *John müsste sich ducken, wenn er eintreten wollte*, dachte Kate, ehe die Dunkelheit, die ihr gefolgt war, flüsterte: *Ja, schon, aber John ist schon hier, nur eben auf der anderen Seite dieser Glasscheibe.*

Sie betrachtete das über die gesamte Raumbreite verlaufende Fenster, das aller Wahrscheinlichkeit nach einen Blick in den Teil der Pathologie gestattete, in dem die Leichen aufgebahrt waren. Allerdings war die Sicht durch einen zerknitterten fliederfarbenen Vorhang verdeckt. Kate schloss die Augen und gestattete sich ein letztes Mal, sich John auf der Veranda des Ferienhauses vorzustellen, in einer Hand eine Bierflasche, mit der anderen einladend auf den Platz neben ihm tätschelnd.

Detective Eckman durchquerte das Besucherzimmer und zog den Vorhang zur Seite, hinter dem ein weitläufiger weiß getünchter Raum zum Vorschein kam, der wie eine Mischung aus OP-Saal und Industriekühlkammer aussah. Grelles Neonlicht fiel auf einen riesigen Stahlschrank voll Leichenschubladen. In der Mitte des Raums stand eine stählerne Bahre, direkt über einem Abfluss im Boden, mit einer von Kopf bis Fuß mit einer rosa Plane abgedeckten Leiche.

Wieso ausgerechnet rosa?, dachte Kate, als spiele das irgendeine Rolle.

Ein ungewöhnlich hochgewachsener Mann stand neben der Leiche. Er trug hellrosa Latexhandschuhe und eine farblich passende Papierhaube. In dem Raum schien es so kalt zu sein, dass man seinen Atem sah. Er schlug die rosa Plane zweimal um, zuerst bis zum Hals, dann bis zum Becken.

Kate hatte halb damit gerechnet, dass die Leiche wie schlafend aussehen würde, aber so war es nicht. Sie sah einfach bloß tot aus. Glühende Hitze breitete sich in ihr aus. Die Haut des Leichnams wirkte gespenstisch, aufgequollen und runzlig. Die Augen waren geschlossen, der Mund hingegen stand offen. Ein schmaler Schnitt verlief quer über die Kehle, wie ein zweiter Mund mit leicht geöffneten Lippen.

Sie fragte sich, ob die Fische sich an John zu schaffen gemacht hatten. Irgendwo hatte sie gelesen oder gehört, dass so etwas häufiger vorkam. Unwillkürlich musste sie an einen Familienurlaub auf Bali vor einigen Jahren denken. John hatte seine Beine in ein Becken voller Knabberfische gehalten, die sofort angeschwommen gekommen waren, und gekichert, weil es so kitzelte, als sie angefangen hatten, die abgestorbene Haut abzuknabbern.

»Ich will reingehen«, sagte sie.

»Ich fürchte, das ist nicht möglich«, meinte Detective Eckman. »Es mag morbide klingen, aber rein rechtlich gilt die Leiche nach wie vor als Beweismittel, weshalb wir jegliche Form der Kontamination verhindern müssen.«

»Das klingt nicht morbide, sondern schlichtweg lächerlich.«

»Tut mir leid.«

»Wer hat das getan?«

»Genau das versuchen wir gerade herauszufinden, Mrs Keddie. Wir haben mehrere Ansätze in unterschiedlichen Stadien der Bearbeitung.«

»Wer hat ihm das angetan?« Die Frage war nicht an

Detective Eckman gerichtet, sondern an das Universum im Allgemeinen, das ohne Vorwarnung zum fiesen Schulhofschläger geworden war, der Steine auf vorbeifahrende Autos warf, ohne sich um die möglichen Konsequenzen zu scheren.

»Ist er es denn?«, fragte Detective Eckman. »Ihr Mann, meine ich?«

Das Wort bildete sich in ihrem Mund, voll absoluter Endgültigkeit, wollte jedoch nicht über ihre Lippen kommen.

»Mrs Keddie?«

»Ja.«

»Es tut mir sehr leid«, sagte Detective Eckman. »Aber für eine rechtsgültige Identifikation ist es notwendig, dass Sie den Namen des Verstorbenen aussprechen.«

»Ich … ich kann nicht …«

Es traf sie heftiger als erwartet. Die ganze Zeit hatte sie sich an einen Rest Hoffnung geklammert. An den Gedanken, dass es sich um einen Fehler, ein Missverständnis, einen Irrtum handelte, aber so war es nicht. Stattdessen war es Realität. Es geschah wirklich.

»Brauchen Sie einen Augenblick?«, fragte Detective Eckman.

Ihre Knie gaben nach, und einen Moment fürchtete sie, nach vorn zu fallen, gegen die Scheibe zu knallen und sich den Schädel zu zertrümmern, als sich eine Hand um ihre Finger schloss. Für den Bruchteil einer

Sekunde dachte sie, es sei die Polizistin, doch als sie sich umwandte, stand Fisher neben ihr und starrte durch die Glasscheibe.

»Sein Name ist John Morgan Keddie«, sagte er. »Er ist es. Mein Sohn.«

Auf der Fahrt zum Blue Whale Motor Inn, wo sie die Nacht verbringen würden, sprachen sie nicht. Detective Eckman hatte sie darüber informiert, dass sie nicht in ihr Ferienhaus zurückkehren konnten, da der Zutritt wegen der noch andauernden Spurensicherung untersagt sei. »Um diese Jahreszeit haben wir ausschließlich freie Zimmer«, hatte der Besitzer des Motels gesagt, als Fisher wegen freier Zimmer anrief.

Der Grund dafür war unschwer zu erkennen: Auf der Rasenfläche vor dem Motel stand ein riesiger Fiberglaswal, der nicht blau war, wie man erwarten könnte, sondern ein Orca, für immer im Auftauchvorgang erstarrt und mit Vogelscheiße aus mindestens einem Jahrzehnt gesprenkelt. Schon bei seiner Errichtung musste das Ding potthässlich gewesen sein, doch nun, nachdem es all die Jahre heftigen Stürmen, sengender Sonne und salziger Luft ausgesetzt gewesen war, hatte es sich schlicht zu einer Beleidigung für das Auge gewandelt. Die schwarze und weiße Farbe war abgeblättert und gab den Blick auf den Unterbauch in der Farbe von geronnenem Blut frei.

Kate verspürte einen Anflug von Gewissensbissen.

Mia war geradezu besessen von dem Fiberglaswal und fest davon überzeugt gewesen, dass eine Übernachtung in diesem Motel sein müsste, als schliefe man unter Wasser. Bestimmt bestanden die Wände aus dickem Aquarienglas, hinter dem Fische und Aale herumschwammen. John hatte ihr zu erklären versucht, dass es sich um ein gewöhnliches Motel handelte, in dem die Gäste mit fadenscheinigen Laken, schlechtem Handyempfang und mysteriösen Flecken auf den Matratzen konfrontiert wären; allenfalls könnte sie auf einen Wecker in Muschelform oder einen Duschvorhang mit Meeresmotiven hoffen. Dennoch hatte Mia eisern an ihrer Idee festgehalten.

Der Gedanke an Mia schmerzte. Kate konnte sich nicht einmal ansatzweise vorstellen, *dieses* Gespräch mit ihr zu führen, geschweige denn an die Lawine denken, die es auslösen würde. Bestimmt hatte Pam es ihr inzwischen gesagt. Durch die von feinem Nieselregen bedeckten Scheiben des Lexus hatte Kate zugesehen, wie Fisher sie noch vom Krankenhausparkplatz aus angerufen und mit ihr gesprochen hatte, ehe er wieder eingestiegen war. »Ich hab's getan.«

Sie hörte regelrecht Pams Stimme. »Dein Daddy ist jetzt oben im Himmel, bei Jesus, Maria und Charlie.« (Charlie war Mias Kaninchen, das ein abruptes Ende gefunden hatte, als es durch das Gartentor auf die stark befahrene Straße gehoppelt war.) Vielleicht war es besser für Mia, es auf diese Weise zu erfahren. Pam würde es ihr gewiss schonender beibringen. Dennoch kamen Kate Johns Worte wieder in den Sinn.

»Wenn wir die Monster, die es auf der Welt gibt, nicht zur Sprache bringen …«, sagte sie.

»Was meinst du, Liebes?«, fragte Fisher.

»Gar nichts.«

Kate stellte den Wagen hinter dem Orca ab. Sie holten ihre Schlüssel an der Rezeption und gingen ohne ein weiteres Wort in ihre Zimmer. Es gab keine Fische hinter einer gläsernen Aquariumwand, das konnte Kate nun jedenfalls bestätigen. Stattdessen bestanden die Wände aus billigem Sperrholz, das Bett war viel zu weich, und es roch schimmlig-feucht. Nichtsdestotrotz bot das Zimmer zumindest Wärme und Schutz vor dem eisigen Wind, der vom Meer hereinwehte.

Sie hängte das BITTE-NICHT-STÖREN-Schild an die Tür, setzte sich auf die Bettkante und versuchte zu weinen. Den ganzen Tag war sie mit dieser emotionalen Handgranate in der Tasche herumgelaufen, und wenn sie nicht bald den Ring herauszog und sie von sich schleuderte, würde sie in ihren Händen hochgehen. Es passierte nichts. Keine Träne. Vielleicht stand sie unter Schock. Oder aber ihr Inneres war zerbrochen.

Minuten später klingelte ihr Handy. Mia. Kate kam sich wie die schlimmste Rabenmutter der Welt vor, trotzdem hob sie nicht ab.

12

– Die Ehefrau –

»Nur weil das Opfer nicht von hier stammt, muss es noch lange nicht bedeuten, dass der Täter auch von außerhalb kommt«, verkündete Lori in einem Anfall ungewohnter Gesprächigkeit und wedelte mit ihrer Gabel wie mit einem Zauberstab vor Abbys Nase herum.

Die Gilpins gehörten zu den Familien, bei denen alle gemeinsam zu Abend aßen, auch wenn es oft nicht gerade ein Vergnügen war. Abby hätte nichts dagegen gehabt, sämtliche Mahlzeiten vor dem Fernseher einzunehmen – so kannte sie es aus ihrer Kindheit, und trotzdem war etwas aus ihr geworden –, doch Ray war diese »Familienzeit«, wie er es nannte, heilig. Seine Idealvorstellung sah so aus, dass sich seine Lieben um den Tisch versammelten und jeder offen und ehrlich von seinen Hoffnungen, Träumen und Ängsten sprach, während man sich gegenseitig das Salz reichte. Nur leider lief es sehr selten so ab. Als die Kinder noch klein gewesen waren, hatte sich die Mahlzeit häufig eine ganze Stunde hingezogen, weil Ray irgendeine Geschichte zum Besten gegeben hatte, während Abby für alle eine Extrakugel Eis aus der Küche holte. Doch seit Eddie und Lori pubertierten, war die »Familienzeit« zum »Dinner mit Fremden« mutiert.

Mittlerweile lief es meist so, dass Ray und Abby steife Konversation betrieben und versuchten, ihren Kindern irgendwelche Informationen aus der Nase zu ziehen, was sich in etwa so gestaltete, als versuche man, mit dem Strohhalm einen Brunnen auszupumpen. Eddie stocherte in seinem Essen herum, Lori hockte brütend am Tisch, und Abby schaufelte in Rekordzeit ihr Essen in sich hinein.

Heute Abend jedoch war alles anders. Die Leiche hatte Lori aus der Reserve gelockt. Sie hockte auf der Stuhlkante und nahm den gesamten Raum in Beschlag.

»Der Mörder könnte jemand sein, den wir kennen«, erklärte sie. »Vielleicht ist es nicht mal sein erstes Opfer, sondern er treibt schon eine ganze Weile sein Unwesen. Vielleicht hat er auch schon Hunderte auf die Insel gelockt und ihre Leichen an die Haie vor Elk Harbour verfüttert, nur diesmal waren die Bullen eben schneller als die Haie, und …«

»Nun steigere dich da mal nicht so hinein, Schatz«, mahnte Abby.

»Ich sage doch nur, dass es für mich absolut logisch klingt«, beharrte Lori. »Was meinst du, Dad?«

Ray, der gegenüber von ihr saß, streute hektisch Salz

über sein Essen, bis es von einer weißen Kristallschicht bedeckt war. Abby war nicht gerade eine Meisterköchin. Sie hatte Fertigfettuccine in Carbonarasauce in den Ofen geschoben und alles verteilt, was nicht in der Auflaufform kleben geblieben war, weshalb sich nun unappetitliche pappige Nudelklumpen mit weißlicher Pampe auf den Tellern häuften.

»Ich meine, am Abendbrottisch sollte man über angenehmere Dinge sprechen«, antwortete er und wechselte das Thema. »Wie war's heute in der Schule, Eddie?«

Eddie stierte gedankenversunken in die Öffnung seiner Coke-Dose. Er hatte sich die Kapuze seines Pullis so tief ins Gesicht gezogen und die Bänder zusammengezurrt, dass er nicht mitbekam, was sich links und rechts von ihm abspielte. Er reagierte nicht.

»Erde an Eddie«, sagte Ray und schnippte mit den Fingern vor seinem Gesicht.

Eddie fuhr zusammen und blinzelte. »Hä?«

Lori verdrehte melodramatisch die Augen. »Eines von Mums True-Crime-Büchern passiert gerade live hier auf der Insel, und mein Bruder verpennt wieder mal alles.« Sie schob sich eine Gabel voll Pasta in den Mund und schluckte mühsam. »Wisst ihr, wer der Mörder sein könnte? Denny Chow. Du kennst ihn, Eddie. Er ist in deiner Jahrgangsstufe.«

»Ach ja, aber der ist echt komisch«, erwiderte Eddie. »Ich glaube, er ist schizo oder so was. Letzte Woche hatte er einen riesigen braunen Fleck auf der Hose, als er zum Unterricht kam. Es sah aus, als hätte er sich angeschissen und keinen Bock gehabt, eine frische anzuziehen.«

»Damit scheidet Denny Chow aus«, warf Abby ein. »Wann immer die Polizei die Nachbarn wegen eines Täters befragt, heißt es: *Eigentlich wirkte er völlig normal* und nie *Ja, ich wusste die ganze Zeit schon, dass er ein durchgeknallter Mörder ist, weil er sich in die Hose geschissen hat.*«

Lori lachte – es klang fremd, ungewohnt, wie der Ruf eines exotischen Vogels. Abby hatte es viel zu lange nicht mehr gehört.

»Ich meine es ernst«, sagte Abby. »Wer auch immer das getan hat, wirkt völlig normal.«

»Damit fällst du schon mal raus«, erwiderte Lori.

»Gleichfalls.«

»Vielleicht steckt der Täter ja mit der Melbourner Mafia unter einer Decke«, fuhr Lori fort. »Das Opfer hatte Spielschulden, und als er sie nicht zurückzahlen konnte, haben sie Fischfutter aus ihm gemacht.«

Abby stand auf, um sich ein Bier zu holen, als ein krampfartiger Schmerz durch ihre Beine zuckte. Sie hatte es mit dem Laufen eindeutig übertrieben. Auf dem Weg zum Kühlschrank sah sie Ray an. »Biller hat heute etwas ziemlich Krasses über den alten Fährterminal gesagt, wo die Leiche gefunden wurde. Er meinte, er sei ein Schwulentreff. Wusstest du das?«

»Früher, als ich noch ein Junge war, gab es Gerüchte«, antwortete er achselzuckend. »Aber die Leute behaupten auch, im Blue Lake hause ein Krokodil, der Leuchtturm sei der Umschlagplatz eines Drogenrings, und unter dem Salzmarsch lebe eine Zwergenfamilie mit riesigen Köpfen, die nachts aus ihren unterirdischen Bauten käme, um kleine Kinder zu fressen.«

»Die Melonheads«, sagte Lori und nickte. »Die Story kenne ich auch.«

»Ich will damit sagen, hier in der Gegend gibt es mehr Gerüchte als Sand am Meer, aber keines davon stimmt.«

»Ich weiß nicht«, erwiderte Abby. »Mir geht nur die ganze Zeit diese Geschichte mit dem Schwulentreff im Kopf herum. Wenn jemand etwas zu verbergen hat, will er es beschützen, und wenn jemand etwas beschützen will, hat er auch einen Grund zu töten.«

»Ein Mensch ist umgekommen«, stieß Ray hitzig hervor.

Schlagartig schien sich die Energie im Raum zu verändern; Abby, Eddie und Lori wandten sich Ray zu, wie Schulkinder, die beim Rauchen erwischt worden waren. Ray sah alle der Reihe nach an, doch auf Abby verharrte sein Blick am längsten.

»Ein Mensch ist auf unserer Insel gestorben«, sagte er langsam. »Das ist weder lustig noch spannend, sondern tragisch und beängstigend. Wir sollten Respekt zeigen. Du kannst jederzeit etwas dazu sagen, Ab.«

Abby verspürte einen Anflug von Groll, den sie jedoch eilig verdrängte, und sie gab sich alle Mühe, in die Rolle der vernünftigen Erwachsenen zu schlüpfen. »Euer Dad hat recht.«

»Ernsthaft jetzt?«, rief Lori. »Ich meine, du bist doch total scharf auf diesen ganzen Mist, Mum. Hast du in letzter Zeit mal einen Blick in dein Bücherregal geworfen? Nichts als Serienkiller, Massenmörder und Kindesentführer und ...«

»Das ist doch etwas völlig anderes«, sagte Abby.

»Inwiefern?«

Sie sah Ray über den Tisch hinweg an. »Weil nichts davon in Belport passiert ist.«

»Stimmt, aber anderswo. Deshalb ergibt dein Argument keinerlei Sinn.«

»Weil ich erwachsen bin. Da braucht nicht alles einen Sinn zu ergeben. Also, Themawechsel. Und esst eure Nudeln.«

Lori blickte auf ihren Teller. »Ach, das sind Nudeln.«

Nach dem Essen löste sich die Runde auf. Eddie kümmerte sich um den Abwasch, Lori verschwand in ihr Zimmer, um so zu tun, als erledige sie ihre Hausaufgaben, und Ray ging nach oben unter die Dusche. Abby schwenkte von Bier auf Rotwein um und nahm ihr Glas mit in die Garage.

Sie schaltete das Licht ein und warf den alten Heizstrahler unter ihrer Werkbank an. Sekunden später erwachten die Glühfäden zum Leben, während sich der Geruch nach verkohltem Staub ausbreitete.

Abby schlang sich eine Strickstola um die Schultern, stellte ihr Weinglas ab und öffnete den kleinen Eisschrank, in dem, eingewickelt in die Buy-&-Bye-Plastiktüte, der Kadaver des Opossums lag, den Susi Lenten neben den Stromleitungen an ihrem Haus gefunden hatte.

Versonnen betrachtete Abby einen Moment lang die Umrisse des Kadavers. Dies war das erste Mal, dass sie so ein großes Objekt bearbeitete. Kleintiere wie Vögel, Mäuse und Ratten waren schwieriger auszustopfen als größere Säuger, weil alles an ihnen winzig war; zumindest stand das so in *Das große Buch der Taxidermie*, das sie von der Belport Library ausgeliehen hatte. Gleichzeitig galt: Je größer das Tier, umso realer wirkte es.

Die Wollstola verfing sich an einem herausstehenden Nagel und glitt von ihren Schultern. Ohne sie wäre es viel zu kalt hier. Selbst mit dem Strahler auf Hochtouren war es schier unmöglich, die Garage wirklich warm zu bekommen. Eigentlich hätte sie die Präparation gern nach drinnen verlagert, an den Küchentisch, wo es warm war, aber Ray würde die Scheidung einreichen, wenn sie es auch nur vorschlüge.

Drei dicke, fette Motten stoben hinter dem Eisschrank auf und prallten gegen Abbys Kinn. Sie schlug nach ihnen, erwischte sie aber nicht, so dass sie in loser Formation zu der Neonleuchte an der Decke flatterten und wieder und wieder dagegenknallten.

Bei ihrem Anblick musste Abby wieder an die zerfressenen Kindersachen denken. Hätte sie eine Dose Insektenvernichter zur Hand, würde sie ihnen jetzt und hier den Garaus machen. Aber das verstieße gegen Rays strikte Fangen-und-freilassen-Regel. Wann immer sich eine Spinne ins Haus verirrte, bestand er darauf, sie einzufangen – normalerweise mithilfe des Batman-Forever-Plastikbechers, den sie unter der Spüle aufbewahrten – und in dem Wäldchen hinter dem Haus freizulassen, ganz egal wie behaart oder gruselig das Vieh auch sein mochte. Die 106 Milt Street war eine tötungsfreie Zone.

War ein Tier jedoch erst einmal verendet, galt die Regel nicht länger. Vorsichtig hob Abby die Tüte heraus und legte sie auf die Werkbank, dann nahm sie einen großen Schluck Wein, hängte sich ihre dunkelgrüne Schürze um und streifte ein Paar Latexhandschuhe über.

Dann machte sie sich daran, den Kadaver auszupacken – es handelte sich um einen Ringbeutler mit grauweißem Fell. Seiner Miene nach zu urteilen, hatte ihn der Tod aus heiterem Himmel ereilt. In der einen Sekunde war der kleine Pelzträger noch zwischen den Kabeln herumgeklettert und in der nächsten – zack. Kentucky Fried Opossum.

»Hallo, mein Kleiner«, sagte sie. »Wie heißt du denn?«

Das Opossum starrte sie aus glasigen, weit aufgerissenen Augen an.

»Du siehst wie ein Trevor aus«, erklärte Abby. »Ich bin Abby und kümmere mich heute um dein Styling.«

Sie zog ihren Hocker heran, schaltete das Radio ein, wo gerade ein TLC-Song lief, schnappte ihr silbern glänzendes X-Acto-Präzisionsmesser, legte ein 11er-Punktblatt ein und machte sich an die Arbeit. Sowie die Skalpellklinge das Gewebe durchdrang, fielen ihre Befürchtungen, einem größeren Tier nicht gewachsen zu sein, schlagartig von ihr ab.

Der erste Schritt bei der Tierpräparation bestand darin, die Haut abzuziehen und aufzubereiten. Beginnend am Bauch zog Abby einen langsamen, gleichmäßigen Schnitt, wobei sie darauf achtete, bloß die Gedärme nicht zu erwischen. Dieser Fehler war ihr früher einige Male unterlaufen. Der Gestank, als sie den Darm einer Buschratte perforiert hatte, war so unfassbar grausam gewesen, dass sie beinahe aus der Garage gestürmt wäre … es hatte nicht viel gefehlt, und sie hätte die Schürze für immer und ewig an den Nagel gehängt.

Als Nächstes arbeitete sie sich mit kleinen, wohldosierten Schnitten auf der Innenseite der Haut entlang, ehe sie sie mit der linken Hand zurückklappte. Im Handbuch wurde dieser Teil des Prozesses so beschrieben, als ziehe man dem Tier Jacke und Hose aus; für

Abby hingegen war es eher mit dem Schälen einer Orange vergleichbar.

TLC ging in Mariah Careys »Dreamlover« über, was die Frage aufwarf, wer diesen Sender eingestellt hatte. Wenn sie gekonnt hätte, wäre sie aufgestanden, um etwas anderes zu suchen, trotzdem ertappte sie sich dabei, dass sie leise mitsummte, als die Arbeit sie in eine Art Trance verfallen ließ. Zum ersten Mal seit vierundzwanzig Stunden dachte sie nicht an die Leiche – zumindest nicht an die menschliche. Stattdessen war sie allein mit sich, abgesehen von dem leisen Ploppen der Motten, die gegen die Lampe knallten, Trevor, dem Opossum, und Mariah …

»Scheiße!«

Mit einer knappen, raschen Bewegung hatte sie die Klinge über ihren linken Daumennagel gezogen. Ein Hitzeschwall schoss durch die Wunde, und das Blut strömte durch den Schnitt in ihrem Handschuh.

Sie ließ das Skalpell fallen, schloss die rechte Faust um ihren Daumen und drückte kräftig zu. Sie wollte die Verletzung nicht sehen, wollte nicht wissen, wie tief der Schnitt war. Es schien nicht so schlimm zu sein, dass es genäht werden musste, aber die Erfahrung lehrte, dass der Schmerz erst verzögert einsetzen würde.

Sie glitt vom Hocker und ging zu Rays Werkbank, wo ein Erste-Hilfe-Set liegen musste, als der Schmerz kam. Ein fieses Pochen. Die Faust immer noch um den Daumen schob sie sich zwischen Plastikbehältern und leeren Töpfen durch, vorbei an der spinnwebenüberzogenen Kraftstation und dem rostigen Aufsitzmäher.

Schließlich stand sie vor der Werkbank an der hinteren Garagenwand, Rays Domäne. Abgesehen von seinem Laster war dies quasi sein Büro. Überall lag Werkzeug herum, daneben ruhte eine schlammverkrustete Stihl-Kettensäge auf einer Plastikbox voller Belege, auf die jemand mit dickem schwarzem Filzstift STEUER geschrieben hatte. Ein grasbedeckter Buffalo-Turbinen-Laubbläser lehnte gegen einen Stapel *Für-Dummies*-Handbücher.

Sie brauchte fast eine Minute, bis sie in ihrer Panik den Erste-Hilfe-Kasten fand; noch ein paar Sekunden, und sie wäre ins Haus gelaufen, während das Blut immer noch aus dem schartigen Schnitt in ihrem Handschuh tropfte, als sie ihn endlich zwischen Werkbank und Garagenwand klemmen sah. Sie ging auf die Knie und wollte den Kasten zu sich heranziehen, als sie durch den halb geöffneten Deckel etwas sah, das wie ein …

Ist das ein Arsch?

Sie zog den Kasten vollends heran und stellte ihn auf die Werkbank, ehe sie den Deckel vollständig öffnete. Und erstarrte.

Ihr erster Gedanke war, dass der Kasten nicht enthielt, was sie brauchte. Anstelle von Pflastern, Verbänden und Salbentuben lag ein Stapel Zeitschriften mit dem Titelblatt nach unten vor ihr. Die rosige Haut auf der Rückseite beschwor Abbys zweiten Gedanken herauf: *Ich habe Rays Pornosammlung gefunden.*

Sie wusste, dass die meisten Männer auf Pornografie abfuhren, und konnte Ray keinen Vorwurf daraus machen, doch wer bewahrte schon seine Magazine ausgerechnet hier auf, wo die Kinder sie jederzeit hätten finden können?

Sie nahm das oberste Magazin heraus, um einen Eindruck davon zu bekommen, was Ray antörnte: Cheerleader? Oder zwei Frauen, die es trieben? Reife Frauen, oder …

Mountain Stud?

Ein blonder Typ mit nacktem Oberkörper starrte ihr vom Titelblatt der Zeitschrift entgegen. Seine Brust war muskulös und unbehaart, seine Lippen waren lustvoll geschürzt. Er hatte eine Hand hinter den Kopf gelegt, seine andere öffnete die Knöpfe seiner Jeans.

Verwirrt drehte Abby sämtliche Zeitschriften um und legte sie auf die Werkbank, während mit jedem weiteren Magazin die Realität klarer wurde: *Y-Mag, Boyz, Truck Stop, Man O Man.* Sie registrierte kaum, dass ihr der Mund offen stehen blieb, während der Schnitt an ihrem Daumen längst vergessen war. Panik umhüllte sie wie ein dichter Nebel, als ihr Blick von einem nackten Mann zum nächsten schweifte. Einige posierten für die Kamera, andere standen eng umschlungen da und küssten sich leidenschaftlich, auf einem weiteren Cover standen vier Schwarze, deren

Gesichter nicht zu sehen waren, über einem weißen Jungen, der die Hände in einer flehenden Geste oder Gebetspose zusammengelegt hatte.

Später, als sie den Moment in Gedanken wieder und wieder abspielte, hatte die Situation etwas beinahe Lachhaftes. Sie sah sich selbst, erstarrt in einem absurden Szenario: eine Frau in einer dunkelgrünen Schürze, die Faust um einen blutbeschmierten Latexhandschuh gelegt, im Hintergrund ein halb gehäutetes Opossum auf einer Werkbank und eine Ausgabe von *Stud-Fucker* vor sich mit einem blutigen Daumenabdruck auf der linken unteren Ecke des Ausfaltfotos in der Mitte.

Nun hingegen hätte sie alles darum gegeben, die letzten fünf Minuten ungeschehen zu machen. Sie stopfte die Zeitschriften in den Kasten zurück, ohne darauf zu achten, dass sie in der ursprünglichen Reihenfolge lagen. Weil es egal war. Sie wollte nur, dass sie verschwanden. Sie knallte den Deckel zu, schob den Kasten wieder in die Lücke zwischen Rays Werkbank und der Garagenwand und ging ins Haus, um nach einem Pflaster zu suchen.

13

– Die Witwe –

»Das ist alles, was wir bislang wissen«, sagte Detective Eckman. »Heute Morgen haben wir einen Anruf von Ben Norbo erhalten, dem Besitzer des Angelladens unten an der Promenade. Er hat uns von dem verlassenen Wagen erzählt, den er unten am Beech Tree Landing gefunden hat.«

Kate und Fisher saßen auf der anderen Seite des von Kaffeerändern übersäten Tischs in einem Hinterzimmer des Polizeireviers von Belport. Durch ein kleines Fenster war mit Müh und Not ein nasser asphaltierter Weg zwischen dem Revier und dem nächsten Gebäude zu erkennen. Es hatte wieder zu regnen begonnen. Seit ihrer Ankunft hatte der Regen allenfalls für Minuten eine Pause eingelegt.

»Der Wagen ist wohl von einer der Bootsrampen ins Wasser geglitten, fast so, als hätte jemand ihn oben abgestellt, den Leerlauf eingelegt und dann zugesehen, wie er den Abhang hinunterrollt«, fuhr Detective Eckman fort. »Ben wollte sein Riva Aquarama zu Wasser lassen, und der Wagen hätte den Rumpf um ein Haar aufgerissen.«

»Ein Riva Aquarama?«, wiederholte Kate.

»Das ist eine Art Boot«, erklärte die Polizistin. »Anfangs dachte er, so wie wir auch, ein paar Jugendliche hätten einen geklauten Wagen versenkt. So was kommt häufiger vor, als man denkt. Die fahren aufs Festland, schließen ein Auto kurz und legen dann ihre Barschaft zusammen, um die Überfahrt mit der Fähre zu bezahlen. Am Ende versenken sie den Wagen oder lassen ihn ausbrennen. Wir dachten, so etwas sei auch hier passiert.«

»Aber so war es nicht«, warf Fisher ein. Er hatte ein Büchlein bei sich, in dem er sich nun Notizen machte.

»Es sieht ganz danach aus. Ein Constable wurde hingeschickt, und danach hat ein Abschleppwagen das Auto aus dem Wasser gezogen.« Detective Eckman verzog das Gesicht. »Ihr Ehemann saß hinterm Steuer.«

Kate spürte eine unangenehme Hitze und ein Kribbeln, gefolgt von einem Gefühl tiefer Einsamkeit. Sie fühlte sich wie jemand, der sich an einem Pier festklammerte, obwohl der Drang, einfach die Finger zu öffnen und sich aufs Meer hinaustreiben zu lassen, schlicht überwältigend war. Ohne Mia hätte sie ihm womöglich nachgegeben.

»Es handelte sich um einen Leihwagen, angemietet von Ihrem Ehemann«, sagte die Polizistin. »Noch können wir nicht genau sagen, wie lange er sich im Wasser befand, aber die Verwesung lässt darauf schließen, dass es mindestens achtundvierzig Stunden gewesen sein müssen.«

»Sind Sie sicher?«, fragte Kate. »Die Sicherheitsfirma hat mich erst gestern Abend angerufen und darüber informiert, dass jemand die Alarmanlage ausgelöst hat. Wenn John da bereits ...«

Detective Eckman zwang sie nicht, ihren Satz zu beenden. »Möglicherweise handelte es sich um einen Fehlalarm, oder die Anlage wurde von einem neugierigen Wildtier ausgelöst. Denkbar ist allerdings auch, dass gestern Abend jemand in Ihr Haus eingedrungen ist. Die Kollegen von der Spurensicherung sind bereits unterwegs dorthin. Bevor Sie gehen, müssen wir Ihre Fingerabdrücke nehmen.«

Fisher sah von seinem Notizbuch auf. »Warum? Sind wir etwa Verdächtige?«

»Wir müssen sie lediglich mit denen abgleichen, die wir im Haus finden, das ist alles.«

Fisher kritzelte etwas.

»Wie ist es passiert?«, fragte Kate. »Ich meine, wie wurde ... wie wurde John getötet?«

Fisher sah kurz zu Kate, dann blickte er Eckman abwartend an.

»Durch die Zeit unter Wasser wurden viele Spuren zerstört«, sagte sie tonlos. »Aber wir wissen, dass seine Halsschlagader durchtrennt wurde.«

»Was genau heißt das?«, hakte Kate nach.

»Ihm wurde die Kehle aufgeschlitzt.« Die Worte aus Fishers Mund klangen scharf und aggressiv.

»Richtig«, bestätigte die Beamtin. »Allerdings konnten wir bisher die Tatwaffe nicht sicherstellen.«

»Sie war also nicht im Wagen, bei John?«, hakte Fisher nach.

»Nein.«

»Und die Umgebung haben Sie abgesucht??«

»Wir sind mitten in den Ermittlungen, aber bisher hatten wir leider keinen Erfolg.«

Fisher wirkte erleichtert. »Wenn die Waffe nicht bei John war, kann er doch unmöglich …«

»Was?«

»John kann sich das unmöglich selbst zugefügt haben.«

Kate zuckte zusammen, als hätte jemand hinter ihr in die Hände geklatscht und *buh!* gerufen.

»Natürlich nicht«, stieß sie hervor. »Wie kommst du denn auf so was?«

Statt einer Antwort machte Fisher sich eine weitere Notiz.

»Es gab allerdings nur sehr wenige Anzeichen eines Kampfes«, fuhr Detective Eckman fort. »Er hatte noch nicht einmal Zeit, den Sicherheitsgurt zu lösen. Daher glauben wir, dass John den Angreifer oder die Angreiferin kannte. Vielleicht wurde er sogar dorthin gelockt. Aktuell durchforsten wir seine Anrufhistorie und seine E-Mails. Kannte John jemanden in Belport? Jemanden, mit dem er sich getroffen oder den er besucht haben könnte?«

»Nicht dass wir wüssten«, antwortete Kate. »Wir wussten ja noch nicht mal, dass er hier war.«

»Ja, genau, wo wir gerade dabei sind ...« Detective Eckman nahm drei Fotos aus einer schwarzen Ledermappe. »John ist vor zwei Wochen auf die Insel gekommen. An dem Tag, an dem er vorgeblich nach London abgereist ist.« Sie schob ihnen das erste Foto zu. »Die Aufnahme stammt von der Überwachungskamera der Fähre. Der Kasten sollte dringend technisch aufgerüstet werden, trotzdem stimmen Sie mir sicherlich zu, dass er das ist.«

Das Foto war grobkörnig und von schlechter Qualität und zeigte das Vorderdeck der Fähre aus einem Winkel von oben. Es zeigte viel Negativraum – das saubere weiße Deck, die stählerne Reling, das dahinter liegende Meer – und einen einzelnen Mann in der einen Ecke. Er hatte die Hände tief in die Taschen seines dicken Parkas geschoben, seine Reisetasche stand eingeklemmt zwischen seinen Füßen. Er blickte aufs Meer hinaus, der Kamera ein Stück zugewandt, als hätte etwas rechts von der Fähre seine Aufmerksamkeit erregt, vielleicht ein Kahn oder aber eine Handvoll Delfine. Der Mann war groß, schlank und eindeutig, unbestreitbar John.

Kate hatte keine Sekunde geglaubt, dass ihr Ehemann gegen seinen Willen nach Belport gebracht worden war – eingesperrt im Kofferraum eines irren Kidnappers oder mit einem Waffenlauf an der Schläfe auf einem Motorboot, das sich durch die wilden Gewässer kämpfte –, dennoch schmerzte es, ihn nun so zu sehen, freiwillig auf dem Weg zur Insel.

»Ich lasse gerade zwei meiner Leute das Material der Kameras seit dem Tag überprüfen, ob er noch einmal auftaucht, aber bislang haben wir nichts gefunden. Deshalb gehen wir davon aus, dass dies seine erste und einzige Überfahrt war. Er hat bar bezahlt und eine Rückfahrkarte für den Tag nach seiner Ermordung gekauft, was darauf schließen lässt, dass er vorhatte, an dem Tag zurückzukehren, den er Ihnen genannt hat, Mrs Keddie.«

In gewisser Weise war die Information tröstlich, weil sie den Schluss nahelegte, dass John in einem anderen Szenario – in einer Realität, in der er nicht brutal ermordet worden war – vorgehabt hatte, nach Hause zurückzukehren und ihr seinen kleinen Ausflug auf die Insel zu verschweigen, vielleicht sogar für immer. Sie hätte es nie erfahren, und es hätte keine Rolle gespielt, stattdessen hätte sie den Rest ihres Lebens in seliger Unwissenheit zugebracht. Es bestätigte zugleich, dass er, zumindest für Kates Empfinden, nicht nach Belport gekommen war, um sich das Leben zu nehmen, wie Fisher angedeutet hatte. Weshalb sollte jemand eine Rückfahrkarte kaufen, wenn er bereits wusste, dass er sie nicht benötigen würde?

Detective Eckman zeigte ihnen das zweite Foto.

»Das hier stammt von der Kamera über dem Eingang der Uniting Church in der Bay Street«, sagte sie. »Man hat sie montiert, um diejenigen zu erwischen, die ihre Hunde ihren abendlichen Haufen im Zugangsbereich machen lassen. Der Winkel ist zwar ein bisschen seltsam, aber dadurch kann man deutlich über die Straße auf den Parkplatz des Buy & Bye sehen.«

»Den Supermarkt gibt's immer noch?«, fragte Fisher.

»Ja.« Kate kannte das Buy & Bye sehr gut. Der Laden war urig und viel zu teuer und besaß eine kleine Spielzeugabteilung, in der Mia immer gerne herumgestöbert hatte. Im Sommer hatten sie regelmäßig ihre Einkäufe hier erledigt, was eine willkommene Ausrede gewesen war, um für eine Weile aus dem Haus zu kommen, damit John in Ruhe lesen konnte.

Sie beugte sich über das Foto, auf dem der nicht asphaltierte Parkplatz und die Ziegelmauer der Kirche zu erkennen waren. Und im Hintergrund John. Diesmal verließ er den Supermarkt mit zwei vollen Einkaufstüten in den Händen. Sein Gesicht befand sich direkt im Sichtfeld der Kamera – es wirkte weder besorgt noch verängstigt oder sonst etwas, sondern neutral, ausdruckslos.

»Im Laden selbst gibt es keine Kameras, aber wir sind fast sicher, dass er zwei Mal dort war. Das erste Mal gleich am Tag seiner Ankunft, als er …« Detective Eckman hielt inne und zog die Fotokopie eines Kassenzettels aus der ledernen Dokumentenmappe. »Er hat Brot, Milch, Wurst und Gemüse aus der Dose, Mineralwasser, ein Verlängerungskabel, zwei Mehrfachsteckerleisten, Batterien, eine Kurbeltaschenlampe und Schokolade gekauft.«

»Klingt, als hätte er sich eingedeckt«, meinte Kate.

Detective Eckman nickte und fuhr fort. »Er ging noch ein zweites Mal in den Laden, an dem Tag, an dem er unserer Meinung nach umgekommen ist. Da hat er die Sachen gekauft, die Sie im Haus vorgefunden haben.«

Fisher, der das dritte Foto zu sich herangezogen hatte, fragte: »Und wer ist das?«

Er reichte das offenbar von einer Sicherheitskamera aufgenommene Foto an Kate weiter. Darauf waren zwei Männer auf einer alten, baufälligen Veranda zu sehen; der eine war John. Beim Anblick seines lächelnden Gesichts stieg heiße Wut in Kate auf. Trotz seines schmählichen Verrats besaß er die Stirn zu lächeln. *Zu lächeln!* Mit einem Mal wirkte sein Gesicht so fremd. Fisher hätte mit seiner Frage »Wer ist dieser Mann?« ohne Weiteres auch John meinen können.

Der zweite Mann – auf den Fisher nun mit dem Finger tippte – war stämmig, mit kurzen, fleischigen Armen. Er stand halb mit dem Rücken zur Kamera, was die beginnende Glatze am Hinterkopf in seinem ansonsten dichten Haarschopf zeigte. Im Hintergrund war ein verwilderter Garten mit alten Autoersatzteilen, einem verrosteten Grill und zwei umgekehrten Ölfässern zu sehen.

»Das ist Russ Graves«, erklärte Detective Eckman. »Er lebt schon immer hier und ist so eine Art Inselfreak. Er hat keine feste Arbeit, sondern hält sich mit Gelegenheitsjobs über Wasser und verkauft irgendwelchen Plunder und so. Bei der Durchsicht von Johns E-Mails sind wir auf eine Antwort auf eine Annonce von Russ Graves in einem Onlineportal gestoßen.«

Fisher schrieb Russ Graves in sein Notizbuch.

»Und was hatte dieser Graves inseriert?«, fragte Kate.

»Batteriebetriebene Fliegenklatschen.«

»Um diese Jahreszeit? Weshalb um alles in der Welt sollte John eine batteriebetriebene Fliegenklatsche brauchen?«

»Klatschen. Plural«, korrigierte die Polizistin.

»Was?«

»Russ Graves hatte elf elektrische Fliegenklatschen inseriert, und John hat sie alle gekauft.«

»Das ergibt doch keinerlei Sinn«, meinte Fisher. »Und wenn etwas keinerlei Sinn ergibt, ist es wahrscheinlich auch nicht wahr.«

Eckman hatte sichtlich Mühe, sich ihren Frust nicht anmerken zu lassen. »Ich verstehe Sie, Mr Keddie, aber bitte lassen Sie uns weitermachen. Ich wollte Sie nach dem fingierten Hotelzimmer fragen, das John eingerichtet hat.«

»Er hat es so aussehen lassen, als würde er aus London mit uns skypen«, sagte Kate.

»Das ist ein ziemlicher Aufwand, um eine Lüge aufrechtzuerhalten«, bemerkte Detective Eckman. »Weshalb wollte er Ihnen nicht sagen, dass er hierhergefahren ist?«

Kate schüttelte den Kopf. Allmählich war sie diese Frage leid. Wann immer sie sie gestellt bekam, erschien John mehr und mehr wie ein Fremder. Sie tastete nach dem Notizbuch mit Johns Skizzen in ihrer Tasche. »Ich weiß nicht, aber mir sind noch ein paar andere Dinge aufgefallen. Erstens wurde die Wand im Wohnzimmer frisch gestrichen. Ich habe keine Ahnung, ob und was das zu bedeuten haben könnte, aber ...«

»Ja, ich weiß bereits davon«, unterbrach Eckman, »aber das ist jetzt nicht unsere Hauptsorge, Mrs Keddie. Ich muss das mit diesem Hotelzimmer verstehen.«

Kate löste die Hand von dem Notizbuch und legte sie wieder in ihren Schoß.

»Könnten wir noch mal über diesen Graves reden?«, meinte Fisher. »Ist er polizeibekannt? Er hat eine Überwachungskamera auf seiner Veranda installiert. Da schrillen doch sämtliche Alarmglocken.«

Detective Eckman holte tief Luft. »Wir überprüfen Mr Graves aktuell noch, aber er hat ein Alibi, das hieb- und stichfest zu sein scheint.«

»Haben Sie andere Verdächtige?«, zischte Fisher.

»Irgendwelche Beweise? Haben Sie irgendetwas Konkretes in der Hand?«

Detective Eckman zögerte. Zweimal hintereinander schnellte ihre Zunge vor, um ihre Lippen zu befeuchten, wie eine Schildkröte, die sich aus ihrem Panzer traute. »Wir arbeiten daran, Mr Keddie, darauf kann ich Ihnen mein Wort geben.«

»Was im Moment nicht allzu viel wert ist«, schoss Fisher zurück.

»Fisher, bitte«, sagte Kate.

Er schüttelte den Kopf und blätterte in seinem Notizbuch, während Kate sich erneut an die Polizistin wandte. »Und was jetzt?«

»Wir haben noch einige Hinweise, denen wir nachgehen«, antwortete Eckman. »Es hat einen Vorteil, wenn so etwas in einer kleinen Gemeinde wie dieser passiert: Die Leute kriegen es mit, wenn irgendetwas ungewöhnlich ist. Bitte entschuldigen Sie meine Wortwahl, aber hier auf der Insel haben wir ein Sprichwort: Du kannst nicht heute scheißen, ohne dass morgen einem der Gestank auffällt.«

14

– Die Ehefrau –

Die orangefarbene Beleuchtung des Belly an der Ecke Bay/Bramwell Street wirkte warm und einladend in der regnerischen Dunkelheit. Der Hauptraum des Pubs mit den grünen Blümchentapeten war mit hölzernen Bänken und Tischen möbliert, an den Wänden reihten sich Schwarz-Weiß-Aufnahmen von Belport aus den 1930-ern und 40ern, und in dem großen steinernen Kamin mit der Einfassung aus Treibgut brannte ein knisterndes Feuer.

Sheila Gosnell, die Besitzerin, hatte Abby versprochen, ihr Meisterstück über besagtem Kamin auszustellen, sobald sie ihre Präparationskünste ausreichend verfeinert hatte. Wahrscheinlich stellte Sheila sich einen stolzen Bock mit eindrucksvollem Geweih vor; Abby fragte sich, was sie wohl sagen würde, wenn sie ihr Trevor, das Opossum, vorstellen würde.

Abby und Bobbi saßen in der Nische beim Kamin. Abby hatte ein Glas Rotwein vor sich, Bobbi einen Weißen. Der Vorschlag, sich auf einen Drink zu treffen, war von Bobbi gekommen, allerdings war Abby diejenige, die ihn tatsächlich nötig hatte. Sie fragte sich, ob ihre Freundin ihren telepathischen Notruf empfangen hatte, den sie nach ihrem verstörenden Fund im Erste-Hilfe-Kasten ausgesandt hatte.

»Es ist viel zu lange her, seit wir das zum letzten Mal getan haben«, meinte Abby und stieß ihr Glas gegen Bobbis. »Ich dachte, du hättest dem Alkohol abgeschworen – zumindest in der Öffentlichkeit –, bis Maggie dieses Baby zur Welt gebracht hat und wieder mitkommen kann.«

»Ich fand, ich bin dir was schuldig, nachdem ich mich neulich abends im Auto bei dir ausgemotzt habe.« Bobbi zuckte die Achseln. »Aber ich muss auch etwas mit dir besprechen. Was ist denn mit deinem Daumen passiert?«

Abby blickte auf das frische Pflaster um ihren Daumen. Nachdem die Wunde gesäubert gewesen war, hatte sich herausgestellt, dass sie kaum schlimmer als ein Schnitt von einem Blatt Papier war, aber genauso fies wehtat.

»Ein kleines Missgeschick beim Präparieren«, antwortete sie. »Apropos. Ich muss auch was mit dir besprechen.«

Bobbi lehnte sich zurück und legte die Hand hinter den Kopf. »Ladys first.«

Abby nahm einen großen Schluck Wein und begann zu erzählen – vom *Mountain Stud* und dem blonden

Muskelmann mit der Hand in der Hose. Bobbi lauschte mit zusammengepressten Lippen und ausdrucksloser Miene. Nur einmal ergriff sie das Wort, als Jim Biggins, einer der Stammgäste des Belly, herübergeschlappt kam und über den Mord quatschen wollte, doch er war so blau, dass er noch nicht mal mehr das Wort richtig aussprechen konnte.

Als Jim sich verzogen hatte, erzählte Abby weiter, während Bobbi sich auf die Ellbogen stützte und weitertrank. Etwas in ihren Augen machte Abby nervös – es sah aus, als löse sie insgeheim eine knifflige Rechenaufgabe. »Scheiße«, sagte sie schließlich.

»Ganz genau. Scheiße«, bekräftigte Abby.

»Hast du ihn zur Rede gestellt?«

»Ich wusste nicht, wie«, antwortete Abby.

»Na ja, also erstens muss er noch lange nicht schwul sein, bloß weil er sich diese Zeitschriften ansieht. Als jemand mit erheblicher Sachkompetenz kann ich dir versichern, dass es in der Sexualität nicht bloß Schwarz und Weiß gibt. Weshalb sonst besteht die Regenbogenfahne aus all den vielen Farben?«

»Rein von der Logik her ist mir das auch klar. Trotzdem frage ich mich unwillkürlich, ob er wohl die ganze Zeit an Brad Pitt denkt, wenn er mit mir vögelt.«

Bobbi grinste und griff erneut nach ihrem Chardonnay. »Nö, ich denke, Ray ist eher der Richard-Gere-Typ.«

»Das ist nicht gerade hilfreich.«

»Aber du hast doch selbst gesagt, dass du und Ray durchaus Sex habt. Lori und Eddie sind der sichere Beweis dafür, dass ihr es mindestens zwei Mal getan habt, und glaub bloß nicht, ich hätte all das Sex-Gequatsche abends im Laden vergessen. Der Typ ist rattenscharf auf dich, das sage ich dir. Ich schätze, er ist vielleicht bloß ein bisschen … neugierig.«

Ein grauenvoller Gedanke schoss Abby durch den Kopf wie eine finstere Gestalt, die in einem Horrorfilm aus dem Schatten schnellte. Der alte Fährterminal war als Schwulentreff verschrien. Zumindest wenn man den Gerüchten Glauben schenken konnte. Wie weit ging Rays Neugier? Weit genug, um …

Hör auf, befahl sie sich und packte den Gedanken in eine Kiste, knallte den Deckel zu und verbannte sie in den hintersten Winkel ihres Bewusstseins. Schließlich wusste sie ja überhaupt nicht, was genau Ray mit diesen Magazinen anstellte. Vielleicht hatte er sie ja in einem der Häuser gefunden, die er betreute – in der Neef Street gab es schließlich mehr als genug reiche Perversos. Das erklärte zwar nicht, weshalb er sie hinter seiner Werkbank verwahrte, aber es wäre zumindest denkbar.

»Ich muss mit ihm darüber reden, stimmt's?«

»Ich fürchte, ja«, erwiderte Bobbi.

Abby trank ihren Wein aus und stand kopfschüttelnd auf, um an der Bar Nachschub zu holen. »Jetzt du«, sagte sie, als sie zurückkam und sich wieder hinsetzte.

»Hm?«

»Du wolltest mir doch etwas erzählen. Worum geht's?«

Nervös rutschte Bobbi auf ihrem Sitz herum und nahm einen großen Schluck aus ihrem Glas – was auch immer anstand, ließ sich wohl nur mit einer anständigen Menge Alkohol besprechen. Das war kein gutes Zeichen.

»Lieber Gott, Bobbi, spuck's schon aus. Du machst mir echt Angst.«

»Ich habe kurz überlegt, ob ich zu dir fahren und es dir sagen soll«, begann Bobbi, »aber dann dachte ich, es ist leichter, wenn die Kinder und Ray nicht in der Nähe sind. Aber der eigentliche Grund, weshalb ich es lieber hier besprechen wollte, sind meine Eltern. Wann immer bei ihnen eine wichtige Entscheidung anstand, sind sie mit dem Auto herumgefahren, ganz egal worum es ging – was für einen neuen Wagen sie kaufen sollen, ob es der richtige Zeitpunkt ist, Oma ins Heim zu geben ... alles. Sie fuhren einfach so lange ziellos durch die Gegend, bis sie einen konkreten Plan hatten.« Bobbi lächelte. »Ironischerweise ging es bei ihrem letzten Ausflug darum, ob ihre Ehe es wert war, sie zu retten. Übrigens war sie es nicht.«

Sie trank noch einen Schluck. Abby wartete.

»Einmal habe ich meinen Dad gefragt, wieso sie das machen«, fuhr Bobbi schließlich fort. »Ich dachte, es geht darum, in Bewegung zu sein, um die Dynamik, die dabei entsteht. Das macht das Denken leichter. Aber er meinte nur, ich würde zu viel hineininterpretieren. Im Grunde liefe es auf die Maxime hinaus: *Man scheißt nicht, wo man schläft*. Es gäbe nun einmal Dinge im Leben, die besser außerhalb der eigenen vier Wände bleiben sollten.«

»Also scheißt du jetzt stattdessen, wo wir trinken?«, folgerte Abby.

Bobbi lachte. »So in etwa.« Sie lehnte sich auf ihrem Stuhl zurück und schob die Hände in die Taschen ihres Anoraks, den sie trotz der Wärme im Pub anbehalten hatte.

»Es geht um den Mord, stimmt's?«, sagte Abby. »Natürlich bin ich immer für dich da, Bob, das weißt du, und mir ist klar, dass du dich Maggie nicht anvertrauen kannst, aber bei der Polizei gibt es doch bestimmt eine psychologische Betreuung oder …«

»Darum geht's nicht«, unterbrach sie. »Es geht tatsächlich um den Mord, aber nicht darum, dass ich nicht damit klarkomme.« Bobbi nippte an ihrem Wein, ehe sie fortfuhr: »Wir haben uns die Anrufhistorie des Opfers angesehen«, begann sie. »Und mit *wir* meine ich den Detective, die den Fall bearbeitet. Ich habe zufällig einen Ausdruck auf dem Tisch liegen sehen. Eigentlich geht mich das Ganze ja nichts an, aber natürlich war ich neugierig und dachte, ich werfe mal einen Blick darauf, vielleicht erkenne ich ja eine Nummer wieder oder so. Er hat nicht viele Anrufe getätigt, gerade mal ein halbes Dutzend in den zwei Wochen vor seiner Ermordung. Aber von den sechs Nummern haben ich zwei wiedererkannt. Eine gehörte Speedy Pizza. Vier Tage vor seiner Ermordung hat er dort angerufen. Die zweite …«

Ein Song von Paul Simon drang aus der Jukebox, dem Bobbi einen Moment lang konzentriert zu lauschen schien.

»Und …?«, sagte Abby.

»Der zweite Anruf wurde am Tag seines Todes getätigt. Um 11:16 Uhr. Das Gespräch dauerte vier Minuten und vierzig Sekunden. Ich will dir keine Angst machen oder dich verdächtigen oder so, sondern dich bloß vorwarnen. Es gibt Dutzende Erklärungen dafür, und nur eine einzige davon muss plausibel sein.«

»Worauf willst du hinaus, Bobbi?«

»Am Tag, als der Mann starb, hat er einen Anruf getätigt«, sagte Bobbi. »Und der ging an eure Nummer zu Hause.«

»*Unsere* Nummer?«, fragte Ray. »Völlig unmöglich. Das muss ein Irrtum sein.«

Sie hatte Ray beim Nachhausekommen auf der Couch liegend vorgefunden, doch nun setzte er sich auf und rückte ein Stück zur Seite, um ihr Platz zu machen. Er fischte die Fernbedienung hinter dem Kissen hervor und schaltete den Fernseher aus. Verwirrung zeichnete sich auf seiner Miene ab. Oder war es Besorgnis?

Abby setzte sich neben ihn, verschränkte ihre Finger mit seinen, löste sie wieder und stand auf. »Bobbi sagt, es gäbe keinen Grund zur Panik. Sie wollte uns nur warnen. Wahrscheinlich wendet sich die ermittelnde Beamtin demnächst an uns, um uns noch zu befragen und …«

»Jetzt mal langsam, Ab. Eine Polizistin? Das ist doch völlig verrückt. Der Mann muss sich verwählt haben, das ist alles. Was anderes kann es gar nicht sein.«

»Der Anruf dauerte vier Minuten und vierzig Sekunden«, erwiderte Abby. »Das ist zu lang für ein Versehen.«

Ray runzelte die Stirn. »Könnte eines der Kinder dran gewesen sein?«

»Der Anruf kam mitten an einem Schultag, deshalb waren sie nicht zu Hause. Ich werde sie aber trotzdem fragen. Nur zur Sicherheit.«

Ray schwieg.

Der behagliche Duft nach Kaminholz erfüllte den Raum. Der Wind, der mit einem seltsam unheilvollen Heulen durch das Kaminrohr drang, entfachte die Flammen weiter. Aber vielleicht war das Heulen in Wahrheit gar nicht so unheilvoll, wie es sich für Abby anhörte. Womöglich hätte sie »Jingle Bells« in diesem Moment als keinen Deut fröhlicher empfunden. Bobbi hatte den Keim eines Verdachts in ihren Kopf gepflanzt, und Ray hatte ihn gerade noch mit einer Portion Dünger besprenkelt.

»Das war an dem Tag des Sturms, Ray«, sagte sie leise.

Er zuckte leicht zusammen. Natürlich wusste er genau, was sie gleich sagen würde, trotzdem hinderte er sie nicht daran.

»Die Kinder waren in der Schule, ich bei der Arbeit, und du …«

»Ich habe den Vormittag freigenommen«, räumte er ein. »Weil es zu nass zum Arbeiten war.«

»Also warst du zu Hause?«

Der flackernde Schein des Ofenfeuers ließ sein Gesicht für einen kurzen Moment fast bedrohlich finster wirken. Unwillkürlich kam ihr der Blonde vom Cover des *Mountain Stud* in den Sinn. Rays Züge glätteten sich wieder. Er schnalzte mit der Zunge. »Jetzt wo ich darüber nachdenke … ja, ich habe an dem Tag tatsächlich einen Anruf bekommen.«

»Ja?«

»Ja. Ein Typ hat geschäftlich angerufen. Ein potenzieller Kunde, das ist alles. Viele der Sommergäste halten es für Verschwendung, über den Winter jemanden zu engagieren, der sich um ihre Häuser kümmert. Bis sie dann im Sommer wieder auftauchen und ein Wespennest unter der Veranda oder eine Familie von Flughunden vorfinden, die sich in ihrem Gästezimmer einquartiert haben.«

»Also hat er dich angerufen, weil er dich … engagieren wollte?«

»Genau.«

»Und was hat er gesagt?«

»Er wollte wissen, was ich genau mache und wie viel es kostet.« Er zupfte an seinem Ohrläppchen und schüttelte den Kopf. »Ich habe es ihm gesagt, worauf er meinte, er würde es sich noch mal überlegen und sich wieder melden. Als ich nichts gehört habe, dachte ich, er hätte es sich eben anders überlegt. Jetzt kenne ich den wahren Grund. Ziemlich gruselig, wenn man es sich genau überlegt. Ich fahre gleich morgen früh auf dem Weg zur Arbeit beim Revier vorbei und stelle die Sache klar. Natürlich ohne zu erwähnen, dass Bobbi uns vorgewarnt hat«, sagte er. »Belport ist nicht groß. Wahrscheinlich hat er noch mit einem Dutzend anderer Leute hier geredet.«

Abby nickte. »Er hat bei Speedy Pizza bestellt.«

»Siehst du«, sagte er und zupfte neuerlich an seinem Ohrläppchen.

Hätte Ray ihr all das vor ihrem Fund im Erste-Hilfe-Kasten erzählt, hätte sie keine Veranlassung gesehen, ihm nicht zu glauben. Doch wenn er fähig war, so ein Geheimnis zu wahren, dann stellte sich die Frage, wie sie zwischen Wahrheit und Fiktion unterscheiden sollte. Andererseits musste sie ihm glauben, oder? Was war die Alternative?

Der Drang, ihn nach den Zeitschriften zu fragen, war gewaltig, gleichzeitig konnte sie nicht sagen, ob sie tatsächlich wissen wollte, weshalb er sie aufbewahrte.

»Gibt es etwas, worüber ich mir Sorgen machen müsste, Ray?«, presste sie stattdessen hervor.

Einen Moment lang sah er sie an, dann grinste er und streckte die Arme vor, als wollte er sie auffordern, ihm Handschellen anzulegen. »Sie haben mich erwischt, Officer.«

Abby konnte nicht darüber lachen.

15

– Die Witwe –

Klirr … Klirr … KLIRR!

Der Lärm kam von draußen. Es war mitten in der Nacht, doch das Getöse hatte Kate nicht geweckt – sie war, zumindest fühlte es sich so an, gar nicht erst eingeschlafen.

Sie lauschte.

Klirr … KLIRR!

Leise kletterte sie aus dem Bett, wobei sie sich prompt das Knie an einem Stuhl stieß. Sie trat ans Fenster und zog den Vorhang auf, halb in der Erwartung, einen durchgeknallten Killer vor dem Fenster zu sehen, der in ihr Zimmer einzudringen versuchte. Stattdessen erblickte sie Fisher. Er stand in einem der fadenscheinigen Motel-Bademäntel mit dem leeren Eimer in der Hand schwankend vor der Eiswürfelmaschine und traktierte sie.

Wütend zerrte er an dem Deckel, der sich prompt verhakte. Er stellte den Eimer weg, ging auf die Knie und versuchte es noch einmal. Offensichtlich war er zu betrunken, um das Schild zu bemerken, das nicht einmal einen halben Meter neben seinem Gesicht angebracht war. *Außer Betrieb. Bitte entschuldigen Sie die Unannehmlichkeit* stand in roten Lettern darauf.

»Verdammtes Scheißding!«, murmelte er und gab es auf. Er kam wieder auf die Füße und kickte den Eimer weg, der die überdachte Veranda entlang rollte. Einen Moment lang sah er ihm hinterher, dann wandte er sich achselzuckend ab und wankte auf sein Zimmer zu. Kate beobachtete, wie er mit dem Schloss kämpfte und schließlich hineintaumelte.

Kurz überlegte sie, wieder ins Bett zu gehen, doch ihr war klar, dass sie ohnehin keinen Schlaf finden würde. Stattdessen holte sie den kleinen Eiswürfelbehälter aus ihrer Minibar und trat wieder hinaus. Es war frostig. Sie hastete zu Fishers Zimmer und klopfte. Keine Reaktion. Sie klopfte abermals. Sein Gesicht erschien im Fenster neben der Tür. Seine Augen waren blutunterlaufen. Er ließ den Blick zu Kates nackten Füßen und wieder zurück zu ihrem Gesicht wandern. Er schien ziemlich betrunken zu sein und wirkte wie ein Häuflein Elend.

Sein Gesicht verschwand. Nach einigen Sekunden des Rumorens und Polterns öffnete er die Tür. »Was ist los? Ist etwas passiert? Ist alles in Ordnung?«

»Ich habe Eis«, sagte sie.

»Was meinst du?«

»Ich habe dich mit der Eiswürfelmaschine kämpfen gesehen und dachte, du brauchst welches.«

Sie streckte ihm den Eiswürfelbehälter entgegen.

»Oh. Äh. Danke. Ich gönne mir gerade einen kleinen Schlummertrunk. Damit ich einschlafen kann.«

»Lust auf Gesellschaft?«, fragte sie.

»Oh.« Er runzelte die Stirn und sah über die Schulter hinweg in sein Zimmer. »Klar. Komm rein.«

Fishers Zimmer war genau wie ihres, nur spiegelverkehrt. Auf dem Schreibtisch standen eine leere Flasche Chivas Regal und eine frisch geöffnete direkt daneben. Er schenkte zwei Gläser ein und gab Eis dazu.

»Ich hoffe, ohne Wasser ist okay«, sagte er und reichte ihr eines der Gläser. »Ich habe keinen Mixlöffel.«

»Ja, ja.«

Sie setzte sich aufs Bett und nippte an dem Scotch. Im ersten Moment brannte das Zeug in ihrer Kehle, doch dann breitete sich eine angenehme Wärme in ihrem Bauch aus. Eigentlich vertrug sie keine harten Sachen, doch der Chivas löste ein Gefühl in ihr aus, als gleite sie in eine warme Badewanne – anfangs war das Wasser eine Idee zu heiß, doch nach ein paar Sekunden war es perfekt. Lange Zeit sprachen sie nicht. Kate mutmaßte, Fisher wäre vielleicht lieber allein, doch kaum hatten sie ausgetrunken, schenkte er ihnen beiden nach.

»Es sieht ihm so gar nicht ähnlich«, sagte er leise und ließ die Eiswürfel im Glas kreisen. »Ich meine, es war ihm durchaus zuzutrauen, trotzdem kommt es einem so falsch vor.«

»Es ist, als würde man ihn durch eine Kameralinse betrachten«, sagte Kate.

Er nickte, nahm eine Zigarette aus dem Päckchen und steckte sie sich zwischen die Lippen. »Was dagegen?«

»Ich glaube, hier gibt es Rauchmelder in den Zimmern.«

»Ich habe eine Methode entwickelt, sie zu umgehen.« Er erhob sich wieder, wobei er neuerlich ins Schwanken geriet, sich jedoch rasch fing und ans Fenster trat. Falls er frieren sollte, ließ er es sich zumindest nicht anmerken. Er zog einen Stuhl heran, setzte sich und zündete die Zigarette an.

»Meinen Vater hast du nie kennengelernt, stimmt's?«

»Nein.«

Johns Großvater war bereits fünf Jahre tot gewesen, als sie sich kennengelernt hatten. An einem Lungenemphysem verstorben, wenn sie sich richtig erinnerte.

»Er war ein alter Mistkerl«, meinte Fisher. »Ein Arschloch, wenn man es genau nimmt. Man soll ja nicht schlecht über die Toten reden, sondern es eher so ausdrücken, dass er das Kind gern beim Namen genannt und kein Blatt vor den Mund genommen hat oder nichts für Dummköpfe übrighatte. Aber im Grunde läuft es darauf hinaus, dass er ein Arschloch war.«

Fisher zog an seiner Zigarette und blickte in sein Glas, wobei er leicht auf seinem Stuhl nach vorn sackte. »Heulende Männer hat er nicht ertragen. Soweit ich mich erinnere, habe ich nur ein einziges Mal vor ihm geweint. Damals muss ich zehn gewesen sein und war mit ein paar älteren Jungs aneinandergeraten. Auf dem Heimweg von der Schule hatte ich eine Abkürzung durch den Dustbowl genommen, so haben wir diesen keilförmigen, unbebauten Streifen Land in der Nähe unseres Hauses bezeichnet. Drei Jungs haben mich abgepasst. Sie haben sich unten am Regenwasserkanal herumgetrieben. Einer von ihnen war Jim Haskin. Der Typ hat nicht alle Steine auf der Schleuder, haben wir immer gesagt. Aber natürlich nur, wenn er nicht in der Nähe war. An die Namen der beiden anderen kann ich mich nicht mehr erinnern, aber ihre dreckigen Gesichter sehe ich noch heute vor mir.«

Kate schwieg.

»Diese beiden haben mich vom Fahrrad gezerrt, aber Haskin war derjenige, der es in den Regenwasserkanal geschubst hat. Er hat es sogar noch angestoßen, damit es geradewegs in die Unterführung reinrollt, und dann gesagt, ich soll es holen. Sie haben zugesehen, wie ich runtergelaufen bin. Nach dem zweiten Schritt klopfte mir das Herz bis zum Hals, beim dritten wollte ich am liebsten losschreien.«

Er lächelte, ein tragisches, distanziertes Lächeln, bei dessen Anblick sie ein kalter Schauder überlief.

»In der Unterführung war es stockdunkel, wie in einer Gruft«, fuhr er fort, als er einen Schluckauf bekam und um ein Haar seine Zigarette fallen ließ. Obwohl Kate am anderen Ende des Zimmers saß, konnte sie die Tränen in seinen Augen sehen. »Mein Rad war verschwunden, verschluckt von der Dunkelheit. Und dasselbe wollten sie auch mit mir tun. Also bin ich losgelaufen. Heilige Scheiße, was habe ich dieses Rad geliebt! Wahrscheinlich liegt es immer noch da unten, rostet vor sich hin und wartet darauf, dass ich es holen komme.«

»Du warst zehn Jahre alt, Fisher. Jeder hätte an deiner Stelle geweint. Ich jedenfalls hätte es getan.«

»Dad sah das ein bisschen anders.« Über Jahrzehnte hinweg gehegte Verbitterung lag in seiner Stimme. »Ich habe geheult wie ein Schlosshund, als ich vor der Haustür stand, und er hat mich angesehen, als wäre ich der letzte Schwachkopf. Ein Nichts. Sogar noch weniger als ein Nichts. Das Problem war nicht nur, dass für ihn Weinen gleichbedeutend mit Schwäche war, sondern es hat ihn regelrecht abgestoßen. *Ich* habe ihn abgestoßen. Ihm war regelrecht übel vor Ekel, wenn er so etwas mitansehen musste. Soll ich dir verraten, was er zu mir gesagt hat, Kate?«

»Was denn?«

»›Sei gefälligst ein Mann.‹« Er drückte seine Zigarette auf dem Fensterbrett aus und schnippte den Stummel in die Dunkelheit. »›Sei gefälligst ein Mann.‹ Wie kann man so etwas Seltsames zu einem Kind sagen? In diesem Moment habe ich mir geschworen, alles ganz anders zu machen, sollte ich jemals einen Sohn haben. Aber was sagt die Bibel über die Sünden der Väter? Dass sie die Söhne bis in die dritte oder vierte Generation verfolgen? Pam könnte es dir genau sagen.«

»Du bist ein guter Vater, Fisher«, meinte Kate. »Lass dir das von jemandem sagen, der auch einen lausigen Vater hatte. Welche Sünden dein Dad auch immer begangen haben mag, sind mit seinem Tod abgegolten.«

»Wenn das wirklich so wäre, hätte ich John daran gehindert hierherzukommen. Es muss irgendwelche Anzeichen gegeben haben, dass etwas nicht stimmt.«

»In diesem Fall hätte ich sie genauso übersehen wie du.« Sie nahm noch einen Schluck. »Wieso ist er nach Belport gekommen, was glaubst du, Fisher? Wenn ihn dieselbe Person hierhergelockt hat wie auch zum Beech Tree Landing, wieso hat er dann gelogen und behauptet, er fliege nach London?«

Die Buntglaslampe in der Ecke warf lange, gezackte Schatten auf die Wände und auf Teile der Raumdecke. Fisher betrachtete sie, während er an seinem Scotch nippte. »Hat John dir jemals von seinen nächtlichen Attacken erzählt?«

»Nein.«

»Als er noch ein Teenager war, vielleicht fünfzehn oder sechzehn, bekam er plötzlich Albträume. Schlimme Albträume. Er wachte mitten in der Nacht auf, schrie und weinte. Das Ganze entwickelte sich zu einer massiven Schlafstörung, seine Noten verschlechterten sich, und er schlief zu den unmöglichsten Zeiten und Gelegenheiten ein. Und er fing an, Dinge zu sehen.«

»Dinge?«

»Mit dem Schlaf ist es so eine Sache. Wenn man nicht genug davon bekommt, spielt einem das Gehirn die wildesten Streiche. Nach ein, zwei Monaten, in denen er praktisch gar nicht mehr geschlafen hatte, bekam er Halluzinationen.«

»Was für Halluzinationen?«

»Er glaubte, flüsternde Stimmen zu hören, obwohl da nichts war, dunkle Schemen und Schatten aus den Augenwinkeln. Dann tauchte der Besucher auf. So hat John ihn genannt.« Fisher schluckte hart, ehe er fortfahren konnte. »Normalerweise kam er bei Nacht, stand in der Ecke von Johns Zimmer und beobachtete ihn. Einmal habe ich John gebeten, ihn für mich zu zeichnen, was er auch tat. Er skizzierte einen Mann in einem langen schwarzen Mantel. Über sein Gesicht verlief ein breiter Riss, aus dem Dutzende …«

»Motten flogen«, warf Kate ein.

»Was?«, fragte Fisher.

»Ich habe im Strandhaus ein Notizbuch gefunden. Es tut mir leid, ich hätte dir schon früher davon erzählen sollen, aber ich … Jedenfalls liegt es in meinem Zimmer. Es ist voll mit Zeichnungen von einem Mann, aus dessen Kopf Motten fliegen. Es ist dieselbe Skizze.«

»Nein. Damals waren es Raupen.«

Ein Schauder überlief Kate.

»Aber all das ist lange her. Er hat massenweise Medikamente geschluckt. Clom … Clomipra-irgendwas, dann ein Jahr lang Ambien. Irgendwann haben die Albträume dann wieder aufgehört.« Er stand auf und goss ein weiteres Mal nach. »Wir haben nie die Ursache herausgefunden. Es hat sich ein wenig so angefühlt, als würde man ein Pflaster auf eine Wunde kleben, obwohl man weiß, dass sie darunter weiter eitern würde. Pam hatte Angst, er könnte vielleicht misshandelt oder missbraucht worden sein oder sonst ein Trauma erlitten haben.«

»Hältst du das für möglich?«

Fisher zuckte die Achseln. »Falls ja, konnte John sich entweder nicht daran erinnern, oder aber er wollte nicht darüber reden.«

»Glaubst du, es hat etwas damit zu tun, weshalb er auf die Insel gekommen ist?«

»In der Tüte aus dem Supermarkt waren Baldriankapseln, Kamillentee und drei verschiedene Antihistaminika. Allesamt Einschlafhilfen. Und wenn man es genau nimmt, könnte man die Flasche Wild Turkey wohl auch als solche bezeichnen.«

»John brauchte aber nichts zum Einschlafen. Das wäre mir doch aufgefallen, immerhin habe ich jahrelang neben ihm im Bett gelegen.«

»Tatsächlich? Wüsste er es denn, wenn es umgekehrt wäre?«

Wie gut kann man einen anderen Menschen kennen?, fragte Kate sich.

»Und was willst du damit andeuten?«, fragte sie. »Glaubst du, die Albträume haben wieder angefangen?«

Er nickte und nahm einen Schluck. »Ich glaube, deswegen hat er diese Einschlafhilfen gekauft. Und auch die elektrischen Fliegenklatschen.«

»Ich verstehe nicht, was du meinst.«

»Ich glaube, dieser Besucher ist zurückgekommen, warum auch immer.«

Kate erschauderte ein weiteres Mal. Plötzlich war ihr eiskalt. Vielleicht lag es an dem immer noch geöffneten Fenster, vielleicht aber auch an Fishers ernüchternden Worten. »Aber selbst wenn dem so wäre, was hat all das mit Belport zu tun?«

Er musste sich beim Aufstehen an der Wand abstützen, als er das Fenster schloss. Dann kippte er den letzten Rest Scotch hinunter und stellte das Glas auf dem Nachttisch ab.

»Es ist schon spät«, meinte er. »Können wir es für heute gut sein lassen?«

»Fisher …«

»Ich bin müde, Kate. Einfach bloß müde, das ist alles.«

16

– Die Frau –

Ray war bereits fort, als Abby aufstand, nur noch die vage Einbuchtung seines Körpers war auf der Matratze zu erkennen. Sie zog ein Paar Leggings an, die sie schon einen Tag getragen hatte, und ging auf Zehenspitzen hinunter, um den Ofen anzuzünden und Kaffee zu kochen.

Gerade als sie den Fuß in die Küche setzte, läutete wie auf ein Kommando das Telefon.

»Hallo?«

»Morgen, Schätzchen. Ich hab dich doch nicht geweckt, oder?«

Es war Henry Biller, der zweifellos aus seinem vollgestopften, fensterlosen Büro vor dem Eingangsbereich des Buy & Bye anrief.

»Nein«, sagte sie und warf den Kaffeekocher an. »Was liegt an?«

»Ich brauche heute zwei zusätzliche Hände im Laden, und da du ja gerne mehr Schichten übernehmen wolltest, habe ich als Erstes an dich gedacht. Die Cops haben einen Info-Caravan vor dem Gemeindezentrum aufgestellt, wo Bürger sich melden können, wenn sie etwas über den Mord wissen, was zwei Dinge bedeutet: Erstens greifen die nach jedem Strohhalm, weil sie rein gar nichts in der Hand haben, und zweitens steppt hier demnächst der Bär.«

Der Kaffeekocher begann zu gurgeln, während der Duft nach frischem Kaffee durch die Küche wehte. Von oben war Poltern zu hören. Die Kinder waren wach und machten sich für die Schule fertig.

»Ich weiß, dass ich mehr arbeiten wollte, Biller, aber gerade habe ich ziemlich viel am Hals. Kann nicht jemand anderes einspringen?«

»Danny ist bei seiner Freundin auf dem Festland, Enza taugt nichts, und Marge trägt morgens ihr Hörgerät nicht, deshalb kriegt sie nicht mit, wenn das Telefon läutet.«

»Als du also meintest, ich sei die Erste, die dir …«

»Die Einzige, habe ich natürlich gemeint«, korrigierte er eilig. »Wie schnell kannst du hier sein?«

»Gib mir eine Stunde.«

»Du bist die Beste«, sagte Biller. »Sollte ich jemals anfangen, den Mitarbeiter des Monats zu küren, bist du meine Nummer eins.«

»Schon klar«, erwiderte sie und legte auf.

Sie ging nach oben unter die Dusche und kramte ihre braune B & B-Kutte aus dem Wäschekorb. Der Geruch nach dem Delikatessenregal, das sie am Abend ausgeräumt und sauber gewischt hatte, hing noch darin, deshalb versprühte sie eine Extraportion Deo.

Auf dem Weg nach unten lief sie Eddie in die Arme, der sich die Schuhe an der Haustür anzog.

»Morgen, Junge«, sagte sie und verpasste ihm im Vorbeigehen einen Klaps aufs Hinterteil. »Viel Spaß in der Schule. Und schön lernen.«

»Hi, Mum, bye, Mum.«

Er riss die Haustür auf und hatte einen Fuß bereits draußen, als Abby rief: »Moment noch, Eddie. Warte eine Sekunde.«

»Länger habe ich auch nicht, sonst verpasse ich den Bus.«

Sie trat zu ihm und blickte über seine Schulter hinweg in den Garten. Es war ein klarer Tag, doch der Vorgarten war von einer dicken Reifschicht bedeckt.

»Ist dir in letzter Zeit etwas an deinem Vater aufgefallen? War er irgendwie seltsam?«

»Seltsam? Wie meinst du das?«

Gute Frage. Sie hatte Eddie nichts von dem Anruf des Opfers erzählt, weil sie ihn nicht ängstigen wollte, außerdem würde er es brühwarm Lori erzählen, die ohnehin schon völlig aus dem Häuschen wegen des Mordes war.

»Nichts Bestimmtes«, antwortete sie. »Ich dachte nur, ob er dir … keine Ahnung … irgendwie anders vorkam als sonst, durcheinander irgendwie.«

»Weiß nicht«, meinte Eddie. »Nein. Eigentlich nicht. Wieso?«

»Nur so. Es ist nichts«, wiegelte Abby ab. »Vergiss es. Und jetzt los, damit du den Bus nicht verpasst.«

Eddie schwang sich die Schultasche über die Schulter und stopfte die Hände in die Taschen seines Kapuzenpullis. Mit einer knappen, mönchsartigen Verbeugung hastete er die Treppe hinunter und den Weg entlang, wobei die Eiskristalle unter seinen Sneakers knirschten.

Abbys Verstand lief auf Hochtouren, als sie sich ins Auto setzte, um zum Buy & Bye zu fahren. Ihre Gedanken kreisten um die Zeitschriften, den vier Minuten und vierzig Sekunden langen Anruf des Opfers sowie Rays nächtlichen Tränenausbruch im Badezimmer der Kinder, wo sie ihn nicht hören konnte. All das waren Teile eines größeren Bilds, wie ein von Staub bedecktes Dinosaurierskelett, und sie hockte auf den Knien und wischte mit der Zahnbürste Staub und Sand weg und legte Teile davon frei, ohne genau zu wissen, mit was für einer Art von wildem Tier sie es zu tun hatte oder wie es genau aussah.

Wollte sie es überhaupt wissen?

Ihre Gedanken fanden ein abruptes Ende, als sie über den Hügel der Neef Street fuhr und Rays Laster vor einem riesigen alten Haus im georgianischen Stil stehen sah.

Eigentlich musste sie dringend zur Arbeit, deshalb

überlegte sie kurz, einfach vorbeizufahren, doch eine von Bobbis Bemerkungen im Pub erschien ihr plötzlich seltsam bedeutungsvoll: *Man scheißt nicht, wo man schläft.*

Es gab immer mehr Dinge, die sie mit Ray besprechen musste, und eigentlich würde sie es viel lieber zu Hause tun, doch das hier schien die Art der Insel zu sein, ihr zu signalisieren, dass *jetzt* der richtige Zeitpunkt dafür war.

Sie lenkte den Volvo zwischen die beiden gewaltigen Steinsäulen und folgte der langen, geraden Auffahrt bis zum Haus, das wie ein Spukschloss mitten in einem weitläufigen Grundstück thronte. In der Außenwand, direkt über einem Fenster im zweiten Stock, verlief ein Riss, eine gezackte Linie bis unmittelbar zum Dach hinauf wie beim House of Usher.

Sie parkte neben Rays Pick-up am Ende des hufeisenförmigen Zugangswegs. Sein Werkzeugkasten stand auf der Ladefläche. Die Haustür stand sperrangelweit offen, anscheinend lüftete Ray gerade das Anwesen. Sie lief die Treppe hinauf und blieb auf der Schwelle stehen.

»Ray?«, rief sie, doch außer dem Echo ihrer Stimme in der riesigen Eingangshalle war nichts zu hören. Sie ging hinein.

»Ray? RAY?«

Überall um sie herum führten Türen in feudale Räume mit offenen Kaminen und erlesenen, mit Schutzfolien abgedeckten Möbeln. Durch sämtliche Fenster an der Westseite bot sich ein ungehinderter Blick aufs Meer.

»Hallo? Ray?«

Angst kroch an ihrem Rückgrat entlang, als sie keine Antwort bekam. Was, wenn …

Krach!

Das Geräusch ließ sie zusammenzucken. Es war von draußen gekommen. Sie ging weiter, zur Hintertür hinaus und in den großzügigen, mit heimischer Flora bepflanzten Garten – ein Meer aus Farben, über dem sich ein nahezu farbloser Himmel spannte. Eukalyptusbäume und hohe Myrtenbuchen reihten sich am hinteren Zaun entlang. Das Grundstück grenzte an das Belport Nature Reserve, einem dunklen, wilden Streifen Buschland.

Abgesehen von einer kleinen Population an Braunschlangen lebten die einzigen Tiere, die einen auf Belport Island töten konnten, im Wasser. Jeder konnte die Wanderwege der Insel oder die stillen Straßen entlanggehen, ohne Gefahr zu laufen, angefallen und aufgefressen zu werden; trotzdem sah Abby unweigerlich riesige Bestien vor sich, die in den Schatten des Waldes auf Opfer lauerten.

Wenn sie die vergangenen beiden Tage etwas gelehrt hatten, dann die Tatsache, dass es eine Menge auf der Insel gab, wovor man sich fürchten musste.

Krach!

Sie folgte dem Geräusch einen gewundenen Steinpfad entlang auf eine frisch gemähte Rasenfläche. Ray stand mit einer Axt in der Hand knietief inmitten eines riesigen Haufens abgebrochener Äste und dünner Zweige eines Gummibaums, der auf ein Vogelbad zu seinen Füßen gefallen war.

Dem Haufen nach zu urteilen war er schon eine ganze Weile damit beschäftigt, den Baum in Einzelteile zu zerlegen. Überall lagen zerhackte Äste herum. Trotz der Kälte lief ihm der Schweiß übers Gesicht. Leise trat sie auf ihn zu, um nicht zu riskieren, dass er sich vor Schreck eine Zehe abhackte. Er sah unglaublich stark und attraktiv aus, wie er so das Gewicht der Axt von der linken in die rechte Hand verlagerte, ehe er sie über seinen Kopf schwang und mit Präzision heruntersausen ließ. Mit einem scharfen, trockenen Knack fuhr die Klinge durch den Ast. Die sich lösende Spannung in der Luft war beinahe mit Händen greifbar.

»Hi, Schatz«, sagte sie.

Er sah auf und verzog das Gesicht. »Abby?«

»Ich bin durchs Haus gekommen. Die Tür stand offen. Ich hoffe, das ist okay?«

»Verfolgst du mich?«

Auf den Vorwurf in seiner Stimme war sie nicht gefasst gewesen.

»Dich verfolgen? Nein. Ich bin auf dem Weg zur Arbeit vorbeifahren und dachte … weshalb sollte ich dich verfolgen?«

Er lehnte die Axt gegen den umgekippten Baum und zog sein T-Shirt hoch, um sich den Schweiß abzuwischen. Als er losließ, blieb ein kleiner, spinnenförmiger Schmutzfleck über seinem rechten Auge zurück. »Entschuldige, ich war gerade in Gedanken. Du hast mich bloß erschreckt. Normalerweise bin ich immer ganz allein. Nur ich und die Vögel.«

Der scharfe Wind kroch unter die Falten ihres Kittels und ließ sie erschaudern. Sie zeigte auf den umgefallenen Baum. »Was ist denn hier passiert?«

»Ich habe schon einige Zeit damit gerechnet, dass es so weit ist. Die war ein zähes altes Luder. Ich hätte mir bloß gewünscht, sie wäre ein paar Zentimeter weiter links hingefallen und hätte nicht die Vogeltränke erwischt.«

»Hast du schon mit der Polizei geredet?«

»Nein, noch nicht.«

»Aber du hast versprochen, dass du es gleich heute Morgen tust, noch vor der Arbeit.«

»Ich weiß, was ich gesagt habe. Aber ich bin eben noch nicht dazu gekommen. Sobald ich hier fertig bin, fahre ich in die Stadt und erledige es.«

»Verdammt noch mal, Ray, das ist nicht dasselbe wie ein Liter Milch, den du vergessen hast, vom Einkaufen mitzubringen.« Frust – oder Angst? – schlich sich in Abbys Stimme. »Die Polizei wird mit dir reden wollen, und mir wäre es lieber, wenn es nicht vor den Kindern wäre. Ich kann ja verstehen, dass dir das Angst macht,

Ray, aber bestimmt wollen sie nur deine Aussage aufnehmen und dein Alibi überprüfen.«

»*Meine Aussage aufnehmen und mein Alibi überprüfen?*«, äffte er sie nach. »Das hier ist keines deiner True-Crime-Bücher, Abby, und ich habe auch keine Angst, sondern ich bin beschäftigt. Ich habe gesagt, dass ich es tue, und das werde ich auch.«

»Wieso bist du denn so patzig deswegen?«, fragte Abby.

Statt einer Antwort nahm er die Axt, schwang sie über seinen Kopf und ließ sie herabsausen. Mit einem markerschütternden Knacken fuhr die Klinge durch einen feuchten, toten Ast. »Was willst du hier, Abby?«

»Das habe ich doch gerade gesagt. Ich bin vorbeigefahren und …«

»Wieso bist du wirklich hier?«

»Ich wollte nicht scheißen, wo wir schlafen.«

Er hatte beide Hände um den Axtgriff gelegt und starrte sie finster an.

»Weißt du, woher ich das hier habe?« Sie hob ihren verpflasterten Daumen hoch. »Ich habe in der Garage das Opossum gehäutet, das Susi für mich aufbewahrt hat, und mich geschnitten. Aber leider habe ich kein Pflaster in dem Erste-Hilfe-Kasten hinter deiner Werkbank gefunden, sondern deine Magazine.«

»Ich habe keine Ahnung, wovon du sprichst, Ab.«

»*Boyz. Truck Stop. Man O Man. Stud-Fucker …*«

»Großer Gott.« Er presste die Lippen aufeinander.

Seine Muskeln spannten sich an. Den Blick auf das Myrtenheidenwäldchen an der Grundstücksgrenze gerichtet fuhr er mit den Fingern über den Axtgriff.

»Kanntest du ihn, Ray?«, fragte sie. »Den Mann, der ermordet wurde und der bei uns zu Hause angerufen hat. Kanntest du ihn?«

»Natürlich nicht. Er hat angerufen und gefragt, wie viel es kostet, wenn ich mich um sein Haus kümmere. Das ist alles. Ehrlich, Abby, ich weiß gar nicht, was plötzlich in dich gefahren ist.«

»In mich gefahren? Ray, was soll ich denn denken, wenn ich solche Zeitschriften finde? Wieso siehst du dir so was an?«

»Es ist nicht …« Er legte sich die Axt, an deren Klinge Baumsaft klebte, über die Schulter. Der Anblick ließ Abby an Blut denken. »Es ist nicht so, wie du denkst.«

»Lori hat dich neulich Nacht im Badezimmer weinen hören«, sagte Abby.

»So?« Mit einem Mal war sein Tonfall eisig. »In diesem Fall wäre ich froh, Lori würde sich um ihren eigenen beschissenen Kram kümmern und du genauso.«

Instinktiv wich Abby einen Schritt zurück, wobei sie um ein Haar über einen Betonbrocken des kaputten Vogelbads stolperte. Ray löste seinen Blick von dem Baumstamm und sah sie an. Seine Züge hatten sich zu einer merkwürdigen Fratze verzerrt. Im fahlen Morgenlicht wirkte seine Haut wächsern, und seine Augen waren die eines Fremden. Sie kannte diese Augen nicht, und einen Moment lang kannte sie auch diesen Mann nicht, der vor ihr stand.

»Halt dich da raus, Schatz«, sagte er.

»Was?«

»Vergiss diese Magazine, vergiss diesen Anruf und *halt dich einfach raus*. Ich habe gesagt, ich kümmere mich darum, und genau das werde ich auch tun.«

»Ich weiß nicht, ob ich das kann, Ray.«

Einen grauenvollen Moment lang malte Abby sich aus, wie ihr Mann einen Satz nach vorn machte, die Axt über die Schultern hob und … Auf einmal waren die Späße über Jack Torrance und die Diskussion über Krocketschläger oder Axt überhaupt nicht mehr lustig.

»Nicht einmal für die Kinder?«, fragte er.

»Was versuchst du mir damit zu sagen, Ray?«

»Dass du den Ball flachhalten und dich verdammt noch mal raushalten sollst, Abby.«

Er schwang die Axt und versenkte die Klinge im Stamm, dann stapfte er den Weg entlang zum Haus. Abby blickte nach Westen, zu den tiefblauen Gewässern der Bass-Straße, und fragte sich, wie es sich wohl anfühlen mochte, in die Fluten zu waten.

17

– Die Witwe –

Einige köstliche Sekunden lang fühlte sich Kates Kopf ganz leer an, als sie aufwachte. Dann drang das Läuten des Telefons durch den Nebel. Der Morgen graute, und sie war vor nicht allzu langer Zeit endlich eingeschlafen.

»Ja?«

»Habe ich dich geweckt?«, fragte eine Stimme am anderen Ende der Leitung kleinlaut.

»Mia?«

»Ich weiß, dass es noch früh am Morgen ist«, sagte sie. »Aber du hast gesagt, ich könnte dich immer anrufen, auch ohne einen Grund.« Das Zittern in ihrer Stimme verriet Kate, dass sie geweint hatte.

»Das stimmt auch, Äffchen.« Kat bemühte sich, ihre eigene Stimme unter Kontrolle zu halten. Nur unter Aufbietung all ihrer Willenskraft gelang es ihr, nicht selbst in Tränen auszubrechen. Gleichzeitig ertappte sie sich dabei, wie sie lächelte. Es war so schön, Mias Stimme zu hören. »Geht es dir gut?«

Einen Moment lang herrschte Stille. »Ich weiß es nicht genau, aber ich glaube schon. Kommst du bald nach Hause?«

»Sehr bald, ja«, antwortete Kate.

»Oma sagt, die hätten im Fernsehen über Dad gesprochen, aber sie wollte es mich nicht ansehen lassen und hat mir auch nicht gesagt, worum es ging.«

Kate setzte sich auf und schlang die Arme um ihre Knie. Sie musste die Augen zukneifen, um gegen die aufsteigenden Tränen anzukämpfen. »Wie geht es Oma?«

»Sie ist merkwürdig drauf. Eigentlich geht's ihr gut, aber sie kommt mir schon ein bisschen verrückt vor. Heute Morgen habe ich etwas auf Youtube angesehen, und sie wollte wissen, was das ist, also habe ich ihr ein Video von einem Affen gezeigt, der auf einem Schwein reitet, und sie musste lachen, und zwar so heftig, dass ihr ganzer Körper gewackelt hat, so wie ich damals, als ich so getan habe, als würde ich einen Elektroschock kriegen, aber dann fing sie plötzlich an zu weinen.«

»Manchmal machen Menschen nun mal seltsame Dinge, wenn sie traurig sind«, sagte Kate. »Tut mir leid, Äffchen. Eigentlich sollte ich zu Hause sein. Ich hätte da sein und dir das von deinem Dad sagen müssen. Die letzten Tage … ich weiß nicht recht, ob ich so eine gute Mutter war.«

»Ist schon gut«, meinte Mia. »Die Menschen machen nun mal seltsame Dinge, wenn sie traurig sind.«

In der nachfolgenden kurzen Stille stellte Kate sich vor, wie Mia neben dem Bett auf dem Fußboden des Gästezimmers hockte, nach Pams Altweiberseife mit dem blumig-frischen Duft riechend.

»Wie hat er ausgesehen?«, wollte Mia wissen.

»Wer?«

»Dad.«

Die Frage war wie ein Schlag in die Magengrube. Sie holte Luft. »Als würde er schlafen«, log sie.

»Manchmal lassen die Leute bei Beerdigungen den Sarg offen, damit man den Toten noch mal anschauen kann. Wird es bei Dad genauso sein?«

»Ich weiß es nicht, Äffchen.«

»Die werden ihn *ein-bal-sa-mie-ren* müssen«, fuhr Mia fort, wobei sie jede Silbe einzeln betonte. »Dabei wird alles Blut rausgepumpt und Chemikalien reingepumpt, damit dein Fleisch nicht verrottet und du anfängst zu stinken.«

»Hat Grandma dir das erzählt?«, fragte Kate.

»Nein, ich habe es auf wikiHow nachgelesen«, antwortete Mia. Kate konnte förmlich die morbide Neugier in Mias Augen leuchten sehen. »Die schneiden den Toten die Fingernägel, geben Gel ins Haar und schminken sie. Sogar Jungs. Das ist völlig egal. Manchmal bleiben die Augen nicht zu, dann schmieren sie Sekundenkleber drauf. Ach ja, und manchmal ist die Leiche ... na ja ... nicht ganz dicht, dann müssen sie ihr eine Plastikunterhose anziehen. Tut mir leid, ist das ZVI?«

Kate dachte an die lauernden Monster unter dem Bett und sagte: »Nein, Äffchen, ist es nicht. Was passiert als Nächstes?«

Nach dem Gespräch mit Mia konnte Kate nicht mehr einschlafen. Ihr schwirrte der Kopf von all den praktischen Fragen, die es zu beantworten galt. Wann sollte sie mit der Vorbereitung des Begräbnisses beginnen? Wen musste sie über Johns Tod informieren? Was sollte sie mit dem Ferienhaus machen?

Benommen und völlig fertig quälte sie sich aus dem Bett und ging ins Bad, um die Dusche aufzudrehen. Sie setzte sich in die Wanne und schloss die Augen, während sie sich vorstellte, der Schmerz sei wie Sand, den das heiße Wasser von ihrem Körper spülte. Es funktionierte nicht. Sie stieg heraus, trocknete sich ab und zog sich an. Dann bereitete sie sich eine Tasse Instantkaffee zu – Milch gab es nicht in der Minibar, deshalb musste sie ihn schwarz trinken – und setzte sich auf die schwammig weiche Matratze.

Sie zappte durch die Fernsehkanäle, doch nach einer Weile legte sie sich zurück und starrte einfach nur an die Zimmerdecke. Im beginnenden Licht des Tages fiel ihr der bleistiftdicke Spalt in der Luke zum Dachboden wieder ein. Sie fragte sich, was sich dahinter verbarg … falls überhaupt.

Zwei Tassen Kaffee später beschloss sie, dass sie es keine Minute länger in diesem Zimmer aushielt, und schnappte sich ihre Wagenschlüssel, um eine Runde zu drehen. Auf dem Weg zu ihrem Wagen blieb sie kurz vor Fishers Zimmer stehen, in der Annahme, Licht brennen zu sehen. Doch es war aus. Bereits bevor sie aufgetaucht war, hatte er eine ganze Flasche Chivas vernichtet, daher würde er wohl noch ein paar Stunden schlafen. Trotzdem klopfte sie an seine Tür, ganz leise, nur für alle Fälle.

Sekunden später öffnete Fisher die Tür. Hatte er etwa im Dunkeln dagesessen?

»Habe ich dich geweckt?«

Er schüttelte den Kopf und fuhr sich mit der Hand durchs Haar. »Ich habe gar nicht geschlafen, glaube ich.«

»Ich gehe ein paar Sachen erledigen. Soll ich dir was mitbringen?«

Er hob einen Zeigefinger, verschwand kurz in seinem Zimmer und kehrte gleich darauf zurück. »Mir sind die Zigaretten ausgegangen. Könntest du mir welche mitbringen?«

»Natürlich.«

Sie stieg in den Wagen und fuhr zur Bay Street. Im Schritttempo kroch sie am Buy & Bye vorbei, wo John zuletzt eingekauft hatte. Der Supermarkt hatte noch geschlossen, deshalb fuhr sie weiter zur Neef Street.

Gegenüber von ihrem Ferienhaus lenkte sie den Wagen an den Straßenrand und hielt nach Polizeifahrzeugen Ausschau. Eigentlich hatte sie erwartet, dass es von Polizisten, Spurensicherungsexperten und Tatortfotografen nur so wimmeln würde, doch es war vollkommen still. Allerdings bestand kein Zweifel daran, dass jemand hier gewesen war: ein Gittermuster aus schlammigen Reifenspuren zog sich durch den Vorgarten, und vor dem Gartentor hing gelbes Absperrband mit dem Aufdruck BETRETEN VERBOTEN.

Kate kletterte über das Tor – hätte sie es geöffnet, wäre das Absperrband gerissen – und ging die Auffahrt hinauf.

Rechtlich gesehen erfüllte das, was sie hier trieb, den Tatbestand des unbefugten Betretens, andererseits war es ihr Haus, und sie bekam das Bild der offenen Dachluke nicht mehr aus dem Kopf. Es war, als locke sie sie regelrecht an.

Sie duckte sich unter dem Absperrband an der Haustür durch und schloss auf. Alle Lichter brannten, als sie eintrat, und auf dem Teppich waren tiefe Abdrücke zu sehen – von den Stiefeln der Polizisten, vermutete sie. Der Handlauf am Fuß der Treppe war mit weißem Pulver bestäubt, ebenso wie sämtliche Türgriffe.

Sie holte die Taschenlampe aus dem Schrank unter der Spüle und eine Klappleiter aus der Waschküche, trug beides nach oben ins Schlafzimmer und stellte die Treppe unter die Luke, die immer noch einen Spaltbreit geöffnet war. Vorsichtig kletterte sie bis zur vierten Sprosse der wackligen Leiter hinauf. Der Rand der Luke war von Spinnweben und Staub bedeckt, allerdings gab es auch Stellen, wo nichts klebte. Jemand hatte sich erst vor Kurzem hier zu schaffen gemacht. Kurz überlegte sie, ob die Polizei das Haus eventuell so gründlich untersucht hatte, dass auch der Dachboden überprüft worden war, doch es erschien ihr eher unwahrscheinlich.

Vorsichtig öffnete sie die Luke, hinter der sie tiefe Schwärze empfing. Sie richtete den Strahl der Taschenlampe hinein, was jedoch nichts als noch mehr Spinnweben an den Dachbalken zu Tage förderte. Von der obersten Stufe aus ragte ihr Kopf durch die Luke. Die Leiter wackelte bedenklich, als sie in die Luke stieg, fiel jedoch zum Glück nicht um.

Sie kam auf die Füße und leuchtete um sich herum, auf der Suche nach weiteren Spinnweben oder auch nach Monstern oder blutrünstigen Mördern. Dicke rosafarbene Isolierung bedeckte die Dachschrägen und die niedrige Decke. Eine alte Schiefertafel lehnte links von der Luke, daneben stand ein Korb mit alten Zeitungen.

Sie richtete die Taschenlampe auf den Boden und schnappte nach Luft. Abdrücke von nackten Füßen führten durch die Staubschicht und verloren sich im dahinter liegenden Dunkel.

»Hallo?«, rief sie.

Hätte jemand reagiert, wäre sie so schnell durch die Luke verschwunden, dass sie sich beim Sprung wahrscheinlich das Genick gebrochen hätte. Doch es blieb still. Eine dicke Spinnwebe verfing sich in ihrem Haar am Hinterkopf. Hektisch zog sie die weißen seidigen Fäden aus ihrem Haar, ehe sie sich befahl, sich wieder zu beruhigen. Der Lichtkegel der Taschenlampe zitterte. Sie richtete ihn auf die Fußabdrücke und folgte ihnen. Sie führten sie weiter hinein in die Tiefen des Dachstuhls.

Es war heiß und stickig. Ihr Herzschlag beschleunigte sich. Der Kragen ihres T-Shirts war schweißnass. Die Raumdecke war viel zu niedrig. Seltsamerweise fühlte sich der Dachstuhl klaustrophobisch und wie eine endlose Leere zugleich an. Sie stieß mit dem Fuß gegen etwas Hartes und zuckte vor Schmerz zusammen. Ihre Taschenlampe erfasste eine mit Farbklecksen übersäte Kurzhantel auf dem Boden. John hatte vor Jahren einen Satz davon mitgebracht, um jeden Morgen zu trainieren, doch sie konnte sich nicht erinnern, sie jemals in Benutzung gesehen zu haben.

Rechts von ihr befand sich der Lichtschalter. Sie drückte ihn mit dem Handrücken herunter, doch nichts geschah.

Gerade als sie sich abwenden wollte, fiel ihr Blick auf die Steckdose darunter, an die eine ausgeschaltete Mehrfachsteckerleiste eingesteckt war, mit mehreren Doppelsteckern und Verlängerungskabeln, die sich wie Schlangen ins Dunkel wanden. Sie schaltete die Mehrfachsteckerleiste ein.

Zuerst ertönte ein dumpfes Summen aus der Leere

des Dachstuhls, ehe nacheinander die Lichter angingen – leuchtend blaue, hellgrüne und grellweiße. Und elektrische Fliegenklatschen. Elf Stück zählte sie. Russ Graves' gesamter Vorrat. Sie waren an unterschiedlichen Stellen im Raum platziert, so dass sie eine von einer Ecke zur anderen reichenden Fläche abdeckten.

Voller Entsetzen kam ihr wieder Johns »Besucher« in den Sinn, die schwarzen Augen, die diffusen Gesichtszüge, der schmale Mund, aus dem die Motten flatterten und sich überall verteilten. Inzwischen brauchte sie die Taschenlampe nicht mehr. Im hellen Schein der Beleuchtung konnte sie die Fußspuren erkennen, die um die Gegenstände herum verliefen – ein Korb mit Töpfen und Pfannen, ein verstaubter Stapel Taschenbücher, ein Karton mit der Aufschrift *Mias Spielsachen.* Dann fiel ihr Blick auf eine kleine schwarze Metallkassette auf dem Boden.

Zwei perfekte runde Kreise im Staub zeigten, dass jemand davor gekniet hatte. Sie wollte danach greifen, zog jedoch abrupt die Hand zurück, als eine der Fliegenklatschen laut hinter ihr knackte. Erschrocken fuhr sie herum, halb in der Erwartung, Mias kinderfressenden Gremlin geradewegs auf sich zustürzen zu sehen, doch wie es aussah, hatte bloß ein armes Insekt einen sprotzelnden Tod in den Gitterdrähten gefunden.

Sie richtete ihre Aufmerksamkeit wieder auf die Kassette, deren Metall im Halbdunkel schimmerte. Kein Stäubchen lag auf der Oberfläche. Sie versuchte, den

Deckel anzuheben, doch die Kassette war verschlossen. Vergeblich sah sie sich nach einem Schlüssel um. Sie schüttelte die Kassette, und eine Schweißperle rann ihr über die Wange. Es war viel zu heiß, zu stickig hier drinnen. Zu merkwürdig. Sie hatte das Gefühl, keine Luft mehr zu bekommen, deshalb hastete sie zurück und schaltete die Steckerleiste aus, ehe sie im schwindenden Schein durch die Luke stieg und nach unten kletterte.

Sie schloss die Klappe und verstaute die Trittleiter. Mittlerweile war sie überzeugt, dass die Antworten auf all ihre Fragen in dieser metallenen Kassette verborgen sein mussten. Sie trug sie nach unten in die Küche, holte den Werkzeugkasten aus dem Schrank unter der Spüle und kramte in dem Sammelsurium aus Schrauben, einem IKEA-Schraubenzieherset, einer Tube ausgetrocknetem Sekundenkleber und einem Tischlerhammer.

Als Erstes versuchte sie es mit den Schraubenziehern, probierte sämtliche Größen und Kopfformen aus, drehte, stocherte, bohrte, doch das Schloss wollte nicht aufspringen. Dann griff sie zum Hammer, hielt ihn in der Rechten, die Kassette in der Linken und holte aus. Der erste Versuch war ein Witz. Sie war viel zu vorsichtig ans Werk gegangen. Beim zweiten Mal schlug sie fester zu. Mit einem lauten *Klink* knallte Metall auf Metall, während eine Schockwelle durch ihren Arm schoss. Der Hammer hinterließ eine leichte Delle im Deckel, doch das Schloss war immer noch zu.

»Verdammt!« Frustriert schwang sie den Hammer ein drittes Mal, wobei die Spitze ihren rechten Zeigefinger streifte. Ein heftiger Schmerz fuhr durch ihre Hand. Mit einem Aufschrei ließ sie den Hammer fallen und schleuderte vor Wut die Kassette quer durch die Küche, die prompt gegen die Wand knallte und in den Flur hinauskatapultiert wurde, wo sie in einer Wolke aus Putz auf dem Boden landete. In der Wand prangte ein dreieckiges Loch – die Kassette war noch immer unversehrt.

In einer Mischung aus heißer Wut, niederschmetternder Traurigkeit und körperlichem Schmerz begann sie zu schluchzen, anfangs leise, dann immer lauter und hysterischer. Sie ließ sich auf den Linoleumboden fallen, weinte und schluchzte sich die Seele aus dem Leib, ehe sie, immer wieder durchbrochen von japsenden Atemzügen, zu schreien begann.

Schließlich ging sie hinaus zum Wagen, als sie zu ihrer Überraschung einen Mann bemerkte, der die Hände ums Gesicht legte und durch die getönten Scheiben ins Innere spähte. Sein Pick-up stand direkt hinter ihrem Wagen geparkt. Kate war der Aufdruck *Hausbetreuung* bereits gestern aufgefallen, als der Laster mit laufendem Motor am Straßenrand gestanden hatte. Den Fahrer hatte sie nicht erkennen können, doch nun sah sie, dass es sich um einen Mann von Ende dreißig, Anfang vierzig handelte.

»Kann ich Ihnen helfen?«, fragte sie.

Die Stiefel des Mannes knirschten auf dem Kies, als er sich umdrehte. Aus der Nähe fiel Kate auf, dass er ziemlich gutaussehend war, mit dichten Brauen und tief liegenden, traurigen Augen, die seinem Gesicht etwas Nachdenkliches verliehen, und vereinzelten silbrigen Strähnen in seinem Haar. ISLAND CARE stand aufgestickt auf der Brusttasche seines hellgrauen Hemds.

»Ach du Scheiße. Entschuldigen Sie bitte«, sagte er. »Ich kam gerade vorbei und habe Ihren Wagen vor dem Haus stehen sehen. Kannten Sie den Mann, der hier gewohnt hat?«

Er deutete auf die mit gelb-schwarzem Absperrband versehene Haustür.

Sie nickte. »Ich bin seine Frau.«

Obwohl das streng genommen nicht stimmte. Sie war seine Witwe. *Witwe*. Das Wort war zu scharfkantig, um es zu schlucken, zu glühend, um es in Händen zu halten.

»Es hat mir so leidgetan, was mit ihm passiert ist. Die ganze Insel steht regelrecht unter Schock.« Sein Blick fiel auf die Kassette unter ihrem Arm. »Was haben Sie denn da?«

»Gar nichts.« Sie drehte die Kassette hin und her. »Ich habe bloß den Schlüssel verloren.«

»Wenn Sie wollen, kann ich Ihnen gerne helfen, sie aufzukriegen.«

»Ich will Ihnen keine Umstände machen.«

»Tun Sie nicht«, wiegelte er ab und streckte die Hand aus. »Darf ich mal einen Blick darauf werfen?«

Sie zögerte kurz, dann reichte sie ihm die Kassette. Er betrachtete sie einen Moment, dann ging er zu seinem Laster und stellte sie auf die Ladefläche. Aus einer roten Werkzeugkiste nahm er einen Hammer und einen Schlitzschraubenzieher. Sie sah sich um. Um diese Jahreszeit waren all die großen Ferienhäuser verwaist. Sie war ganz allein mit dem Mann.

»Das habe ich auch schon probiert«, meinte sie.

Ohne sie zu beachten, setzte er den Schraubenzieher am Schloss an und schlug mit der Hammerspitze vorsichtig gegen den Schraubenziehergriff. Nach drei oder vier gezielten Schlägen sprang das Schloss auf. Er legte das Werkzeug beiseite und öffnete den Deckel, der sich nach einigem Ziehen und Zerren aufklappen ließ. Wortlos sah er hinein, ehe er nach einem scheinbar endlosen Moment den Deckel wieder schloss und ihr die Kassette reichte.

»Danke.«

»Keine Ursache.«

Er verstaute sein Werkzeug, stieg ein und fuhr davon. Kate wartete, bis er außer Sichtweite war, dann stieg sie in ihren Wagen, verriegelte die Türen und öffnete die Kassette.

18

– Die Frau –

Biller hatte völlig recht. Auf der Bay Street war die Hölle los. Eine ganze Batterie an Fahrzeugen stand vor dem Gemeindezentrum, einem aufgrund strikter städtischer Sparmaßnahmen heruntergekommenen Backsteinbau, das sich mit der Belport Library ein Grundstück teilte.

Auf dem breiten Rasenstreifen davor, dessen sattes Grün alljährlich während der Sommermonate hoffnungslos vergilbte, hatte die Polizei ihren Info-Caravan aufgebaut, bei dem es sich in Wahrheit um einen langen weißen Trailer mit einem Vorzelt handelte. Darunter war ein kleiner Tisch mit Kaffee und Keksen aufgebaut, und jemand hatte die Servietten mit einem glatten Stein beschwert, damit sie nicht davonflogen.

Vor dem Caravan unterhielten sich ein paar Beamte mit den Einheimischen. Neben einem Constable mit Babyface stand Mario Brumniach, der während der Hauptsaison Angelausflüge organisierte. Die beiden hatten sich über eine Karte der Insel gebeugt, auf die

Mario hier und da mit dem Finger tippte. Nancy Malerman, die inzwischen an die neunzig sein musste, stand auf ihren Gehstock gestützt daneben und quasselte auf einen stämmigen Sergeant ein.

Abby kroch im Schneckentempo vorbei, teils aus Neugier, aber auch wegen des Gedränges der Einheimischen, die offensichtlich zu aufgeregt waren, um auf den Verkehr zu achten.

Aber eigentlich war es nicht länger die Neugier, die sie plagte. Am Anfang mochte es so gewesen sein – ein Mord in ihrem Heimatort hatte Abwechslung in die Monotonie des Inselalltags gebracht. Der Vorfall hatte denselben Reiz auf sie ausgeübt wie die Tierpräparation oder ihre True-Crime-Geschichten und basierte auf demselben Bedürfnis, wie man automatisch das Tempo drosselte, wenn man an einem Unfall vorbeifuhr. Doch inzwischen war ihr bewusst geworden, dass der Lust an wahren Verbrechen am besten aus sicherer Entfernung gefrönt wurde, in der Behaglichkeit eines warmen Kaminfeuers oder am Pool eines Wellnesshotels.

Inzwischen wirkte alles zu nahe, zu real, so als besuche man einen Zoo ohne Gitterstäbe und Gehege. Das hier – wobei sie noch nicht einmal genau sagen konnte, was *das hier* genau sein sollte – war in ihr Zuhause gelangt. Und Ray war derjenige, der es hereingeschleppt hatte.

Halt dich gefälligst da raus, hatte er gesagt. Und ehrlich gesagt schien das gar kein so schlechter Rat zu sein.

Sämtliche Parkplätze vor dem Buy & Bye waren belegt, weshalb sie am Ende auf dem der Uniting Church auf der anderen Straßenseite parken musste.

Auch im Buy & Bye herrschte rege Betriebsamkeit; vielleicht noch nicht ganz wie im Sommer, aber beinahe. Nur eine einzige Kasse war geöffnet, vor der sich eine Schlange bis zur Fleischtheke gebildet hatte.

Biller stand an der Kasse, scannte, schwitzte und strahlte. In einem Cartoon würden Dollarzeichen in seinen Augen rotieren wie in der Anzeige eines einarmigen Banditen.

»Da ist ja mein Mädchen«, blökte er, als er Abby erblickte. »Kasse drei wartet schon auf dich.«

Sie trat hinter die Kasse, zog ihre Jacke aus und rollte die Ärmel hoch. Augenblicklich schwenkte die Hälfte der Schlange zu ihrer Kasse. Die nächste Stunde verging wie im Flug. Bei der Mehrzahl der Käufe handelte es sich um Kleinigkeiten wie Snacks, Getränke und Zigaretten. Keiner war wegen des Wocheneinkaufs gekommen. Hätte der Sweet Drop Chocolate Shop nebenan, die Love Bite's Bakery oder der Muffins 'n Stuff bereits geöffnet, oder sogar die Dreamy Ice Creamery, wären die meisten Kunden wahrscheinlich dort.

Alle wollten über den Mord reden, doch Abby ließ sich auf kein Gespräch ein, um zu verhindern, dass sie sich am Ende noch mieser fühlte oder gar ihren Befürchtungen Luft machte. Stattdessen begnügte sie sich damit, zu kassieren, die Einkäufe einzupacken, *Der*

Nächste bitte zu rufen und den Kunden einen schönen Tag zu wünschen. Sobald sie sich nicht mehr auf ihre Arbeit konzentrierte, und sei es nur für einen kurzen Moment, waren Bobbis Worte wieder da, warteten auf sie wie ein Stapel schmutziges Geschirr.

Jemand weiß etwas. War sie dieser Jemand?

Irgendwann verebbte der Kundenstrom, was Biller und Abby für einen Moment Luft verschaffte. Biller verschwendete keine Sekunde.

»Und, wie sieht's aus, Abby?«, fragte er und wischte sich mit einem Zipfel seines Poloshirts den Schweiß von der Stirn, wobei sein käsiger Puddingbauch zum Vorschein kam.

»Was sieht wie aus?«, fragte sie, obwohl sie genau wusste, worauf er anspielte. »Viel Klatsch und Tratsch, sonst nichts«, fügte sie hinzu.

Biller nahm die Mülltüten unter der Kasse hervor – beide waren seit einer Woche nicht mehr geleert worden – und verschnürte sie, ehe er sie mit federnden Schritten zum Eingang trug. »Tu mir den Gefallen, Ab, und füll den Coke-Kühlschrank auf. Und, ach ja, sieh mal in Gang drei nach. Rose Furleo war mit Bernie da, und ich glaube, ihm ist schlecht geworden. Diese Frau hat ihren kleinen Satansbraten überhaupt nicht im Griff. Und wer nennt sein Kind schon *Bernie*?«

»Ich kann mich nicht erinnern, dich jemals so guter Dinge gesehen zu haben«, meinte Abby.

Auf halbem Weg zur Tür blieb er stehen und ließ die

Mülltüten fallen, die mit einem feuchten Schmatzen auf dem Boden landeten. »Tja, rein zufällig habe ich ein pikantes kleines Detail in unserem Mordfall erfahren, ein Klatsch-Goldklümpchen sozusagen. Willst du's hören?«

»Ehrlich gesagt weiß ich nicht recht, ob wir überhaupt irgendwelchen Klatsch erzählen sollten, ob nun pikant oder nicht. Findest du das nicht auch ein bisschen respektlos?«

Biller fixierte sie mit einem Blick, der sich entweder als latent argwöhnisch oder latent verkniffen interpretieren ließ. »Wie ist die Aussicht von dort oben?«

»Was?«

»Von da oben, auf deinem hohen Ross.«

Sie verdrehte die Augen. »Na gut, was ist nun dein pikantes Bröckchen Klatsch?«

Er feixte. »Hast du jemals meine Ex-Frau Helen kennengelernt?«

»Nicht offiziell, aber ich habe von dir schon so viel über sie gehört, dass ich das Gefühl habe, auf du und du mit ihr zu sein.«

Nach allem, was sie sich aus Billers Schilderungen zusammenreimen konnte, war Helen Biller, geborene Watts, ein dämonenköpfiges Ungeheuer aus einer uralten folkloristischen Überlieferung – ein Geschöpf, das die Herzen tapferer und edler Herren sammelte, um sich in dem mit ihrer Scheidungsabfindung finanzierten Eigenheim in Barwon Heads an ihnen zu laben.

»Nun ja, ich habe es mir gewissermaßen zur Gewohnheit gemacht, sie immer dann anzurufen, wenn ich wieder mal den Kanal voll habe«, sagte Biller. »Manchmal sage ich ihr, dass ich sie heute noch liebe, gelegentlich auch, dass ich ihr den Tod an den Hals wünsche, aber meistens reden wir eigentlich nur.«

»Was für ein glückliches Geschöpf«, bemerkte Abby.

»Jedenfalls war es gestern Abend wieder mal so weit. Nach etwa zwei Dritteln der Flasche Glenfiddich, die ich mir als verfrühtes Geschenk zum Geburtstag gemacht habe, ertappe ich mich dabei, wie ich ihre Nummer wähle. Helen würde das nie jemandem erzählen, aber ihr Herz schlägt auch jetzt noch für Belport. Sie ist gern auf dem Laufenden darüber, was auf der Insel so vor sich geht. Jedenfalls stellt sich heraus, dass sie eine Freundin hat, die bei der Spurensicherung arbeitet, also eine von denen, die DNS-Spuren und Fingerabdrücke sicherstellen und so. Nach allem, was sie erzählt, war in dem alten Fährterminal alles voller Blut.«

Abby schwieg.

»Bis zu den Fensterläden ist es wohl gespritzt«, fuhr er mit einem knappen, beeindruckten Nicken fort. »Was sagst du dazu?«

»Ich denke, ich sollte mal nachsehen, wo der kleine Bernie hingekotzt hat.«

»Heute bist du ein echter Spielverderber.«

»Es ist genau so, wie du immer sagst: Wer Zeit zum Herumstehen hat, der hat auch Zeit zum Putzen.«

Mit einem Kopfschütteln schnappte er die Mülltüten und zerrte sie nach draußen, um sie in die Tonne zu wuchten. Unterwegs kam er an einer großen, schlanken, ganz in Grau gekleideten Brünetten mit schulterlangen, glatten Haaren vorbei, die die Arme an den Seiten herunterhängen ließ wie ein Revolverheld auf dem Weg zum Duell vor dem Saloon.

Sie war eine Naturschönheit, mit glatter, ebenmäßiger Haut, die ohne jedes Make-up auskam. Ein ernster, nachdenklicher Ausdruck lag in ihren Augen, in denen sich ein Anflug von Traurigkeit spiegelte. Abby war auf der Stelle hin und weg.

Vielleicht lag es daran, dass sie nicht von hier stammte, was für diese Jahreszeit ungewöhnlich war. Sie sah nicht wie ein Cop aus, andererseits galt das auch für Bobbi. Ihre Kleidung wirkte zu exklusiv für eine Journalistin; vor die Wahl gestellt hätte Abby dennoch eher auf diesen Beruf getippt.

»Kann ich Ihnen irgendwie helfen?«

Die Frau zuckte zusammen, als hätte Abbys Stimme sie aus ihrer Trance gerissen, und runzelte die Stirn.

»Ich suche Zigaretten«, antwortete sie.

»Klar.« Abby zog die Schublade unter der Kasse auf. »Welche Marke brauchen Sie denn? Wir haben handgerollte, welche mit Mentholgeschmack, Zigarren – vielleicht finde ich ganz hinten im Regal auch noch ein paar Nelkenzigaretten, falls Ihnen der Sinn nach etwas Exotischem steht.«

Die Frau lächelte nicht, sondern schien Abbys Versuch von einem Scherz gar nicht mitbekommen zu haben. Unweigerlich musste sie an Lori denken.

»Ich hätte gern ein Päckchen blaue Sterlings.«

»Hervorragende Wahl«, gab Abby ironisch zurück. »Als ich noch geraucht habe, konnte ich mir die nie leisten, hätte sie aber immer gern genommen. Als ich schwanger wurde, habe ich damit aufgehört. Nicht dass es einen großen Unterschied machen würde, denn heute wären sie immer noch zu teuer für mich.«

Sie plapperte. Die Lippen der Frau kräuselten sich – der Versuch eines Lächelns. »Wie alt ist Ihr Kind denn?«

»Meine Tochter ist sechzehn und wird bald siebzehn«, antwortete Abby. »Und direkt danach habe ich noch einen Sohn bekommen. Der ist inzwischen fünfzehn. Haben Sie auch Kinder?«

Die Frau nickte nur, setzte abermals ihr versuchtes Lächeln auf und bezahlte. »Danke, Abby.«

»… woher kennen Sie denn meinen Namen?«

Die Frau formte Zeigefinger und Daumen zu einer Pistole und deutete auf das Schild an Abbys Kittel, auf dem in leuchtend roten Buchstaben *Hallo, ich bin ABBY!* stand.

»Ach ja, natürlich.«

Abby sah der Frau hinterher und dachte, dass ihre Kleider viel zu teuer, zu sauber und jungfräulich wirkten, um vollgequalmt zu werden. Früher hatte Abby den Geruch nach einer frisch angezündeten Zigarette immer sehr gemocht, seit ihrer Schwangerschaft hingegen löste er bei ihr den Drang aus, sich heftiger zu übergeben als Bernie Furleo in Gang drei.

Ein neuer Gedanke kam ihr in den Sinn, als hätte er die ganze Zeit in ihrem Kopf gekreist, wie ein Flugzeug, das über dem Airport Schleifen drehte, bis es mit der Landung dran war. Vielleicht lag es daran, dass sie gerade an alte Klamotten dachte, als die Müllsäcke draußen klatschend auf dem Boden der Tonnen aufschlugen, jedenfalls fühlte sie sich schlagartig zu dem Tag zurückversetzt, als es so fürchterlich geregnet hatte.

Sie war nach Hause gekommen und hatte eine ganze Wochenladung Abfall auf der Straße vorgefunden, weil der Wind die Tonne umgerissen hatte. Die Raben hatten sich bereits versammelt, um sich darüber herzumachen. Vor allem diese eine Mülltüte war ihr im Gedächtnis geblieben – die eine, die mitten auf die Milt Street geschlittert war.

Nach der Arbeit fuhr Abby an der Uferpromenade entlang nach Hause. Die Sträucher am Straßenrand wackelten und bebten in der strammen Brise. Zu ihrer Linken erhob sich ein steiler begrünter Abhang des Naturschutzgebiets, während rechts von ihr die Wellen in zehn Metern Tiefe donnernd gegen die Felsen schlugen.

Tu dieses eine, und dann lass es gut sein, dachte sie.

Sie fuhr nach Hause, stellte den Wagen ab und ging

durch die Seitentür in die Garage. Im Dunkeln fummelte sie nach der Schnur und zog daran, woraufhin die grelle Deckenbeleuchtung zum Leben erwachte. Mit zusammengekniffenen Augen stand sie auf dem von Ölflecken übersäten Betonboden, wo normalerweise Rays Pick-up geparkt stand, und sah zu seiner Werkbank mit dem Erste-Hilfe-Kasten hinüber, ehe sie ihren Blick auf die Regale an der hinteren Wand richtete.

Sie zog den Karton mit den Klamotten für die Altkleidersammlung heraus und öffnete sie. Rays Arbeitshemd, die Cargohose und seine hellbraunen Arbeitsstiefel lagen noch genauso darin, wie sie sie hineingelegt hatte.

Sie streifte ein Paar Latexhandschuhe über und nahm die Sachen vorsichtig aus dem Karton. *Was zum Teufel mache ich hier eigentlich?*, dachte sie und schob Skalpelle, Insektennadeln, Holzspatel, Pinzetten, Gummihammer und Tacker zur Seite. Die Neonbeleuchtung summte über ihr, und aus irgendeiner dunklen Ecke der Garage drang ein beständiges Tropfgeräusch.

Auf Knien kramte sie in ihren Taxidermie-Utensilien. Neben dem Minikühlschrank stand ein großer Plastikbehälter, den sie hervorzog, den Deckel abnahm und zwischen Kunststoffflaschen, Glasphiolen und Gläsern nach dem Luminol suchte. Luminol wurde in der Tierpräparation zur Reinigung verwendet, zugleich diente es in der Forensik als Hilfsmittel, um Blutspuren an Tatorten sichtbar zu machen. Sobald es mit der Körperflüssigkeit in Berührung kam, entstand ein bläulicher Schimmer, der in einem abgedunkelten Raum hervorragend zu erkennen war.

Abby verteilte die Chemikalie gleichmäßig und sorgfältig auf Arbeitshose, Hemd und Stiefeln, in der Hoffnung, dass nicht ausgerechnet jetzt das Garagentor geöffnet wurde und Ray hereingefahren kam. Als sie sicher war, die Sachen ausreichend behandelt zu haben, brauchte sie nur noch das Licht auszuschalten. Sollte das Luminol Blutspuren zu Tage fördern, wäre es auf Anhieb ersichtlich. Sie griff nach der Lampenschnur und atmete drei Mal tief durch.

19

– Die Witwe –

In der schwarzen Metallkassette lag ein kurzer, sorgfältig ausgeschnittener Zeitungsnachruf. Das Papier war bereits vergilbt und die Druckerschwärze durch Feuchtigkeit teilweise verwischt, aber die Schrift war nach wie vor lesbar:

STEMPLE, **David E.**
Am 7. August 1996 dieser Welt entrissen.
Warte auf der anderen Seite auf uns, Dave.
Er hinterlässt zwei treue Schwestern, einen geschätzten Sohn und seine geliebte Ehefrau Annabel.

»Wer ist David Stemple?«, fragte Fisher, als Kate ihm die Todesanzeige reichte. Fisher saß am Schreibtisch in seinem Zimmer im Blue Whale Motor Inn. Er hatte gerade unter die Dusche steigen wollen und trug das hellblaue Handtuch wie eine zahme Schlange um den Hals.

»Keine Ahnung«, antwortete sie. »Aber ich habe

diese verschlossene Kassette heute auf dem Dachboden des Ferienhauses gefunden.«

»Du warst im Ferienhaus? Kate, das ist ein offizieller Tatort.«

»Ich weiß, ich weiß.«

»Detective Eckman hat uns doch explizit verboten ...«

»Ich weiß, Fisher. Ich hatte es nur satt, mich so ... hilflos zu fühlen.«

»Tu mir einen Gefallen und bleib endlich stehen. Von deinem Herumgerenne wird mir übel.«

Sie war die ganze Zeit in dem kleinen Hotelzimmer auf und ab getigert, doch nun setzte sie sich auf das Bett und schob die Hände unter die Schenkel. Fisher war tatsächlich ein wenig grün um die Nase, was jedoch aller Wahrscheinlichkeit nach eher auf den Chivas zurückzuführen war.

Die blutunterlaufenen Augen zusammengekniffen las er den Nachruf ein weiteres Mal und massierte sich die Nasenwurzel. »Dieser Nachruf stammt von 1996. Woher willst du wissen, dass er die letzten dreiundzwanzig Jahre nicht auf dem Dachboden herumgelegen hat? Andererseits hat das Haus damals noch Pam und mir gehört, und ich kann mir nicht vorstellen, wie der dort hingekommen sein könnte.«

»Die Kassette war so ziemlich das Einzige ohne eine dicke Staubschicht dort oben«, erklärte Kate. »Selbst wenn sie die ganzen Jahre dort gestanden haben sollte, hat jemand sie erst vor Kurzem geöffnet.«

»Dann ist sie ein Beweisstück.«

»Das die Cops übersehen haben.«

»Wir sollten das Ding noch nicht mal anfassen«, sagte er und legte den Nachruf vorsichtig auf den Tisch. »Es könnten Fingerabdrücke oder DNS-Spuren darauf sein. Vielleicht gehört der Ausschnitt Johns Mörder, Kate.«

»Es war Johns Kassette«, beharrte sie. »Er hat sie entweder mit auf die Insel gebracht oder aber hier ausgegraben, als er hergekommen ist.«

»Woher willst du das wissen?«

»Erinnerst du dich an diese elektrischen Fliegenklatschen, von denen Detective Eckman uns erzählt hat? Sie waren um die Kassette arrangiert. Es sah so aus, als hätte er sie um sie herum gruppiert, um sich … keine Ahnung … vor dem zu schützen, was auch immer in der Kassette gewesen sein mag.«

»Der Geist von David Stemple?«, fragte Fisher trocken, gab zwei Aspirin in ein Glas und ließ die zischende Flüssigkeit kreisen, damit sich die Tabletten schneller auflösten.

»Er hatte vor irgendetwas Angst, Fisher«, sagte Kate.

Er nickte. »Ich weiß. Und ich wollte auch nicht patzig sein. Es ist nur … alles ein bisschen viel gerade.«

Er nahm das Glas und leerte es in einem Zug, obwohl immer noch vereinzelte Tablettenbröckchen darin herumschwammen. »Hast du den Namen schon mal gegoogelt?«, fragte er und verzog angewidert das Gesicht.

»Ja, es hat dreihunderttausend Ergebnisse ausgespuckt. Der Name ist ziemlich verbreitet.«

»Stemple«, sagte Fisher langsam, als lasse er den Namen wie einen Schluck Wein in seiner Mundhöhle herumfließen. »Vielleicht habe ich ihn ja doch schon mal gehört, aber bloß vergessen. Ich rufe Pam an. Vielleicht fällt ihr was dazu ein ... Ist mit dir alles in Ordnung, Liebes?«

Kate hatte sich nach vorn sinken lassen und das Gesicht in den Händen verborgen. Während ihrer gesamten Ehe hatte sie ihren Ehemann wie durch ein Schlüsselloch betrachtet. Nun hatte sie einen Eindruck davon gewonnen, was sich hinter der Tür verbarg – und was sie sah, war gleichermaßen verwirrend wie beängstigend.

»Ich verstehe bloß nicht, wieso er nicht zu mir gekommen ist und mir anvertraut hat, was ihm verdammt noch mal so zusetzt.«

Genau das passiert, wenn wir nicht über die Monster reden.

Für den Bruchteil einer Sekunde flackerten so etwas wie Gewissensbisse auf Fishers Miene auf, doch dann wurde sie wieder neutral. »Du kannst nichts dafür, Kate. John hatte ein ganzes Netzwerk an Menschen, die ihn unterstützt haben und an die er sich hätte wenden können.«

»Aber ich bin seine Frau, Fisher. Seine ... seine ...

geliebte Ehefrau.« Sie hielt inne, dann trat sie zum Schreibtisch und nahm den Nachruf. »*Geliebte Ehefrau Annabel*«, las sie.

»Was ist damit?«, fragte Fisher.

Annabels Tod war das Blatt, das den Fluss hat anschwellen lassen, hatte Holly Cutter in der Cafeteria des Trinity Health Centre zu ihr gesagt.

»Ich muss dringend telefonieren.«

»Wie schön, Ihre Stimme zu hören«, sagte Chatveer Sandhu. Kate sah ihn vor sich, wie er hinter seinem Empfangstresen saß, umgeben von den beruhigenden blauen Wänden und den nichtssagenden Gemälden, während im Hintergrund das extravagante Wasserspiel plätscherte. »Alle hier im Trinity waren am Boden zerstört, als wir es gehört haben. Haben Sie denn unsere Blumen bekommen?«

»Nein«, antwortete Kate. »Aber ich war auch nicht zu Hause. Ich bin für eine Weile auf Belport Island.«

Sie war in ihr Zimmer zurückgekehrt und saß nun auf dem Bett, von dem aus sich ein Blick auf den Fiberglas-Orca bot. Eine nasse Möwe flog heran und setzte sich auf die trockene Stelle unter seiner aufgestellten Schwanzflosse.

»Gibt es schon einen Termin für die Beerdigung?«, wollte Chatveer wissen.

»Erst in ein paar Wochen. Es gibt noch zu vieles zu klären.«

In Wahrheit hatte sie in den letzten Tagen so gut wie keinen Gedanken an Dinge wie Begräbnisarrangements, Blumenschmuck und Nachrufe verschwendet. Vielmehr war sie zu der Erkenntnis gelangt, dass es zwei Versionen von John gegeben hatte: den Ehemann und den Fremden. Und bevor es ihr nicht gelungen war, beide unter einen Hut zu bekommen, würde er nicht begraben werden.

»Ich nehme an, Sie wollen mit Holly sprechen«, fuhr Chatveer fort. »Gerade ist sie in einer Besprechung, aber ich kann ihr gern etwas ausrichten oder Sie auf ihren Anrufbeantworter weiterleiten.«

Kate war ziemlich sicher, dass das nicht stimmte. Vielmehr ging sie davon aus, dass Holly nach Kates unangekündigtem Besuch im Trinity eine strikte »Keine Anrufe von Kate«-Parole ausgegeben hatte. Entweder das, oder aber sie stand hinter Chatveer und zischte wild wedelnd: *Ich bin nicht da!*

»Eigentlich hatte ich gehofft, mit Ihnen reden zu können«, sagte Kate. »Ich wollte Sie nach einer von Johns Patientinnen fragen. Annabel. Erinnern Sie sich an sie?«

»Annabel«, sagte Chatveer. »Aber natürlich erinnere ich mich an sie. Lungenfibrose im fortgeschrittenen Stadium. Sie war ein zänkisches altes Miststück, trotzdem mochte ich sie sehr. Wir alle mochten sie.«

»Holly hat mir erzählt, John habe ihr Tod sehr schwer getroffen.«

Eigentlich hatte Holly etwas anderes gesagt: *Nach Annabels Tod fiel John in ein tiefes Loch.*

»Wenn man in einer Einrichtung wie dem Trinity arbeitet, entwickelt man ganz automatisch eine tiefere Verbindung zu manchen Patienten«, erwiderte Chatveer in einem sanften Tonfall, der eindeutig darauf ausgerichtet war, die trauernde Witwe zu beruhigen. »Ich bin ja bloß ein kleiner Sekretär und durchforste jeden zweiten Tag heulend die Stellenanzeigen, weil ich das Gefühl habe, dass ich es hier nicht länger aushalte. Aber John und Annabel ... die beiden hatten ein ganz besonderes Verhältnis zueinander. Manchmal saß er nach seiner Schicht noch stundenlang bei ihr. Sie haben sich unterhalten oder eine Folge *Modern Family* angesehen. Sie haben sich gegenseitig aufgezogen wie uralte Freunde. Er ist so toll mit ihr umgegangen – nur leider stieß das nicht überall auf Zustimmung.«

»Was meinen Sie damit?«

»Annabels Sohn war ...« Er hielt inne und wählte seine Worte mit Bedacht. »Er war ziemlich schwierig«, fuhr er leise fort. »Keiner verlässt das Trinity wieder, zumindest nicht auf den eigenen zwei Beinen, und als Annabel zu uns kam, lag auf der Hand, dass sie nicht mehr lange durchhalten würde. Doch ihr Sohn fand die Hospizpflege offensichtlich zu deprimierend. In dieser ganzen Zeit, die sie bei uns war, hat er sie zwei, höchstens drei Mal besucht. Wissen Sie, ich versuche, mich von Wahrheit, Liebe und Mitgefühl durchs Leben führen zu lassen, aber manchmal muss man Mut beweisen. Jedenfalls war nach ihrem Tod ein Besuch hier im Haus plötzlich kein Problem mehr für ihn.«

»Was genau wollen Sie damit sagen?«

»Er ...« Chatveer zögerte.

»Was?«

»Es ist nur ... ich bin nicht sicher, wie viel ich Ihnen darüber erzählen sollte.«

»Holly braucht es nicht zu erfahren.«

»Das ist nicht der Punkt«, meinte er. »John hat Ihnen von all dem nichts erzählt, oder?«

Kate erwiderte nichts.

»Es tut mir leid, Kate, aber dafür hatte er bestimmt seine Gründe.«

Sie dachte kurz darüber nach. »Das Zweitletzte, was John zu mir gesagt hat, war: ›*Wenn wir nicht über die Monster reden, die es in dieser Welt nun mal gibt, sind wir auch nicht auf sie vorbereitet, wenn sie plötzlich unter dem Bett hervorspringen.*‹ Wie es aussieht, hat er mir einiges verschwiegen, um mich zu beschützen, aber zu spät gemerkt, dass das ein Fehler war.«

Einen langen Moment herrschte Stille in der Leitung, doch dann holte Chatveer tief Luft. »Annabel hat John in ihrem Testament berücksichtigt.«

Kate beugte sich nach vorn und presste sich den Hörer fester ans Ohr. »Ehrlich?«

»Es war wohl nur eine kleinere Summe, wobei ich nicht weiß, wie viel genau, aber als Annabels Sohn

Wind davon bekommen hat, wurde er wahnsinnig wütend und hat sogar gedroht, die Klinik zu verklagen, weil das Personal in seinen Augen armen, todkranken Menschen das Geld aus dem Kreuz leiert. Natürlich waren die Vorwürfe völlig unbegründet, trotzdem war er außer sich vor Wut.«

»Wie sehr?«

»Bestimmt nicht genug, um zu tun, was Sie denken«, meinte Chatveer. »Und wenn ich ehrlich sein soll, hat er natürlich nicht ganz unrecht. Es wäre nicht das erste Mal, dass so etwas vorkommt, vor allem bei den einsameren Patienten. Oft sind sie vermögend und wünschen sich, dass ihr Geld jemand bekommt, der es in ihren Augen verdient. Aber es ist nun einmal unethisch. Falls John bereits zu Annabels Lebzeiten davon gewusst haben sollte, hätte er das unterbinden müssen.«

»Hat das irgendetwas mit Johns Kündigung zu tun?«

»Offiziell hat er gekündigt«, sagte Chatveer beinahe im Flüsterton, »aber inoffiziell hat Holly ihm praktisch keine andere Wahl gelassen. Hätte Annabels Sohn seine Drohung wahr gemacht und Klage eingereicht, was durchaus im Bereich des Möglichen zu sein schien, hätte das eine Menge Ärger bedeutet. Verstehen Sie mich nicht falsch, normalerweise haben die Bedürfnisse der Trinity-Mitarbeiter oberste Priorität für Holly. Aber sie ist auch jemand, der durchaus kurzen Prozess macht, wenn es nötig ist. John wurde zum Problem, also musste er gehen.«

Der Regen ließ lange genug nach, dass die Möwe den Schutz der Schwanzflosse verließ und davonflog.

»Wie lautete Annabels Nachname?«, fragte Kate.

»Auswendig weiß ich ihn nicht mehr.«

»Könnten Sie nachsehen?«

»Ich weiß nicht recht, Kate«, sagte er. »Immerhin kann ich nicht so einfach gegen die ärztliche Schweigepflicht verstoßen.«

»Ich würde nicht fragen, wenn es nicht wichtig wäre«, drängte Kate. »Bitte.«

Chatveer sagte nichts, doch Kate hörte das Tippen der Tastatur. »Stemple. Annabel Stemple.«

»Hat sie jemals ihren Ehemann erwähnt? Hieß er zufällig David mit Vornamen?«

Chatveer schnaubte. »Praktisch ununterbrochen. Soweit ich mich erinnern kann, war er schon vor langer Zeit gestorben.«

Am 7. August 1996.

»Wissen Sie, wie er gestorben ist?«, fragte Kate.

»Nein, aber ich hatte den Eindruck, dass es recht unerwartet war. Sogar regelrecht abrupt, um genau zu sein.«

»Wie kommen Sie darauf?«

»Wegen der Art, wie sie über ihn gesprochen hat. Sie hat eher über die Zeit gesprochen, die ihnen nicht mehr geblieben war, als über die Jahre, die sie miteinander verbracht hatten.«

Beim Gedanken an all die vielen Jahre, die vor ihr

lagen, verspürte Kate einen Stich im Herzen. John würde nicht zu ihnen zurückkehren. Niemals.

»Nur noch eine Sache«, sagte sie. »Haben Sie zufällig Zugriff auf die Kontaktdaten von Annabels Sohn?«

Nachdenklich schnalzte er mit der Zunge. »Und was war das Letzte?«

»Wie?«

»Sie sagten vorhin, das mit den Monstern sei das Zweitletzte gewesen, was John zu Ihnen gesagt hätte. Was war das Letzte?«

»Dass er endlich nach Hause kommen wolle.«

Chatveer stieß den Atem aus, dann hörte sie ihn erneut tippen, bevor er sagte: »Hier habe ich es. Haben Sie etwas zu schreiben parat?«

Kate griff nach einem Bogen Hotelbriefpapier. »Schießen Sie los.«

»Oh«, sagte er.

»Was ist, Chat?«

»Annabels Sohn. Er lebt in Belport.«

20

– Die Frau –

Abby zögerte, die Hand an der Lampenschnur. *Was dann?*, dachte sie. Die Frage jagte ihr Angst ein. Was sollte sie tun, wenn das Luminol Blut auf Rays Kleidung zu Tage förderte? Würde sie zur Polizei laufen und ihnen die Beweise vorlegen? Oder das Geheimnis ihres Ehemanns für sich behalten, es in sich tragen wie einen Tumor? Wie sollte eine Ehefrau sich in so einer Situation verhalten? Wie weit sollte ihre Liebe gehen? Ein weiterer Gedanke schnellte in ihr hoch wie ein Korken an die Wasseroberfläche. War ihr Ehemann ein Mörder? Trotz des mysteriösen Telefonanrufs, des geheimen Vorrats an Schwulenpornos und seiner Pampigkeit in den letzten Tagen konnte sie sich nicht vorstellen, dass er jemanden umbringen würde.

Das stimmt nicht so ganz, flüsterte eine leise Stimme in ihrem Kopf. *Du kannst es dir vorstellen, weil du* den Schalter *bei ihm kennst.*

»Gibt es bei allen Männern diesen Schalter?«, fragte sie laut in den Raum hinein, als wäre dies keine Unterhaltung, die lediglich in ihrem Kopf stattfand. Ihre Stimme hallte von den zementierten Garagenwänden wider, fremd und ungewohnt.

Verhielten sich alle Männer wie Ray, wenn *der Schalter* umgelegt wurde?

Ab und zu kam es zwischen ihnen, wie bei allen Ehepaaren, zum Streit, allerdings niemals laut genug, um die Nachbarn zu alarmieren. Er hatte sie niemals geschlagen, nicht einmal ansatzweise. Nichtsdestotrotz konnte Ray ziemlich aufbrausend sein, und mehr als einmal hatte sie erlebt, wie die Gäule mit ihm durchgegangen waren und eine gewisse scharfzüngige Gemeinheit zum Vorschein gekommen war.

Dieses Phänomen nannte sie insgeheim *den Schalter*. Es war lange her, seit sie es das letzte Mal erlebt hatte. Damals war sie im neunten Monat mit Lori schwanger gewesen. Die Erinnerung schwappte in ihr hoch, riss sie mit sich in die Vergangenheit …

… siebzehn Jahre vorher. Abby und Ray waren auf dem Heimweg vom Belport Medical, wohin sie überstürzt gefahren waren, weil Abby überzeugt gewesen war, dass die Wehen eingesetzt hatten. Doch es hatte sich um falschen Alarm gehandelt – bloß ein »Bauch voller Fürze«, so hatte der Arzt es bezeichnet.

Es war ein schwüler Abend. Die Klimaanlage in ihrem alten Datsun hatte den Geist aufgegeben – sechs Monate später sollte der Wagen vollends das Zeitliche segnen, als Abby auf dem Kies am Straßenrand der Old Harbour Road ins Schlittern geriet und geradewegs in den gemauerten Briefkasten von Les und Kathleen Bale knallte –, deshalb hatten sie sämtliche Fenster heruntergekurbelt. Warme Luft wehte herein, und mit ihr der Geruch nach Lagerfeuern.

Es war Mitte Januar. Auf der Bay Street herrschte jede Menge Verkehr. Eingezwängt zwischen einem gelben BMW und einem silberfarbenen Mercedes-Benz ging es im Stop-and-go zentimeterweise in Richtung nach Hause. Auf den Bürgersteigen drängten sich die sonnenverbrannten Touristen. Ein paar Teenager in Bikinis bewarfen sich gegenseitig mit Wasserbomben. Die Schlange vor der Eisdiele zog sich bis zur Straße. David Bowie drang aus den Lautsprechern des Belly, wo wie üblich Männer und Frauen mittleren Alters die Tanzfläche bevölkerten.

Ray betrachtete das Ganze vom Fahrersitz aus. »Früher mal war die ganze Insel ein Jagdrevier«, maulte er und fuhr so dicht auf das Fahrzeug vor ihnen auf, wie er nur konnte. »Die Aborigines kamen vom Festland rübergepaddelt, um Muscheln und Schwaneneier zu sammeln. Und jetzt das! Sieh dir das bloß an.«

»Ich will dir ja nicht zu nahe treten, Ray, aber ich kann gerade wirklich nicht an Schwaneneier und Muscheln denken.« Ihr Furzbauch hatte sich in einem Dauerzustand der Übelkeit etabliert.

»Ich sage ja bloß, dass wir mit dem Geld, das diese

Leute jedes Jahr hier verprassen, dem Hunger auf der Welt ein Ende machen könnten.«

Die Tatsache, dass Abbys und auch Rays Existenz (ebenso wie die des restlichen Städtchens) vom Geld der Touristen abhing, schien ihm vorübergehend entfallen zu sein.

Endlich löste sich der Verkehr halbwegs auf, so dass Ray Gas geben konnte. »Sieh dir das an«, sagte er noch einmal mit einer Geste auf die Autos. »Sportwagen, Sportwagen, Benz, Sportwagen. Meine Fresse, das ist ein Blackhawk. Hast du eine Ahnung, wie viel der ...«

Einen Moment lang wurde der Wagen von einem heftigen Beben erschüttert, gefolgt von einem lauten metallischen Krachen. Ray, der vorsichtig an einem Zebrastreifen gebremst hatte, um einen Knirps mit seinem BMX-Rad über die Straße zu lassen, packte das Steuer und biss die Zähne noch fester zusammen.

Abby, die sich nicht angeschnallt hatte, weil der Gurt sich wie eine *Boa constrictor* um ihren ausladenden Bauch angefühlt hatte, wurde nach vorn geschleudert. Sie stieß einen wimmernden, erschrockenen Laut aus und legte die Hände auf ihren Bauch.

Jemand war von hinten aufgefahren.

»Verdammte Scheiße noch mal!«, fluchte Ray und schnaubte wie ein Bulle. Seine Hände zitterten. »Geht's dir gut?«

»Ja«, antwortete Abby.

»Er hätte dich verletzen können. Oder das Baby.«

Er wandte sich ihr zu. Abby sah die Wut in seinen Augen, die in beängstigender Geschwindigkeit in ihm hochzubrodeln schien. Er blickte in den Rückspiegel, dann drehte er sich um und spähte durch die Heckscheibe auf den Wagen hinter ihnen.

»Diese Scheißtouristen«, stieß er hitzig hervor.

Der Wagen hinter ihnen war ein Mercedes-Benz. Er hatte hier und da ein paar Schrammen abbekommen, aber nichts, was sich mit einer kleinen Spritze aus dem Treuhandfonds nicht im Handumdrehen regeln ließe. Der Fahrer war noch jung, Anfang zwanzig vielleicht, mit hellrotem Bartflaum am Kinn. Er beugte sich übers Steuer, beäugte den Schaden, dann wandte er sich seiner Beifahrerin zu. Ray sah ihn lautlos das Wort »Ooops« formen.

»Er hätte dich verletzen können«, wiederholte Ray.

»Mir geht's gut, Ray.«

»Oder das Baby.«

»Ray, erst mal durchatmen. Tu nichts, was ...«

Doch es war zu spät. Er war bereits rausgesprungen und stapfte mit geballten Fäusten und drohend gesenktem hochroten Kopf auf den Benz zu. Die Fahrertür stand weit offen. Der Benz-Fahrer verließ mit einem angedeuteten Lächeln ebenfalls seinen Wagen. Eine Woge der Übelkeit stieg in Abby auf. Mit wachsender Anspannung drehte sie sich auf ihrem Sitz um und verfolgte das Ganze.

Die Worte des Fahrers gingen im allgemeinen Straßenlärm unter, Rays Stimme hingegen hörte sie klar und deutlich, weil er brüllte wie ein wild gewordener Stier.

»Du dämlicher Schwachkopf!«, dröhnte er. »Hast du nichts Besseres zu tun, als auf meine Insel zu kommen und wie ein kompletter Idiot hier herumzukurven …«

Abby öffnete die Tür, hievte sich vom Beifahrersitz und watschelte, eine Hand auf dem Datsun, die andere stützend unter ihren Bauch gelegt, zu den Männern, als sie sah, wie der Fahrer des Mercedes die Augen verdrehte.

»Alter«, stöhnte er. »Wir sind mit gerade mal zwei Stundenkilometern gekrochen. Ich bezahle dir ja …«

»Es ist mir scheißegal, wie schnell du gefahren bist oder ob du den Schaden bezahlen willst. Meine Frau ist schwanger, du bescheuerter Geldscheißer.«

Der Knirps mit dem BMX hatte mittlerweile längst die Straße überquert und verfolgte den Dialog mit weit aufgerissenen Augen von seinem Rad aus. Ein Grüppchen bierseliger Jugendlicher war ebenfalls stehen geblieben, ebenso ein junges Paar, das einen Kinderwagen vor sich herschob. Die Fahrer der Autos hinter ihnen begannen, ungeduldig zu hupen.

»Okay«, sagte der Benz-Fahrer mit einem nervösen Blick auf seine Begleiterin, die noch immer im Wagen saß, jedoch die Tür verriegelte, als Abby zu ihr hinübersah. »Keine Ahnung, aber ich sag's ja, Kumpel, es war ein Unfall. Tauschen wir einfach Adresse und Telefonnummer, und jeder geht seiner Wege. Es gibt keinen Grund, uns den Abend zu vermiesen.«

»Ray!«, rief Abby. »Komm, lass uns fahren.«

»Steig wieder in den Wagen, Ab.«

»Aber …«

»Ich sagte, steig in den verdammten Wagen!«, blaffte er über die Schulter, ehe er sich wieder dem jungen Fahrer zuwandte. Ray war verschwunden, denn *der Schalter* war umgelegt worden.

»Heilige Scheiße, Mann«, stöhnte der Junge. »Kein Grund, dein Mädchen auch noch anzuschnauzen. Sie kann schließlich nichts dafür, dass ihr Kerl ein Psycho ist.«

Oh nein, dachte Abby.

»Wie hast du mich gerade genannt?«

Wieder ertönte vereinzeltes Hupen hinter ihnen, und weitere Schaulustige säumten die Straße, um das Drama zu verfolgen, das sich mitten auf der Bay Street anzubahnen drohte.

»Lass es gut sein, Ray«, schaltete sich Abby wieder ein. »Bitte, steig einfach wieder in den Wagen.«

»Soll ich jetzt für den Schaden aufkommen oder nicht?«, fragte der Junge.

»Du glaubst, du kannst dich aus allem freikaufen, was?«

»Ist auch egal, Kumpel. Du machst deinem Mädchen und meiner Freundin bloß Angst, deshalb kratze ich jetzt die Kurve.«

»Du gehst nirgendwo hin, bis ich es sage.«

Der Junge nahm die Hände aus den Hosentaschen. Inzwischen wirkte er deutlich nervöser und trat von einem Fuß auf den anderen.

»Leute wie du lernen einfach nichts dazu«, fuhr Ray fort. »Deine Eltern boxen dich mit Kohle aus jeder Scheiße raus, bis du alt genug bist, um es selbst zu tun. Aber du musst etwas aus dem hier lernen. Du hättest meine Frau verletzen können.«

»Weiß ich ja.« Der Junge hob die Hände und wich einen Schritt nach hinten. »Es tut mir echt leid.«

»Entschuldige dich nicht bei mir, sondern bei meiner Frau.«

Noch bevor der Junge etwas sagen konnte, hatte Ray ihn am Arm gepackt und zerrte ihn zu Abby hinüber. Seine Freundin im Wagen begann hysterisch zu schreien.

Ringsum wurde Protest laut.

»Lass gut sein, Alter, er ist doch noch ein Kind.«

»Lassen Sie den Jungen los! Jemand sollte die Polizei rufen!«

»Spinnst du, Mann? Der Bursche ist halb so breit wie du!«

Doch Ray hörte nichts mehr. Er war längst jenseits seines gewohnten Selbst, jenseits jeglicher Vernunft. Der Mercedes-Fahrer ruderte mit den Armen. Glücklicherweise wehrte er sich wenigstens nicht.

Der Fahrer wandte sich Abby zu. Er weinte. Abgrundtiefe, traumatische Angst spiegelte sich auf seinen Zügen wider.

»Es tut mir leid«, stöhnte er. »Es tut mir ... so leid.«

Die Proteste ringsum wurden lauter. Abby bekam Rays freie Hand zu fassen und drückte sie, grub ihre Nägel tief in ihre Haut. »Überleg dir gut, was du hier tust.«

Ray fuhr herum und funkelte sie an. Sein Gesicht war zur selben Fratze verzerrt wie die, in die sie siebzehn Jahre später ein weiteres Mal blicken würde, als er über dem gefällten Eukalyptusbaum stand und sie anschnauzte, sich rauszuhalten.

»Baby«, sagte sie so ruhig, wie sie nur konnte. »Du musst aufhören.«

Mit einem Mal schien Ray über die Rufe der Passanten und das Hupkonzert hinweg zu verstehen, was sie sagte. Ganz langsam löste sich sein angespannter Kiefer, seine Augen wurden klar, *der Schalter* lag wieder in seiner Ausgangsposition. Ray kehrte zu ihr zurück.

Er ließ von dem Jungen ab. Die beiden tauschten keinerlei Daten aus, was nicht weiter schlimm war, zumal sich der Schaden an ihrem Datsun in Grenzen hielt. Abby glaubte nicht, dass der Benz-Fahrer in seinem Leben noch einmal irgendwo auffahren würde.

Die restliche Heimfahrt verlief schweigend.

Später, als sie ohne Decken auf dem Bett lagen und dem Deckenventilator bei seinen Runden zusahen, entschuldigte Ray sich.

Im trüben Schein der Nachttischlampe wirkte er verloren, fast kindlich. Und sogar noch verängstigter als der junge Mercedes-Fahrer.

»Was war das denn?«, fragte Abby. »Ich habe dich noch nie dermaßen die Beherrschung verlieren sehen.«

Er schob den Ausbruch auf den Stress, unter den ihn die bevorstehende Vaterschaft setzte. Die vermeintlichen Wehen hätten ihn völlig ausgehebelt. Er sei bloß müde, das sei alles.

»Versprich mir, dass so etwas nicht noch mal passiert«, sagte sie.

»Ab, du brauchst dir wegen mir keine Sorgen zu machen.«

»Du hast mir eine Riesenangst eingejagt«, sagte sie. »Also, versprich es mir.«

»Ich verspreche es.«

Sie küsste ihn zärtlich auf den Mund, ehe sie sich auf die Seite drehte – teils, weil dies die einzige halbwegs bequeme Lage war, aber auch, um ihren Mann an diesem Abend nicht mehr ansehen zu müssen.

Lange Zeit lag sie noch wach, nachdem sie …

… das Licht ausgeschaltet hatte. Sie stand in der dunklen Garage, die Hand noch immer um die Schnur der Deckenbeleuchtung gelegt, und sah mit entsetztem Staunen zu, als das Luminol wie phosphoreszierendes Licht an den Wänden einer Unterwasserhöhle zu leuchten begann. Aktiviert durch das Blut, das in den Fasern von Rays Kleidung hing, leuchtete die Chemikalie in einem hellen Blau.

Spritzer befanden sich auf der Vorderseite des Hemds und auf den Stiefeln, wohingegen auf dem linken Hosenbein ein großer konzentrierter Fleck prangte.

Abby spürte, wie sie den Halt zu verlieren drohte.

Während der intensiv blaue Schimmer allmählich verglomm und die Dunkelheit der Garage sie neuerlich umhüllte, kam ihr der junge Mercedes-Fahrer von damals wieder in den Sinn, seine schreckgeweiteten, tränennassen Augen. Es hatte ihm leidgetan. So unendlich leid. Ebenso wie ihr.

Was jetzt?, dachte sie. *Was zum Teufel mache ich jetzt?*

21

– Die Witwe –

Annabel Stemples Sohn wohnte in einer wenig befahrenen Straße namens Sunset Strip zwischen der Neef Street und der Old Harbour Road. Vor zehn Jahren, als Kate die ersten Male nach Belport Island gekommen war, hatte der Strip zu einer der exklusivsten Gegenden auf der Insel gehört. Seither waren die meisten Häuser verkauft worden und befanden sich in unterschiedlichen Stadien der Unterteilung. Mittlerweile war das Viertel zu einem kleinen Kosmos aus halb fertigen Heimen, Maschendrahtzäunen und breiten Streifen aus unbebautem Ödland geworden.

Kate folgte dem GPS zu einem kleinen, ein Stück von der Straße zurückversetzten Haus mit einem verwilderten Garten voll verrottetem Laub und abgebrochenen Ästen und einem runden Dutzend umgekippter Zwerge mit verblassten Farben und angeschlagenen Ecken. Das Haus selbst wirkte leicht windschief, in den Dachrinnen spross Gras, und ein Fenster war mit Sperrholzlatten vernagelt.

Einen Moment lang zweifelte sie an ihrer Entscheidung, ganz allein herzukommen, doch der Polizei auf die Nase zu binden, was sie von Chatveer erfahren hatte, wäre reine Zeitverschwendung, und die Vorstellung, dass Detective Eckman sie ein zweites Mal befragte, war schlicht unerträglich. Fisher dagegen würde bloß wie eine Abrissbirne ans Werk gehen und alles nur noch schlimmer machen. Der eigentliche Grund für ihren Alleingang aber war, dass sie Johns wie auch immer gearteten Geheimnissen auf den Grund gehen wollte, bevor andere es taten. Wenn sie die Wahrheit erst kannte, konnte sie hoffentlich Mia davor beschützen, denn trotz allem, was John gesagt hatte, gab es womöglich sehr wohl Monster, die besser nicht unter dem Bett hervorgezerrt werden sollten. Zwei Autos standen in der Einfahrt: ein uralter blauer, mit Aufklebern vollgepflasterter Holden Commodore. *Willst du Gott begegnen? Dann fahr weiter schön dicht auf!* Oder *Bohr nicht in der Nase, ich sehe dich im Rückspiegel* oder *Mein Zweitwagen ist ein Porsche* sowie *Alt, aber bezahlt* oder auch *Vorsicht: Ich bremse für keinen,* die allesamt um einen Aufkleber mit dem Kreuz des Südens arrangiert waren. Der zweite Wagen stand aufgebockt und ohne Hinterräder auf zwei dicken Pflastersteinen.

Sie parkte auf der anderen Straßenseite und ging auf das Haus zu, durchquerte strammen Schrittes den Vorgarten – wenn sie erst ihr Tempo drosselte, verließ sie womöglich der Mut – und klopfte kräftig an die Haustür.

Zehn Sekunden vergingen. Dann zehn weitere, ohne dass etwas geschah. Sie klopfte noch einmal, lauter.

»Ja, verdammt noch mal!«, ertönte eine Stimme von drinnen. »Ich komm ja schon!«

Die Haustür ging auf, und ein Mann erschien, dessen Gesichtszüge hinter der alten, ramponierten Fliegentür düster und verzerrt wirkten.

»Ja?«

»Sind Sie Marcus Stemple?«, fragte Kate.

Gähnend kratzte sich der Mann die Eier. »Was wollen Sie mir verkaufen? Eine Versicherung, einen Wohltätigkeitsscheiß oder den lieben Gott?«

»Ich will gar nichts verkaufen«, antwortete Kate betont unbeschwert. »Ich heiße Kate Keddie. Sie kannten meinen Mann John. Er hat als Arzt im Trinity Health Centre gearbeitet und sich um Ihre Mutter gekümmert.«

Der Mann öffnete die Fliegentür und trat heraus. Er war schlank, Ende zwanzig, mit langen Armen und Beinen und einem kompakten Oberkörper. Sein Gesicht war bleich wie das eines Vampirs, sein Haar schwarz und fettig, und ein Kranz aus Sorgenfalten umgab seine tief liegenden Augen.

Er ließ die Fliegentür los, die mit einem lauten Knall hinter ihm zufiel. Kate fuhr zusammen.

»Was wollen Sie hier?«, fragte er.

»John ist vor zwei Wochen nach Belport gekommen«, antwortete Kate. »Und vor vier Tagen wurde er ermordet.«

Marcus rülpste, dann nickte er. »Ja, ich hab so was gehört. Hat die Leute hier mächtig aufgescheucht. Und was hat das mit mir zu tun?«

Kate zog David Stemples Nachruf aus ihrer Jeanstasche und reichte ihn Marcus, der ihn mit ausdrucksloser Miene las, ehe er ihn wieder zusammenfaltete und Kate zurückgab.

»Den hab ich noch nie gesehen«, sagte er. »Das Ding ist dreiundzwanzig Jahre alt. Woher haben Sie es?«

»Ich habe ihn bei Johns Sachen gefunden.«

»Und wie kam er da hin?«

»Ich hatte gehofft, Sie könnten es mir vielleicht sagen.«

Marcus schirmte mit der Handfläche seine Augen ab und ließ den Blick die Straße entlangschweifen. Kates Lexus hob sich wie ein Leuchtturm vom grauen Himmel ab. »Sind Sie ganz allein hier?«

Trotz der leisen Unruhe, die die Frage in Kate auslöste, nickte sie.

»Na ja, Sie können ja mal reinkommen«, sagte Marcus. »Aber ich kriege nicht oft Besuch, deshalb habe ich weder Kaffee noch Tee oder gar Kekse da.«

»Macht nichts«, meinte Kate.

Marcus Stemples Heim war auffallend spärlich ausgestattet und wirkte nicht sonderlich wohnlich. Es gab weder Haustiere noch Zimmerpflanzen. Die einzigen wirklichen Möbelstücke waren ein hölzerner Schreibtisch, ein Lehnsessel am Fenster, den vermutlich noch nicht einmal die Heilsarmee geschenkt nehmen würde, und ein Couchtisch mit leeren Bierflaschen, einem überquellenden Aschenbecher und einer extravaganten Glasbong. Die Wände wiesen die Farbe von verbranntem Senf auf, und in der Luft hing ein muffig-abgestandener Geruch.

Er ließ sich in den Sessel plumpsen, aus dessen Kissen Staubwolken aufstiegen. Kate setzte sich vorsichtig auf den steifen Holzstuhl neben dem Schreibtisch mit einer versifften Royal-Epoch-Schreibmaschine.

»Sind Sie Schriftsteller?«, erkundigte sie sich.

»Nein, aber selbst wenn, würde ich das alte Mistding nicht benutzen«, erwiderte Marcus. »Die gehörte meinem Dad. So wie fast alles hier.«

»Wie lange wohnen Sie schon in Belport?«

»Oh, ich wohne hier nicht. Ich würde mich die Klippe runterstürzen, wenn es so wäre. Nein, ich bin quasi bloß auf der Durchreise. Vor zwei, drei Jahren bin ich *ein bisschen in Schwierigkeiten geraten.*« Mit einer ironischen Geste zeichnete er Anführungszeichen in die Luft. »Ich hab meinen Job verloren, weil mein Boss ein Arschloch war. Da ist mir die Kohle ausgegangen. Und da meine Mutter sich geweigert hat, einen Fuß in das Haus zu setzen, es aber auch nicht verkaufen wollte, dachte ich eben, ich könnte mich in der Bruchbude für eine Weile niederlassen, bis ich wieder auf die Beine komme.«

Zwei oder drei Jahre sind ziemlich lange, um sich vorübergehend irgendwo niederzulassen, dachte Kate.

»Das mit Ihrer Mutter tut mir leid«, sagte sie.

»Kannten Sie sie?«

»Nein, aber nach allem, was ich gehört habe, standen John und sie sich sehr nahe. Ich weiß mittlerweile, dass sie John in ihrem Testament berücksichtigt hat.«

Marcus fuhr sich mit der Zunge über die Lippen. »Wenn ich mir Ihren Lexus so ansehe, war es wohl nicht das erste Mal, dass er aus einem seiner Patienten was herausgequetscht hat. Auf der Matte zu stehen, wenn die Leute sowieso schon auf der Zielgeraden sind, und sie so zu manipulieren, dass sie einem ihr sauer verdientes Geld hinterlassen, ist schon eine ziemlich miese Nummer. Hat ihn deshalb einer kaltgemacht, was glauben Sie?«

Kate zuckte zusammen, was Marcus unglücklicherweise mitbekam.

»So war John nicht«, wandte sie ein. »Wenn Ihre Mutter ihm etwas hinterlassen hat, dann hat sie es aus freien Stücken getan.«

Er schnellte aus dem Sessel hoch. Einen Moment lang dachte Kate, er wolle sich auf sie stürzen, doch er trat an ihr vorbei in die angrenzende Küche, begleitet von einem Geruch nach altem Schweiß, den Mia als Ekelgestank bezeichnen würde.

Die Küche war die reinste Müllhalde, mit vom Nikotin verfärbten Wänden. Wo sich einst die Spüle befunden hatte, klaffte nun eine rechteckige Lücke mit rostigen Rohren und Spinnweben. Ein uralter Kühlschrank in der Ecke summte wie ein betrunkener Straßenmusikant.

Er schnappte sich ein Bier, kehrte damit ins Wohnzimmer zurück, ließ sich wieder in den Sessel fallen und fixierte Kate mit einem Blick, als wollte er sagen: *Ich bin ein viel beschäftigter Mann, also sag, was du zu sagen hast, oder verpiss dich.*

»Haben Sie John jemals persönlich kennengelernt?«, fragte Kate.

»Klar.«

»Und wann?«

Achselzuckend hob Marcus die Bierflasche an seine Lippen und trank einen Schluck. »Vor etwa zwei Wochen.«

»Vor zwei Wochen? Sind Sie sicher?«

»Logo. Er saß genau auf dem Stuhl, auf dem Sie jetzt sitzen.«

Kate krallte die Hände um die Armlehnen wie eine verängstigte Flugpassagierin, als könnte sie Johns Schwingungen noch fühlen. »Er ist hierhergekommen? In Ihr Haus? Weiß … weiß die Polizei davon?«

»Weshalb sollte sie?« Wieder rülpste Marcus.

»Weil sie eine zeitliche Übersicht erstellen wollten, das ist alles. Sie wollten herausfinden, wo John sich wann auf der Insel aufgehalten hat, bevor er …«

»Mich hat keiner gefragt«, erklärte Marcus. »Und wenn Sie denken, was ich vermutlich denken würde … Nein, ich hatte nichts mit dem zu tun, was ihm zugestoßen ist. Jemandem den Tod an den Hals zu wünschen heißt noch lange nicht, dass man es auch in die Tat umsetzt.«

»Nein, nein, ich habe gar nicht …«

»Doch, haben Sie.«

»Wieso war John hier?«, fragte Kate.

»Das weiß ich auch nicht so genau«, antwortete Marcus. »Entweder um mir zu helfen oder um mich fertigzumachen. Vielleicht auch beides.«

»Was meinen Sie damit?«

Er lachte leise. »Na ja, er hat ganz schön auf die Kacke gehauen, das will ich damit sagen. Es sah so aus, als wollte er etwas wiedergutmachen, hat sich entschuldigt, und … na ja, ich wollte nicht, dass er seinen Job verliert, es hat mir bloß nicht gepasst, dass er meine Mum ausgenutzt hat, und genau das habe ich ihm auch auf den Kopf zugesagt. Für mich wäre die Geschichte damit erledigt gewesen.«

»Aber dann war es doch nicht so?«

Er knibbelte am Etikett seiner Bierflasche. »Er wollte mir das Geld zurückgeben, das Mum ihm vermacht hatte. Ich bräuchte es dringender als er, meinte er. Aber ich bin kein beschissener Almosenempfänger, und genau das habe ich ihm auch gesagt. Aber er wollte einfach nicht lockerlassen. Er war … total in Fahrt.«

»Wie meinen Sie das?«

»Er hat darauf gepocht, dass ich das Geld bräuchte, aber für mich sah es eher so aus, als müsste er es mir unbedingt geben. Er war völlig von der Rolle wegen Mums Tod, sogar noch mehr als ich. Er war geradezu besessen davon und suchte jetzt nach jemandem, auf den er diese Besessenheit übertragen konnte.«

»Vielleicht hatte er ja ein schlechtes Gewissen, weil Annabel ihn in ihrem Testament bedacht hatte.«

»Ein schlechtes Gewissen hatte er, so viel steht fest, aber weswegen, kann ich Ihnen auch nicht sagen. Leute wie wir haben einen Riecher für unseresgleichen, glauben Sie mir.«

Er lehnte sich im Sessel zurück und blickte den schmalen Korridor entlang und durch die Fliegentür hinaus auf den Sunset Strip.

»Haben Sie und John noch über andere Dinge gesprochen?«, fragte Kate.

Marcus setzte die Bierflasche wieder an die Lippen und nuckelte wie ein Lämmchen daran, dann schluckte er und wischte sich mit dem Handrücken den Mund ab. »Er hatte eine Menge Fragen zu meinem Dad.«

»Was für Fragen?«

»Er wollte wissen, woran ich mich noch erinnern könnte ... an ihn selbst und an seinen Tod. Ich war erst fünf, als es passiert ist, deshalb weiß ich eigentlich nur noch, dass meine Mum viel geweint hat und dass wir für eine Weile bei meiner Tante Rita und ihrem Hund, einem fürchterlich nervigen Kläffer, in Mollymook geblieben sind.«

»Wieso hat John sich so für Ihren Vater interessiert?«, fragte Kate.

»Das werden Sie ihn schon selbst fragen müssen. Hier muss irgendwo ein Ouija-Brett herumliegen. Damit können Sie es ja mal versuchen.«

»Wie ist Ihr Vater gestorben?«

Marcus, der einen weiteren Schluck hatte nehmen wollen, hielt mitten in der Bewegung inne, stellte die Flasche auf dem Tischchen ab und starrte Kate finster an. »Wissen Sie das etwa nicht?«

»Nein, ich habe nur gehört, dass es sehr plötzlich war.«

»*Plötzlich*«, wiederholte er. »Ja, das könnte man wohl so sagen.«

22

– Die Frau –

Abby lauschte dem Regen, der auf das Dach des Volvos trommelte, während sie all ihren Mut zusammennahm. Sie stand auf der Old Harbour Road, direkt gegenüber von Deepwater Living, Bobbis Apartmentkomplex.

Sie holte einige Male tief Luft, ehe sie sich zwang, aus dem Wagen zu steigen, und ging auf das Gebäude zu. Sechs oder sieben Raben hatten sich auf dem Maschendrahtzaun niedergelassen, der es von dem unbebauten Grundstück daneben trennte. Sie beobachteten sie. Einer stieß einen Schrei aus, der wie ein persönlicher Vorwurf klang.

Sie stand vor der Gegensprechanlage und suchte Bobbis Klingelknopf. 2-D. Jemand hatte mit schwarzem Filzer *ykes* hinter das D gesetzt und *2-Dykes* daraus gemacht. Ein Schauder überlief Abby. Natürlich war man versucht, sich Belport als progressiven kleinen Mikrokosmos vorzustellen, vom Festland getrennt und damit immun gegen die dortigen Vorurteile, doch Vorfälle wie dieser führten ihr wieder einmal ihre Naivität vor Augen. Und dasselbe galt auch für den alten Fährterminal – wäre Belport so tolerant, wie sie glaubte, gäbe es wohl auch keine Notwendigkeit für solche Orte.

Statisches Rauschen drang aus der Gegensprechanlage, gefolgt von einer sanften Säuselstimme. »Hallo?«

Es war Maggie, Bobbis Freundin.

»Ich bin's.«

»Geht es ein bisschen genauer?«, meinte Maggie. »Normalerweise würde ich ja nicht fragen, aber gerade läuft ein Mörder frei auf der Insel herum.«

»Abby.«

»Abby! Los, schaff deinen Hintern hoch. Der automatische Öffner funktioniert nicht, aber zum Glück ist das Tor nicht abgeschlossen.«

Mit einem leichten Schubser ließ sich das Tor aufschieben. Abby ging durch den kleinen, mit Farnen bepflanzten Vorgarten und lief die Außentreppe zu Bobbis Apartment im ersten Stock hinauf, wo Maggie sie bereits erwartete, eine Hand in die Hüfte gestemmt, die andere unter ihrem ausladenden Endschwangerschaftsbauch. Sie trug eine Umstandsjeans und ein weites weißes T-Shirt. Die Schwangerschaft stand ihr gut.

»Komm rein, Abby«, sagte sie. »Wie schön, dich zu sehen. Allerdings muss ich ehrlicherweise zugeben, dass ich seit Wochen hier in der Bude eingesperrt bin und mich über jeden Besuch freue. Aber über deinen natürlich ganz besonders.«

Sie ging vor Abby her in den Flur. Die Wohnung war hell und freundlich, mit Zimmerpflanzen auf jedem freien Fleck und noch mehr draußen auf dem Balkon.

»Ich habe gerade die Hälfte meines zweiten Mittagessens verputzt«, sagte Maggie. »Oder vielleicht ist es auch das erste Abendessen. Wie auch immer, jedenfalls ist genug da, falls du Hunger haben solltest.«

»Nein danke«, sagte Abby.

Maggie rutschte auf die Eckbank in der Küche und biss von ihrem mit Vegemite-Paste bestrichenen Toast ab. Abby setzte sich zu ihr.

»Ist Bobbi zufällig da? Ich weiß, dass sie in letzter Zeit oft Spätschicht hat, aber ich dachte, ich erwische sie noch, bevor sie losgeht.«

»Sie war unter der Dusche und sollte jede Minute fertig sein. Ist das nicht völlig verrückt mit diesem Mord? Allein die Vorstellung, dass Bobbi da draußen unterwegs ist, finde ich entsetzlich. Ich hatte ja kein Problem damit, mit einer Polizistin zusammen zu sein, solange das schlimmste Verbrechen darin bestand, dass Bert Sercombe in der Apotheke eine Schachtel Tampons mitgehen lässt.«

»Ist das wirklich passiert?«

Maggie nickte lachend. »Clare hat ihn geschickt, damit er ihr welche holt. Das Geld war auch nicht das Problem, sondern es war ihm zu peinlich, sie an der Kasse zu bezahlen. Das ist wohl das Armseligste, was ein Mann je getan hat. Aber das hast du nicht von mir.«

»Ich erzähle es ganz bestimmt nicht weiter«, versprach Abby. »Und mach dir nicht allzu große Sorgen um Bobbi. Sie ist ein knallharter Brocken.«

»Ich weiß.« Hätte Maggie allerdings ihre Partnerin mit einer Flasche Tequila hinter dem Steuer ihres Streifenwagens sitzen sehen, hätte sie bestimmt nicht so bereitwillig zugestimmt.

In diesem Moment kam Joe hereingeschlendert, gähnte ausgiebig und sprang Maggie auf den Schoß. Joe war ein fetter Streunerkater, den Bobbi vor einigen Jahren zu füttern begonnen hatte. Wenig später war er offiziell eingezogen. Maggie verzog schmerzerfüllt das Gesicht, als Joe genüsslich ihre Beine knetete, ehe er sich niederließ.

»Ich dachte, du und Joe hasst euch«, meinte Abby.

»Als ich schwanger wurde, konnte ich nicht länger seine Toilette sauber machen, weil im Katzenkot diese widerlichen Parasiten sind, die Toxoplasmose verursachen und bei Ungeborenen Missbildungen hervorrufen können.« Sie rieb ihren dicken Babybauch. »Aus irgendeinem Grund verändert sich etwas, wenn man nicht länger ihre Häufchen aus dem Klo räumt. Es ist, als wäre man plötzlich auf einer Ebene mit ihnen. Jedenfalls respektiert er mich jetzt.«

»Toxoplasmose«, ertönte eine höhnische Stimme. Bobby kam barfuß, aber bereits in ihrer geschniegelten hellblauen Uniform hereingetappt und rubbelte sich das Haar mit einem Handtuch trocken. Ihre Brauen waren noch immer nass, was sie noch Ehrfurcht gebietender wirken ließ als sonst. »Mal ganz ehrlich, Abby, findest du nicht auch, dass das nach einer Erfindung klingt?«

»Bobbi glaubt, diese ganze Katzenhäufchen-Geschichte sei eine hinterhältige Verschwörung, die sie nur dazu zwingen soll, Joes Toilette immer sauber machen zu müssen«, erklärte Maggie. »Ich persönlich empfinde es als absolut fair, wenn man bedenkt, was ich hier neun Monate lang durchmache. Morgenübelkeit, Blähungen, ständiger Harndrang, Hämorrhoiden. Die Liste ist endlos.«

»Und so weiter und so weiter.« Bobbi drückte Maggie einen Kuss auf die Wange. »Wie sehe ich aus?«

»Zum Anbeißen«, antwortete Maggie. »Hast du heute wieder Dienst in diesem Info-Wagen vor dem Gemeindezentrum?«

Bobbi goss Kaffee in eine Thermoskanne. »Die ganze Spätschicht.«

»Ich habe beim Vorbeifahren gesehen, dass ziemlich viel los war«, meinte Abby. »Wie läuft es so?«

»Als Methode, um möglichst viel Klatsch und Tratsch zusammenzutragen, funktioniert es ganz hervorragend. Im Hinblick auf verwertbare Aussagen kann ich noch nichts sagen. Das kommt erst mit der Zeit. Ist mit dir alles in Ordnung, Abby? Du siehst ... komisch aus.«

Abbys erster Impuls war, ihr zu versichern, dass alles bestens sei, doch wenn dem so wäre, dann wäre sie nicht hier. In der Zeit, die sie brauchte, um sich eine

Antwort zu überlegen, tauschte Bobbi einen Blick mit Maggie, die den Wink verstand.

»Ihr entschuldigt mich, aber ich muss jetzt zum achtundsiebzigsten Mal heute aufs Klo.«

Ächzend hievte sie sich von der Bank hoch und watschelte ins Badezimmer, in dem noch immer der Dampf hing. Joe belegte den noch warmen Platz sofort mit Beschlag.

»Wenn es um den Anruf gehen sollte ... es ist alles bestens«, sagte Bobbi. »Ich habe auf dem Revier angerufen. Ray war wohl über Mittag dort und hat alles aufgeklärt. Ich hätte wissen müssen, dass es nur um eine Betreuung für das Haus ging. Tut mir leid, wenn ich dich neulich Abend deswegen verrückt gemacht habe.«

»Kein Problem«, sagte Abby. »Aber das ist nicht der Grund, weshalb ich hergekommen bin. Ich muss etwas mit dir besprechen, Bobbi. Aber bevor ich anfange, muss ich erst wissen, dass ich mit Bobbi, meiner Freundin, rede und nicht mit der Polizistin.«

»An erster Stelle steht immer die Freundschaft«, beteuerte Bobbi.

»Versprochen?«

»Versprochen.«

»Du musst mir einen Tag Zeit geben. Vierundzwanzig Stunden, um mich zu organisieren. Dann kann die Polizistin Bobbi tun, was auch immer sie tun muss.«

Ein ernster Ausdruck erschien auf Bobbis Miene, als sie sich gegenüber von Abby auf die Eckbank setzte.

»Was ist los?«, fragte sie und blickte in Abbys sorgenvolles Gesicht.

»Neulich Abend, auf dem Parkplatz vor der Kirche, hast du mir etwas erzählt«, begann Abby. »Du sagtest, in einer Kleinstadt wie dieser wüsste immer irgendjemand irgendetwas. Erinnerst du dich?«

»An vieles von diesem Abend erinnere ich mich nur verschwommen, aber ja, daran schon. Wieso?«

»Na ja, es hat sich herausgestellt, dass du recht hattest.«

Der trübe Nachmittag ging in einen nieseligen Frühabend über. Als Abby ihren Volvo in die Einfahrt lenkte und ausstieg, sah sie zu ihrer Bestürzung Dorothy Francher auf sie zukommen.

Dorothy war eine zartgliedrige Frau mit von Sorgenfalten zerfurchtem Gesicht. Sie und ihr Mann Teddy wohnten ein Stück die Straße hinunter. Teddy bekam kaum die Zähne auseinander, wohingegen Dorothy ununterbrochen quasselte. Wenn man das Pech hatte und ihr in die Arme lief, konnte man über mehrere Stunden nicht mehr vom Fleck kommen, während sie einen totquatschte. Menschlicher Vortex, so nannte Ray sie und hatte einmal im Scherz gemeint, all jene, die im Bermudadreieck verschollen seien, wären in Wahrheit Dorothy über den Weg gelaufen.

Abby winkte knapp und hastete in Richtung Haus.

»Ach, Abby!«, rief Dorothy. »Haben Sie eine Minute?«

»Aber nur eine.«

Dorothy kam im Schutz eines Regenschirms durch den Vorgarten, wobei sie im Vorbeigehen die tief hängenden Äste der Kasuarine mit einem Blick streifte – sie hatte Abby bereits mehrfach daran erinnert, sie zurückzuschneiden. Wenn es nicht die Kasuarine war, die sie störte, war es der Rasen der Gilpins, den sie zu hoch wachsen ließen, oder die Mülltonnen, die sie nicht unmittelbar nach der Leerung von der Straße holten.

»Wären Sie wohl so lieb und würden Ihren Mann bitten, sich an die Geschwindigkeitsbegrenzung zu halten, wenn er an unserem Haus vorbeifährt? Sie wissen ja, dass es mich normalerweise nicht weiter stören würde, aber da ist ein Schlagloch, das die Stadtverwaltung immer noch nicht repariert hat, und wenn das Regenwasser darin steht und Ihr Mann mit über achtzig Sachen in einer 60er-Zone drüberbrettert, spritzt der Schlamm auf den Rasen und überschwemmt die Samen und …«

»Ich werde es ihn wissen lassen«, gab Abby zurück. »Aber jetzt sollte ich zusehen, dass ich nicht länger im Regen herumstehe.«

»Ja, ich habe mitbekommen, dass Sie Ihren Schirm vergessen haben. Sie sollten immer einen dabeihaben. Wahrscheinlich sind Sie im Herzen immer noch eine Stadtpflanze. Wo wollte Ray überhaupt so schnell hin?«

Abby spürte bereits den Sog des menschlichen Vortex, der sie erfasste, und trat mit einem Blick auf ihre Uhr, als müsste sie dringend irgendwohin, einen Schritt in Richtung Haus, zögerte jedoch. »Moment mal. Wann war das?«

»Vor nicht mal zwanzig Minuten«, antwortete Dorothy. »Er ist wie Juan Manuel Fangio gefahren. Wie gesagt, normalerweise würde es nicht stören, aber …«

»Ich muss los«, unterbrach Abby.

»Ja, Ihre Generation ist ständig in Eile, immer unterwegs«, erwiderte Dorothy. »Was liegt denn so Wichtiges an? Eine Party? Na ja, zum Grillen ist das Wetter ja nicht gerade ideal, wenn Sie das …«

»Äh, ja, bis dann«, unterband Abby ihren Redefluss. Sie spürte Dorothys bohrenden Blick noch im Rücken, als sie die Einfahrt entlanghastete.

Wo wollte Ray bloß so schnell hin? Gute Frage. Sie betrat die Garage durch die Seitentür, machte das Licht an und sah zu ihrer Werkbank hinüber.

Sie konnte sich erinnern, dass sie Rays Arbeitsklamotten und die Stiefel in den Karton zurückgelegt, ihn dann aber stehen gelassen hatte. Ziemlich sicher. Doch von dem Karton war nichts zu sehen. Genauso wenig wie von Ray.

Einen Moment lang stand sie da und überlegte. Aller Wahrscheinlichkeit nach lag der Karton mit seinem Inhalt bereits auf dem Grund des Elk Harbour. Sie spürte, wie ihr zuerst heiß, dann so eisig kalt wurde, dass sie am ganzen Leib zitterte. Seit dem Mord lebte sie in einem Zustand mühsam unterdrückter Panik, und manchmal fragte sie sich, ob ihr nicht bald alles zu viel werden würde ... ob ihr Geist sich an irgendeinem Punkt von ihrem Körper lösen würde, von der Realität, von einer Welt, die sich einst so sicher und vorhersehbar angefühlt hatte und in der sie sich nun auf einmal wie eine Fremde vorkam.

Trotzdem spürte sie unter der Oberfläche bereits eine neue Saat keimen, ein eigentümliches Gefühl, das aus ihren Tiefen nach oben drängte: Erleichterung. Der Beweis – und nichts anderes war der Inhalt des Kartons – war verschwunden und mit ihm jegliche greif- und sichtbare Verbindung zu dem Verbrechen. Das blaue Leuchten des Luminols kam ihr wieder in den Sinn, und sie fragte sich, ob sie jemals einen Weg finden würde, mit ihrem Wissen zu leben. Vielleicht gelang es ihr sogar, sich einzureden, dass das alles bloß ein Produkt ihrer Fantasie war, die Erinnerung selbst zu unterdrücken und sie so tief in den Windungen ihres Gedächtnisses zu vergraben, dass nicht einmal sie selbst ...

Das Geräusch eines Motors durchbrach ihre Gedanken. Es klang wie Rays Pick-up. Falls ja, stünde gleich eine schwierige Unterredung bevor. Mit der flachen Hand schlug sie auf die Automatik des Garagentors, woraufhin es sich zentimeterweise zu heben begann und den Blick auf die dahinterliegende Landschaft freigab.

Ein Streifenwagen stand in der Einfahrt, zwei weitere auf dem Rasenstreifen, wo ihre Reifen bereits tiefe Rinnen im aufgeweichten Erdreich um die Kasuarine gruben. Türen wurden geöffnet, Polizisten in Windjacken und schweren schwarzen Stiefeln stiegen aus. Rotierende Blaulichter erhellten die spätnachmittägliche Trübnis. Dorothy Francher stand ein paar Meter weiter am Straßenrand und verfolgte das Ganze mit gespannter Erregung.

Die Beamten trugen Handschuhe und hatten Kartons und Tüten mit dem Aufdruck *Beweismittel* dabei. Einer von ihnen, ein stämmiger Kerl mit tief liegenden Augen und kräftigen Schenkeln, die beim Gehen aneinanderrieben, kam die Einfahrt heraufmarschiert, streifte sich die Schuhe auf der Fußmatte ab und betrat das Haus. Es war, als sähe sie zu, wie ein Fremder ihre Unterwäscheschublade durchwühlte.

»Hey!«, schrie sie. »Hey!«

Ein Constable mit rosigen Wangen sah herüber, ehe auch er in Richtung Haus ging. Abby hastete durch den Regen. »Halt! Sie können da nicht einfach reingehen. Was glauben Sie eigentlich, was Sie hier …«

»Abby«, ertönte eine Stimme.

Sie wandte sich um und sah Bobbi auf sich zukommen. Die Verlegenheit stand ihr ins Gesicht geschrieben. Im Geiste ging Abby die Gründe durch, weshalb sie ihr nicht in dieser Sekunde an die Gurgel gehen sollte, doch kein einziger war überzeugend genug. Es war, als befände sie sich in einer Blase unkontrollierbarer Wut, in der Dinge wie Logik oder Vernunft oder das Gesetz lediglich abstrakte, bedeutungslose Begriffe waren.

»Was zum Teufel soll das, Bobbi?«, stieß sie hervor. »Was, verdammt noch mal? Du konntest mir nicht mal *einen* Tag Zeit geben. Nicht mal einen beschissenen Tag!«

»Warte doch.«

»Ich sehe, du hast dich zwischen Bobbi, der Polizistin, und Bobbi, der Freundin, entschieden, du verdammte …« Um ein Haar hätte sie ihr das Wort Lesbe entgegengeschleudert, das aus einer abscheulichen Ecke in den Tiefen ihres Seins hervorgequollen war. Sie hasste sich dafür. »Wie konntest du mir das antun, Bobbi?«

»Lass das!«, befahl Bobbi und hob beide Hände. »Lass das. Und hör mir zu. Es ist wichtig, dass du dich jetzt zusammenreißt. Später ist noch genug Zeit, um uns gegenseitig anzuschreien, wenn wir das wollen, aber nicht vor meinen Kollegen und auch nicht vor deinen Kindern.«

»Du lieber Gott, die Kinder.«

»Sie können mit zu mir. Ich rufe Maggie an und sage ihr Bescheid. Sie können bei mir bleiben, bis wir hier fertig sind.«

»Womit fertig?«

Bobbi holte tief Luft und sah Abby mitfühlend an. »Bis wir mit der Durchsuchung eures Hauses, eures

Grundstücks und der darauf befindlichen Fahrzeuge fertig sind.«

Zwei magere Constables in langen Regenmänteln betraten die Garage, während Abby eine absurd witzige Frage in den Sinn kam: Was sie wohl dachten, wenn sie all die Präparationsutensilien sahen? Oder Trevor, das halb gehäutete Opossum, das in der Buy-&-Bye-Tüte verpackt im Kühlschrank lag?

»Wir machen so wenig Tamtam, wie es nur geht, Abby«, fuhr Bobbi fort. »Versprochen.«

»Deine Versprechungen haben für mich keinen sonderlichen Wert mehr, *Officer*. Du musst verrückt sein, wenn du glaubst, ich lasse meine Kinder auch nur in die Nähe deiner Wohnung, und noch verrückter, wenn du denkst, ich würde dir jemals wieder vertrauen.«

»Reiß dich zusammen, Abby. Ich bin nicht der Feind hier.«

»Sag mir nicht, was ich zu tun habe.«

»Ich weiß ja, dass du Angst hast, aber du musst dich jetzt beruhigen.«

»Ich will den Durchsuchungsbefehl sehen.«

»Abby.«

»Ihr habt kein Recht, hier zu sein. Ich will einen Durchsuchungsbefehl sehen, und ich will ihn …«

»Wir brauchen keinen Durchsuchungsbefehl«, unterbrach Bobbi scharf. Allmählich schien ihr die Geduld auszugehen. »Ray hat uns die Erlaubnis gegeben, das Haus zu durchsuchen.«

Abby stand im Gras und ließ den Regen über sich strömen. »Was?«

»Ich habe niemandem davon erzählt, was wir gestern besprochen haben.« Bobbi senkte die Stimme und lehnte sich ein Stück vor. Ihr Haar war klatschnass und klebte an ihren Wangen. »Abby, sobald du weg warst, wurde ich gerufen. Wir sollten umgehend das Haus durchsuchen und Beweise sicherstellen. Ray ist auf dem Revier. Er hatte einen Karton mit Sachen dabei, von denen er behauptet, es seien Beweismittel.«

»Nein, das ist völlig unmöglich ... du lügst.«

»Tue ich nicht.«

»Du lügst!« Mit zitternden Armen stieß Abby Bobbi weg.

Bobbi machte keine Anstalten zurückzuweichen, wehrte sich aber auch nicht. Noch einmal wollte Abby ausholen, ehe sie die Arme sinken ließ und in Tränen ausbrach.

Bobbi zog sie an sich und küsste sie sanft auf die Stirn.

»Ich wünschte, es wäre so, Süße, aber Ray hat ein Geständnis abgelegt«, flüsterte sie.

»Nein.«

»Doch. Er hat den Mord an David Stemple gestanden.«

23

– Die Witwe –

»Dad wurde im Winter 1996 ermordet«, sagte Marcus Stemple und rieb mit den Fingern die Armlehne seines uralten Sessels. »Ein stumpfes Trauma. Jemand hat ihm von hinten mit einem Backstein einen Schlag auf den Kopf gegeben und seine Leiche dann ins Meer geworfen.«

»Oh Gott«, stöhnte Kate und beugte sich auf dem harten Stuhl vor, auf dem John vor gerade einmal zwei Wochen gesessen hatte. »Das tut mir sehr leid.«

Marcus, der sein Bier mittlerweile so gut wie ausgetrunken hatte und den Blick immer wieder sehnsüchtig zum Kühlschrank schweifen ließ, sah sie wieder an und zuckte die Achseln. »Tja, was soll man da machen?«

Ein beunruhigender Gedanke kam Kate in den Sinn: Womöglich hatte sie mit Marcus eine zukünftige Ausgabe von Mia vor sich: Zwar war sie beim Tod ihres Vaters schon etwas älter als Marcus damals, dennoch konnte man sich durchaus vorstellen, wie auch sie auf diesen ungesunden Pfad des Drogenmissbrauchs und der Selbstzerstörung geriet.

Ich sollte bei Mia sein, dachte sie mit einem plötzlichen Anfall von Gewissensbissen. *Ich sollte zu Hause bei meiner Tochter sein. Stattdessen hocke ich hier, auf einer Insel, und jage Johns Geist hinterher.*

»Was ist passiert?«, fragte Kate.

Marcus trank sein Bier aus, kramte eine halb aufgerauchte Zigarette aus dem Aschenbecher und zündete sie an. »An die Details erinnere ich mich nicht mehr genau. Diese Phase meines Lebens ist wie ein Film, den ich als kleiner Junge angesehen habe. Erst als ich zehn oder elf war, haben sie mir erzählt, dass er ermordet wurde.«

»Ihre Mutter hat es Ihnen verschwiegen?«

»Sie hat sich geweigert, darüber zu sprechen.«

»Vielleicht wollte sie Sie nur schützen«, meinte Kate und dachte wieder an die Monster unterm Bett.

»Kann sein, aber Kindern so etwas vorzuenthalten, ist nie eine gute Idee. Am Ende finden sie es bloß alleine heraus – was bei mir auch so war. Einen Teil habe ich von meiner Familie oder aus alten Zeitungsartikeln erfahren, das meiste aber haben mir die alteingesessenen Einheimischen unten im Belly erzählt. Alle erinnern sich daran, und alle wissen auch, weshalb er ermordet wurde.«

»Und zwar?«

Er nahm einen tiefen, abrupten Zug an seiner Zigarette, als hoffte er, noch vor dem Abendessen Lungenkrebs zu bekommen. »Dad wurde ermordet, weil er eine Schwuchtel war.«

Kate zuckte zurück. »Wie bitte?«

»Seine Leiche trieb im Meer beim Beech Tree Landing. Er wurde in dem alten Fährterminal getötet, das damals noch dort gestanden hat, und dann vom Steg ins Wasser geworfen.«

»Dem Beech Tree Landing? Sind Sie sicher? Dort wurde Johns Leiche gefunden. Da muss es irgendeine Verbindung geben.«

Marcus zog die Brauen hoch. »Falls dem so ist, könnte es eine sein, die Ihnen nicht gefällt.«

»Was meinen Sie damit?«

»Der ehemalige Fährterminal war ein bekannter Schwulentreff«, antwortete er. »Dort haben sich Männer getroffen, um Sex zu haben. Deshalb war mein Vater am Tag seiner Ermordung dort. Um zu cruisen.«

Er nahm einen letzten Zug an seiner Zigarette, drückte sie mit raschen, heftigen Bewegungen im Aschenbecher aus und holte sich noch ein Bier aus dem Kühlschrank, das er zu einem Drittel hinunterkippte, noch bevor er die Kühlschranktür wieder geschlossen hatte. Er blieb in der Küche stehen.

»Sind … sind Sie sicher?«, fragte Kate.

»Es gibt wohl nur eine Möglichkeit, es herauszufinden. Wie gesagt, irgendwo muss mein Ouija-Brett noch herumliegen. Das ist mein voller Ernst. Als Junge habe ich mein ganzes Taschengeld gespart, um mir das offizielle Psychic Circle Spirit Board zu kaufen. Natürlich musste ich warten, bis Mum zu Bett gegangen war, weil sie mit diesem Kram so gar nichts anfangen konnte. Dann hockte ich mit dem Brett und einem Notizblock in meinem Zimmer, um bloß keine der Nachrichten aus dem Jenseits zu verpassen.«

Abermals nahm er einen Schluck aus der Flasche, ehe er sie sinken ließ, sie ansah, als sei ihr Inhalt plötzlich schlecht geworden, und abrupt auf die Arbeitsplatte knallte.

»Dad war wohl eher der stille Typ«, meinte er. »Sein Geist hat nie auch bloß ein beschissenes Wort mit mir geredet.«

Kate hätte es nicht für möglich gehalten, doch Marcus' Stimmung war noch düsterer geworden, und sie spürte, dass es höchste Zeit zum Gehen war.

Ihr Handy vibrierte leise in ihrer an der Stuhllehne hängenden Handtasche. Sie zog es heraus. Zwei verpasste Anrufe von Fisher. Bestimmt fragte er sich, wo sie abgeblieben war. »Ich muss los. Danke für Ihre Zeit.«

Einen Moment lang musterte er sie sehnsüchtig. Wollte er, dass sie blieb? Oder wollte er etwas von ihr?

»Was gibt's?«

»Dads Nachruf«, sagte er und trat verlegen von einem Fuß auf den anderen. »Könnte ich ihn behalten?«

David Stemples Nachruf könnte durchaus ein wichtiges Beweismittel sein. Doch dann erinnerte sie sich daran, was Detective Eckmans Erklärung, Johns Leiche gehöre der Polizei, in ihr ausgelöst hatte. Sie zog den gefalteten Zeitungsausschnitt heraus und legte ihn auf den Kaffeetisch, zwischen einen leeren Becher Instantnudeln und die Glasbong.

Marcus nickte ihr von der Küche aus zu. »Wieso sind Sie eigentlich hergekommen?«

»Um herauszufinden, welche Verbindung zwischen John und Ihrem Vater bestand«, antwortete sie wahrheitsgetreu.

»Sollten Sie eine Theorie haben, würde ich sie sehr gern hören.«

Rein zufällig hatte sie tatsächlich eine. Auf den ersten Blick musste sie ruhig und beherrscht wirken, doch ihre Gedanken überschlugen sich.

»Als John noch ein Junge war, hatte er Albträume«, sagte sie. »Nein, eigentlich war es sogar noch etwas Schlimmeres. Es waren eher nächtliche Panikattacken, die zu einer ausgewachsenen Schlafstörung geführt haben. Er fing an, Dinge zu sehen. Halluzinationen. Er sah einen Mann mit ...«

»Womit?«

Sie dachte an die Skizzen in dem Notizbuch, an den Besucher – den Mann mit dem schweren schwarzen Mantel, den Tennisschuhen, an die ...

»Motten«, sagte sie. »Er hat einen Mann mit einem Spalt im Kopf gesehen, aus dem Motten quollen.«

Marcus stand stumm da, blinzelte noch nicht einmal, sondern wartete darauf, dass Kate fortfuhr.

»Ich glaube, John wusste etwas. Er hatte etwas beobachtet, gehört oder sonst etwas. Was auch immer es gewesen sein mag … er hat es wohl für eine Weile unterdrückt und gelernt, damit zu leben.«

»Für eine Weile?«

»Der Tod Ihrer Mutter war das Blatt, das den Fluss zum Aufstauen gebracht hat«, flüsterte Kate, als ihr Holly Cutters Worte wieder einfielen. »Als Annabel starb, fiel John in ein tiefes Loch. Er hat mir nichts davon erzählt. Und auch sonst niemandem. Aber offenbar ist er nach Belport gekommen, um dieses Tief zu überwinden. Ich glaube, dass er deshalb zu Ihnen gekommen ist. Und dass dies zu seinem Tod geführt hat. John hatte Informationen über den Mörder Ihres Vaters.«

Ganz langsam und stetig atmete Marcus aus, wie eine Luftmatratze, aus der jemand den Stöpsel gezogen hatte. »Sollte Ihr Mann Beweise gehabt haben, die bei der Aufklärung des Mordes geholfen hätten, war er schlappe zwanzig Jahre zu spät dran.«

»Was meinen Sie damit?«

»Der Mord an meinem Vater ist nicht unaufgeklärt«, sagte er. »Ein paar Tage danach haben sie den Typen geschnappt, der es getan hat. Er sitzt in der South Hallston Correction Facility. Fünfundzwanzig Jahre bis lebenslänglich.«

Kates Gedanken wirbelten wild umher. Nur ein einziges Wort blieb hängen »Sagten Sie Hallston? H-A-L-L-S-T-O-N?«

Fisher stand unter der Markise vor seinem Zimmer im Blue Whale Inn und starrte in den Regen hinaus.

»Ich habe versucht, dich zu erreichen«, sagte er, als Kate den Wagen abstellte und durch den Regen eilte. »Wo warst du?«

»Bei Marcus Stemple.«

»Stemple? Du meinst ...«

»David Stemples Sohn.«

Der Regen wurde stärker. Sie schilderte, was sie bei Marcus erfahren hatte. Fisher zündete sich eine Zigarette an und lauschte.

»Du lieber Gott«, sagte er, als sie geendet hatte, und runzelte die Stirn. »Ich erinnere mich, dass hier ein Mann ermordet wurde, kannte aber den Namen nicht. Zumindest bis heute nicht. Von wann stammte der Nachruf noch mal? 1995?«

»August 1996.«

Er nickte. »Genau. 1996. Das war eine Riesengeschichte damals. Er hatte ein Ferienhaus hier, so wie wir, und war von einem Einheimischen getötet worden. Keine Ahnung, was Stemple im August hier wollte. Trotzdem galt es als Mord an einem Touristen, und sollten die Ausflügler irgendwann nicht mehr hierherkommen, dann kann Belport Island auch gleich im Meer versinken.«

Die meisten Einheimischen waren Kate stets freundlich begegnet, trotzdem hatte sie immer eine gewisse Anspannung unter der netten Oberfläche wahrgenommen. Lächeln und Grüße wirkten oftmals ein wenig aufgesetzt, in den langen Schlangen vor der Kasse des Buy & Bye hörte man genervte Seufzer, und hier und da sah man selbst gebastelte NUR-FÜR-EINHEIMISCHE-Schilder vor Geschäften in der Bay Street. Die Leute hier brauchten die Touristen, doch das hieß noch lange nicht, dass sie sie auch mögen mussten.

»Nach diesem Vorfall haben wir einige Sommer in Noosa verbracht, sind dann aber wieder zurückgekommen«, sagte Fisher. »Am Ende stellte sich heraus, dass es nicht so schlimm war wie befürchtet. Dennoch: Das Leben hier war nie wieder so wie zuvor. John muss damals ein Teenager gewesen sein. Es wundert mich, dass er sich daran erinnert, deshalb kann ich mir nicht erklären, weshalb er sich so für diese Familie ... engagiert hat.«

Engagiert war eine höfliche Umschreibung. *Besessen* traf es wohl besser.

»Kann es sein, dass er irgendetwas gesehen hat?«, fragte Kate.

»Das Ganze ist in der Nebensaison passiert, und wir waren gar nicht hier.« Er sah sie einen Moment lang eindringlich an, ehe er wieder in den Regen hinausblickte. »Es wird Zeit, dass ich nach Hause fahre, Kate. Deshalb habe ich dich angerufen. Ich kann hier nichts mehr tun, und Pam braucht mich. Sie … sie kommt nicht damit zurecht. Nicht dass sie es jemals zugeben würde, aber ich spüre es. Du brauchst nicht mitzukommen, ich kann alleine mit der Fähre zurückfahren und den Bus nach Hause nehmen. Trotzdem glaube ich, dass du es solltest.«

Er sagte nicht: *Mia braucht dich*, doch Kate war ziemlich sicher, dass er es dachte. Stattdessen betrachtete er weiter den Regen, und dann tat er etwas Unerwartetes: Er lächelte. Es war lange her, seit sie ihn das letzte Mal lächeln gesehen hatte; sogar lange vor Johns Verschwinden. »Bevor du gekommen bist, fiel mir wieder ein, wie John einmal während des Gottesdienstes eingeschlafen ist. Hat er dir je davon erzählt?«

»Nein«, antwortete Kate, doch auch sie lächelte nun. Was auch immer Fisher sich eingefangen haben mochte, war ansteckend.

»Es war am Abend nach seinem Highschool-Abschluss, und er hatte einen fürchterlichen Kater«, sagte Fisher. »Er konnte die Augen nicht offen halten. Normalerweise war das nicht weiter schlimm, weil Pam sich so auf die Messe konzentrierte, dass man sich hätte problemlos ausziehen und splitternackt den Mittelgang entlangrennen können, ohne dass sie es mitbekommen hätte. Aber John fing an zu schnarchen, und bevor Pam etwas tun oder sagen konnte, hielt Vater Chang mitten in der Predigt inne, sah John an und sagte: ›*Ich habe dich immer dazu ermutigt, deinen Träumen zu folgen, lieber John, aber das war damit eigentlich nicht gemeint.‹«*

Fisher lachte – es klang ungewohnt.

»Erinnerst du dich an sein Apartment in Elwood?«, fragte Kate. »Als ich ihn das erste Mal dort besucht habe, wirkte die Küche tadellos sauber. Aber als ich in einem der Schränke nach einem Glas suchen wollte, habe ich festgestellt, dass er sein ganzes schmutziges Geschirr unter der Spüle gebunkert hatte.«

»Und was hast du gesagt?«, fragte Fisher, immer noch lachend.

»Gar nichts. Ich habe den Schrank wieder zugemacht und so getan, als wäre nichts passiert. Aber als wir dann zusammenzogen, habe ich darauf geachtet, dass es eine Spülmaschine gab.«

»Als John seine erste Freundin mit zu uns nach Hause bringen wollte, hat er uns vorher angerufen. Die beiden waren schon vier Monate zusammen, deshalb hatten wir den Eindruck, es sei etwas Ernstes. Aber dann stellte sich heraus, dass er uns vorwarnen wollte, weil sie glaubte, er heiße James. Offenbar hatte sie bei ihrem ersten Date seinen Namen falsch verstanden oder so, und statt sie zu korrigieren, hatte er einfach zugelassen, dass sie ihn weiter James nannte.«

»Nein!«

»Doch, ich schwöre!«, sagte Fisher. »Und damit nicht genug: Er wollte uns bitten, dass wir ihn auch James nannten, solange sie bei uns waren.«

»Und was habt ihr getan?«

»Was hätten wir tun sollen? Wir haben ihn die ganze Zeit über James genannt. Zum Glück hat es nicht lange gehalten.«

Wiehernd warf er den Kopf in den Nacken. Es war schön, ihm beim Lachen zuzusehen, und noch schöner, sich selbst diesem Gefühl hinzugeben. Trotzdem meldete sich ganz langsam und schleichend die Realität zurück, hüllte sie ein wie eine Tränengaswolke.

»Ich wünschte, er hätte sich mir anvertraut«, sagte sie und ließ Fishers Fröhlichkeit wie eine Seifenblase zerplatzen. »Was auch immer er da draußen gesucht haben mag, ich wünschte, er hätte um Hilfe gebeten.«

Fishers Lächeln verblasste. »Aber das hat er.«

»Was hat er?«

»John hat mich angerufen, Kate. An dem Morgen, bevor er hierhergefahren ist. Zu dem Zeitpunkt wusste ich das natürlich nicht, aber ich habe es später anhand meiner Anrufliste im Telefon nachgeprüft. Er meinte, er sei auf dem Weg zum Flughafen, weil er an diesem Kongress für Palliativpflege in London teilnehmen würde. Dieselbe Lüge, die er auch dir aufgetischt hat. Aber er war so still ... so seltsam.«

»Inwiefern?«

»Du warst lange genug mit meinem Sohn verheiratet, um zu wissen, dass er das Kind nur selten beim Namen genannt hat. Stattdessen hat er so lange um den heißen Brei herumgeredet, bis man es aus ihm herausgekitzelt hat. Genauso lief es am Telefon ab. Irgendetwas hat ihn beschäftigt. Er wollte ... reden.«

Er sprach ganz langsam, betonte jedes Wort einzeln, wie Steine, die man in einen Tümpel fallen ließ und deren Kreise man betrachtete, die sie auf der Oberfläche hinterließen.

»Ich war gerade im Supermarkt, mit einer ellenlangen Einkaufsliste in der Hand«, fuhr er fort. »Ich hatte versucht, etwas Glutenfreies zu finden, weil Pam sich neuerdings glutenfrei ernährt und die Zutaten auf den Etiketten so klein gedruckt sind, dass man sie kaum entziffern kann. Außerdem hatte ich den ganzen Morgen den Porsche-Club an der Strippe gehabt, weil der neue Vorsitzende so ein Idiot ist und ... jedenfalls war ich zu beschäftigt, Kate, um mit meinem Sohn zu reden. Ich hätte mich wie sein Vater verhalten müssen ... Stattdessen habe ich mich wie mein eigener aufgeführt.«

Sei ein Mann, dachte Kate.

»Das ist nicht deine Schuld, Fisher«, sagte sie. »Und meine auch nicht. Du hast selbst gesagt, dass er Freunde hatte, Kollegen, Pam. Er hatte Menschen, an die er sich hätte wenden können. Aber er hat es nicht getan. Es war seine Entscheidung. Deshalb kann uns keiner einen Vorwurf daraus machen.«

Mit dem Ärmel wischte Fisher sich die Augen trocken. »Er hatte großes Glück, dich zu haben, Kate.«

»Er hatte großes Glück, uns beide zu haben«, erwiderte sie.

Er schob die Hände in die Jackentaschen und wandte sich zu seinem Zimmer um. »Bist du bereit, morgen früh zurückzufahren?«

»Ich begleite dich auf der Fähre und zum Bahnhof in Geelong, möchte aber selbst noch ein, zwei Tage bleiben.«

»Bist du sicher, das ist die richtige Entscheidung?«

»Marcus hat etwas erwähnt, dem ich auf den Grund gehen will. Erinnerst du dich an das Post-it im Ferienhaus? S. Hallston, 14 Uhr? Tja, inzwischen weiß ich, dass S. Hallston keine Person, sondern ein Ort ist.«

Noch war ihre Jagd auf Johns Geist nicht zu Ende.

24

– Die Frau –

Abby wurde in einen kleinen, kahlen, fensterlosen Raum der Belport Police Station geführt. An der Decke brannte eine einzelne Glühbirne in einem kleinen Metallgehäuse. In der Mitte stand ein Edelstahltisch mit zwei Plastikstühlen auf jeder Seite. Sie setzte sich und wartete.

Zwanzig Minuten später wurde Ray hereingeführt. Er sah fürchterlich aus, stank nach nassem Hund und dreckigen Kleidern. Er trug ein ausgebleichtes graues T-Shirt und eine weite Jogginghose – dieselben Sachen wie bei seiner Verhaftung, nur Socken und blaue Papierslippers anstelle seiner Schuhe, was ihm etwas beinahe Schrulliges verlieh. Seine Augen waren glasig wie eine Fensterscheibe im prasselnden Regen.

Er setzte sich gegenüber von ihr und runzelte die Stirn. »Hi, Babe.«

»Geht es dir gut?«

Er zuckte die Achseln. »Ich habe gerade mit dem Anwalt gesprochen. Bob. Er meinte, die werden mich bald verlegen. Noch vor dem Prozess. Er will sich nächste

Woche mit dir treffen und alles durchsprechen, deshalb habe ich ihm deine Nummer gegeben.«

Sie bemühte sich, seinen Worten zu lauschen, sie aufzunehmen, doch es gelang ihr nicht. Das hier konnte unmöglich ihrer beider Leben sein. Stattdessen war es, als schildere er die tragische Geschichte, die er von einem Freund eines Freundes über eine Familie gehört hatte, deren Leben komplett aus den Fugen geraten war.

Sie legte die Hand mit der Handfläche nach oben auf die Tischplatte und wartete, dass Ray sie ergriff. Er tat es nicht.

»Wie geht's den Kindern?«, fragte er.

»Sie sind verwirrt und wütend, wenn auch nicht unbedingt in dieser Reihenfolge«, antwortete sie.

Er zögerte, schien nicht sicher zu sein, ob er die nächste Frage stellen sollte, dann tat er es doch. »Und wie geht's dir?«

»Verwirrt und wütend, wenn auch nicht unbedingt in dieser Reihenfolge.« Sie hielt inne. »Ich habe überlegt, ob ich mich bei dir entschuldigen sollte. Weil ich dir nachspioniert und deine Sachen aus der Mülltonne gezogen habe. Und vor allem, weil ich dich verdächtigt habe.«

»Ich habe es selbst an die Wand gefahren.«

»Allerdings. All die Dinge tun mir tatsächlich leid, Ray, aber was du getan hast, ist so viel schlimmer. Was du getan hast, ist zu schlimm, um es begreifen zu können und …«

»Was?«

»Womöglich auch zu schlimm, um es zu verzeihen, Ray.«

Er senkte den Kopf und blickte auf seine Finger. An seinem Ringfinger, wo sonst sein Ehering gesteckt hatte, war ein weißer Rand zu sehen. Die Polizei hatte ihn ihm abgenommen. Sie malte sich aus, wie er eines Tages, wenn all das hinter ihnen lag, einen kleinen braunen Umschlag entgegennahm, in dem dieser Ring läge. Er würde ihn herausnehmen, sein Gewicht in der Handfläche wiegen und ihn dann wieder anstecken.

Wird er dann noch passen? Und wann wird das sein? In zehn Jahren? Zwanzig? Fünfzig?

»Weißt du, was mich echt ankotzt?«, sagte Abby. »Es kotzt mich an, dass ich dich trotzdem liebe. Sogar über verdammt noch mal alles.«

»Und ich liebe dich auch über verdammt noch mal alles«, erwiderte er.

Sie sahen einander an. Abby verspürte eine unendliche, hilflose Sehnsucht aus den Tiefen ihres Seins, wie sie sie noch nie empfunden hatte.

»Hören die uns gerade zu?«, fragte sie und suchte mit den Augen die Ecken nach Kameras oder Mikrofonen ab.

»Ist doch egal«, sagte er. »Ich habe ihnen sowieso alles erzählt. Die Wahrheit.«

»Du hast ihnen erzählt, dass du diesen Mann getötet hast«, flüsterte sie.

»Ja.«

Noch nie hatte sie ein einzelnes Wort so ins Mark getroffen, so sehr, dass sie vermutlich zusammengebrochen wäre, hätte sie nicht bereits gesessen.

»Du machst ein Gesicht, als hättest du eine andere Antwort erwartet«, sagte er. »Dabei wusstest du es, Abby. Die ganze Zeit. Wieso überrascht es dich dann jetzt so?«

»Weil ich dich einmal ungeniert während eines Werbespots einer Airline habe weinen sehen, weil ich mitbekommen habe, wie du Lavendelöl ins Badewasser gekippt hast. Weil ich mitangesehen haben, wie du dich über *Die witzigsten Videoclips* halb kaputtgelacht hast. Weil du einfach bist, wie du bist. Weil ich mir trotz allem immer gewünscht habe, du sagst mir, dass ich mich irre. Das war das Einzige, was ich die ganze Zeit wollte.«

Sie schloss die Augen. Heiße, salzige Tränen stiegen in ihr auf, irgendwoher aus den Tiefen ihres Innern, rollten ihr in dicken, unversöhnlichen Rinnsalen übers Gesicht. »Wieso hast du es getan?«

Ray faltete die Hände auf dem Tisch und sah Abby in die Augen.

»Die Zeitschriften, die du gefunden hast«, begann er, ehe er innehielt, als hoffe er darauf, dass die richtigen Worte automatisch über seine Lippen kämen, wenn er sie brauchte, ehe er den Kopf schüttelte und fortfuhr … vielleicht weil er begriff, was Abby längst wusste: dass es die richtigen Worte schlicht nicht gab. »Ich habe mich immer zu Frauen hingezogen gefühlt, deshalb bin ich nicht ... du weißt schon ...«

»Schwul.«

Er nickte. »Diese Magazine waren bloß etwas, das mich neugierig gemacht hatte. Ich schätze, ein Teil von mir hatte immer Angst, ich könnte diese Neigungen in mir haben. Ich meine ... tut mir leid, es ist echt verdammt schwer.«

Unweigerlich kam Abby Bobbis Regenbogenfarben-Analogie wieder in den Sinn.

»Du warst neugierig, wie deine Sexualität geartet ist«, sagte sie. »Das ist doch völlig in Ordnung, Ray. Es ist etwas ganz Normales. Ich glaube nicht, dass jemand ausschließlich hetero oder schwul ist. Aber hast du jemals versucht, die Neugier auch zu befriedigen? Ich rede nicht von einer Handvoll Pornozeitschriften. Das ist doch bloß Recherchematerial. Aber hast du deine Recherchen jemals in die Praxis umgesetzt, wenn man es so ausdrücken will?«

Ray lief rot an. Er schüttelte den Kopf. »Erst als David Stemple kam.«

Beinahe instinktiv lehnte Abby sich auf ihrem Stuhl zurück, als könne sie sich so für das wappnen, was gleich kommen würde.

»Meistens fahre ich über Mittag zum Beech Tree Landing hinunter«, sagte Ray. »Ich parke an der hintersten Rampe, esse mein Schinken-Käse-Sandwich und trinke meinen Kaffee. Manchmal höre ich Radio, aber meistens sitze ich nur da und schaue aufs Wasser. Es ist so friedlich dort. Zumindest war es das früher.«

»Das wusste ich nicht«, meinte Abby. »Wieso kommst du über Mittag nicht nach Hause?«

Er zuckte die Achseln. »Mir ging es eine Zeit lang nicht so gut, Abby. Es hatte nichts mit dir oder den Kindern zu tun. Du, Eddie und Lori, ihr seid mein Ein und Alles, das weißt du. Aber wenn ich in diesem Haus bin, denke ich ununterbrochen an Hypothekenrückzahlungen, an Rechnungen, an die vielen Dinge, die repariert werden sollten, an all die Renovierungen, die wir uns vorgenommen hatten.«

Er schloss die Augen und saß einen Moment lang schweigend da.

»Sobald ich zu Hause bin, denke ich automatisch an die Arbeit, was das Einzige ist, was ich die ganze Zeit tue. Jeden Tag, jede Saison, jedes Jahr, immer arbeite ich bloß, und trotzdem haben wir nie Ersparnisse. Dafür werden die Schulden immer mehr. Natürlich ist mir klar, dass es nun mal so ist im Leben, aber manchmal fühlt es sich an, als würde man versuchen, eine Mauer einzureißen, indem man sie mit rohen Eiern bewirft. Seit ich ein kleiner Junge bin, sehe ich jedes Jahr reiche Touristen auf die Insel kommen. Sie werfen mit ihrem Geld um sich, während wir wie die hungrigen Möwen über ihnen kreisen. Und am Ende dürfen sie, was ich nie konnte, Abby. Sie gehen wieder.«

Er lächelte traurig. »Manchmal stelle ich mir vor, wie die Fähre am alten Terminal anlegt … bei dieser Bruchbude, wo sie früher immer ankam, als ich noch ein Junge war. Es passte gerade mal ein halbes Dutzend Autos drauf, und eine Cafeteria oder einen Wartebereich gab es auch nicht, sondern bloß einen Kaffeeautomaten, ein paar Plastikstühle und das Meer. Mum und ich fuhren vielleicht einmal im Monat aufs Festland, und ich saß dann immer an Bord, ließ die Füße durch die Streben der Reling baumeln und hielt nach Delfinen Ausschau. Neun von zehn Mal habe ich auch welche gesehen. Sehr oft denke ich an die Fähre, wenn ich dort mein Mittagessen esse, stelle mir vor, wie sie anlegt, wie ich sie besteige, wie ich die Insel verlasse und in Richtung Sonnenuntergang davonfahre.«

»Wieso hast du mir nie etwas davon erzählt?«, fragte Abby.

»Ich bitte dich, Abby, ich bin nicht Bobbi oder eine deiner anderen Freundinnen. Männer tun so etwas nicht.«

Die Glühbirne über ihren Köpfen flackerte.

Ray räusperte sich und fuhr fort: »An dem Tag, als es passiert ist, war ich wie immer über Mittag an der Anlegestelle. Da tauchte er auf. David Stemple. Damals kannte ich seinen Namen noch nicht, und ich wusste auch nicht, dass es derselbe war, der angerufen hatte, weil er jemanden suchte, der sich um sein Haus kümmert. Ich wusste bloß, dass er in einem Fünfzigtausend-

Dollar-Wagen herangefahren kam und aussah, als hätte er noch keinen Tag im Leben gearbeitet. Er parkte direkt neben meinem Laster. Da unten gibt es bestimmt fünfzig Plätze, und kein einziger war besetzt, aber er hat sich direkt neben mich gestellt. Rückblickend betrachtet ist das wohl der Code oder so was.«

»Der Code?«

»Er stieg aus, sah zu mir herüber, direkt in die Augen, und nickte. Erst als er kurz vor dem Terminal war und noch mal hersah, dämmerte mir, was er von mir wollte. Erst da fiel mir wieder ein, was die Leute über den Terminal gesagt haben.«

Abby erinnerte sich an Rays Erwiderung, als sie ihm von dem Gerücht erzählt hatte, der einstige Terminal sei ein Schwulentreff. Er hatte abgewinkt und von dem Krokodil im Blue Lake, dem angeblichen Drogenumschlagplatz beim Leuchtturm und der kinderfressenden Zwergenfamilie im Salzmarsch angefangen. *Hier gibt es mehr Gerüchte als Sand am Meer, aber keines davon stimmt*, hatte er gesagt.

»Ich kann noch nicht einmal genau sagen, wieso ich ihm in den Terminal gefolgt bin«, fuhr Ray fort. »Aber ich hab's getan. Als ich reinkam, drückte er sich in der Ecke herum. Er sagte kein Wort, und ich genauso wenig. Es war, als hätte ein Urinstinkt plötzlich die Kontrolle über mich übernommen. Ich ging zu ihm hinüber. Er …«

»Was?«

»Er hat mich angefasst, und ein paar Sekunden lang fühlte es sich richtig an. Aber dann auf einmal nicht mehr. Er trug einen Ehering, und ich dachte daran, was ich hier eigentlich tue und was ich dadurch verlieren könnte. Ich habe an dich gedacht, Ab.«

»Und was ist dann passiert?«

»An die Details kann ich mich nicht mehr genau erinnern, sondern ich weiß bloß noch, dass ich ihn weggestoßen habe. Anfangs wollte er es nicht akzeptieren, deshalb habe ich fester gestoßen. Er hat sich gewehrt. Da habe ich die Beherrschung verloren. Keine Ahnung, wie ich es sonst erklären soll. Etwas muss in meinem Kopf passiert sein.«

Der Schalter, dachte sie.

»Er muss auf mich losgegangen sein, denn plötzlich habe ich den Backstein gesehen. Da habe ich …«

»Hör auf«, unterbrach Abby. »Den Teil will ich nicht hören.«

Einen Moment lang schwiegen sie. Die Stille schwoll an wie das Heulen einer Luftschutzsirene in der Ferne. Abby sah ihn an, während ihr Verstand verarbeitete, was ihre Ohren wahrgenommen hatten. Unvermittelt löste sich ein einzelnes Wort in ihrem Innern, durchbrach ihr Bewusstsein wie die Schwanzflosse eines Wals die Wasseroberfläche.

Blödsinn.

Sie glaubte ihm kein Wort, und nicht etwa, weil sich ihr Verstand schlicht weigerte, die Wahrheit anzunehmen. Zumindest glaubte sie nicht, dass dies der Grund war. Nein, sie wusste es. Genauso wie sie am Morgen am Fuß des gefällten Eukalyptusbaums gewusst hatte, dass er gelogen hatte, wusste sie es auch jetzt.

»Versprich mir eines«, sagte er.

»Was denn?«

»Überlebt. Du, Lori, Eddie. Versprich es mir.«

»Wenn wir eines in dieser Familie können, dann ist es überleben«, erwiderte sie.

Beim Verlassen des Reviers bemerkte Abby die Frau, der sie im Buy & Bye Zigaretten verkauft hatte. Sie stand in einer schwach erleuchteten Nische neben dem Eingang und schob Münzen in den Geldschlitz eines Süßigkeitenautomaten. Ein kleiner Junge stand neben ihr. Er hatte eine Hand um ihre Jackentasche gekrallt, die andere lag auf der Glasscheibe des Automaten, während er fasziniert all die Süßigkeiten dahinter bestaunte. Er war höchstens fünf oder sechs, hatte tiefschwarzes Haar und ein auffallend bleiches Gesicht.

»Was davon darf ich haben, Mum?«, fragte er kleinlaut.

»Was du willst, Marcus«, antwortete die Frau.

Wie gebannt starrte der Junge wieder in den Automaten, um seine Wahl zu treffen, während sich seine Augen weiteten. Sie waren leuchtend blau. Wie Luminol.

25

– Die Witwe –

Nachdem Kate Fisher am Bahnhof auf dem Festland abgesetzt hatte, fuhr sie weiter auf dem Highway nach South Hallston. Inzwischen saß sie seit fast vier Stunden hinter dem Steuer, doch als der gewaltige Betonkomplex der South Hallston Correctional Facility am Horizont auftauchte, durchströmte sie eine Welle nervöser Energie, die bis in ihre Fingerspitzen zu schwappen schien.

Vor der leuchtend rot gestrichenen Schranke hatte sich eine Fahrzeugschlange gebildet. BESUCHERANMELDUNG 1 stand auf einem Schild über dem gläsernen Wärterhäuschen. Kate reihte sich am Ende der Schlange ein, als hinter ihr ein Motorrad mit übertrieben breitem Lenker heranfuhr. Im Sattel saß eine Frau in einer zerschrammten roten Lederjacke, die Kates Blick im Rückspiegel begegnete und daraufhin mehrmals provokant den Gashebel drehte.

Die Schlange kroch im Schneckentempo vorwärts, da der Ausweis jedes einzelnen Fahrers von einem

Wachmann mit dem Namen auf der Besucherliste abgeglichen werden musste. Kate hatte zwar angerufen und sich angekündigt, trotzdem gab es keine Garantie, dass Ray Gilpin dem Besuch auch zustimmen würde. Vielleicht hatte sie die lange Fahrt völlig umsonst gemacht.

»Guten Tag«, sagte Kate zu dem stämmigen Wachmann mit dem schwarzen kurzärmeligen Uniformhemd und der weißen Baseballkappe mit dem Logo des Gefängnisses über dem Mützenschirm. Hinter ihm glühte ein Heizlüfter.

Kate reichte ihm ihren Ausweis, woraufhin er auf seinen Computerbildschirm blickte und ihn ihr mit einem Nicken zurückgab. »Keine Kopfbedeckung keine Sonnenbrille keine aufreizende Kleidung keine Gangfarben keine unangemessene Ausdrucksweise«, leierte er monoton herunter.

»Kein Problem.«

»Bitte fahren Sie weiter.«

Sie gehorchte. Die schmale Zufahrtsstraße mündete in einen weitläufigen Parkplatz. Minutenlang saß sie im Wagen mit laufendem Motor, den Blick auf das Eingangstor geheftet, und machte sich innerlich bereit für den Spießrutenlauf aus bevorstehenden Sicherheitsüberprüfungen und für den Mann, dem sie hoffentlich danach begegnen würde. Schließlich stieg sie aus und betrat die Vollzugsanstalt. Der Eingangsbereich war überhitzt und stickig, es roch nach Mäusekot und

Männerschweiß. Als Erstes bemerkte sie neben dem Empfangstresen ein Anschlagbrett hinter Plexiglas mit allerlei Broschüren und Flyern, die für Rechtsbeistand, Selbsthilfegruppen und telefonische Anlaufstellen warben. Daneben hing ein handgeschriebenes Schild, auf dem in grünen Großbuchstaben stand:

DIE VORSTELLUNG, MORGEN WIEDER MIT IHM ZUSAMMEN ZU SEIN, LÄSST MICH DEN HEUTIGEN TAG ÜBERSTEHEN.
ALTES KNASTWITWEN-SPRICHWORT

Kate zeigte ihren Ausweis dem geradezu übernatürlich bleichen Wärter hinter dem Empfangstresen, woraufhin er sie in den angrenzenden Raum mit einem Metalldetektor winkte. Danach kam der Spürhund-Check, gefolgt von einer Leibesvisitation durch eine Vollzugsbeamtin – »Haare zurück, Mund auf« –, dann hatte sie sich den Besucherpass der Justizvollzuganstalt South Hallston offiziell verdient und durfte ihn sich in einer Plastikhülle um den Hals hängen.

Durch eine schwere Glastür betrat sie den Besucherraum, dessen Ausstattung samt und sonders im Boden verschraubt war: Tische, Stühle und sogar die Getränke- und Snackautomaten. Die Wände waren in soften Rosé- und Blautönen gestrichen, um die Insassen glauben zu lassen, sie säßen in einer Kinderkrippe statt in einem Gefängnis ein. Sie entschied sich für einen freien Tisch an der hinteren Wand und lauschte den

Gesprächen der Insassen und ihrer Besucher. Die allgemeine Stimmung im Raum erinnerte beinahe an ihre gespannte Erregung an dem Tag am Flughafen.

Wenig später betrat ein Mann den Besucherraum und sah sich suchend um. Kate war die Einzige, die allein am Tisch saß. Etwas flackerte in seinen Augen auf, als er sie erblickte – womöglich hatte er sie wiedererkannt, beschwören konnte sie es nicht. Sie winkte ihm kurz zu. Beim Anblick seines schwankenden Gangs musste sie unwillkürlich an ein altes Boot denken, das unbemannt auf See trieb.

Er musste in den Sechzigern sein, wirkte jedoch wesentlich älter. Er trug eine Hose und ein Hemd aus dickem Jeansstoff und schnürsenkellose Arbeitsstiefel. Tiefe Furchen gruben sich in seine Stirn, und entweder war er im Lauf der Jahre kahl geworden, oder er hatte sich den Schädel rasiert, oder es traf beides zu. Er war spindeldürr, mit erschlaffter, gräulicher Haut, die wie ein Truthahnhals lose von seinem Kiefer hing. Einst vermutlich ein stattlicher Mann bewegte er sich nun mit eingesunkenen Schultern und schleppenden Schritten.

Er bedachte Kate mit einem argwöhnischen Blick.

»Sind Sie Ray Gilpin?«, fragte sie.

»Ja.«

»Danke, dass Sie bereit waren, sich mit mir zu treffen.«

Er zuckte die Achseln. »Es ist ja nicht so, dass ich wegen Ihnen hätte Termine verschieben müssen.«

Er setzte sich und ließ den Blick über die anderen Insassen und ihre Besucher schweifen, deren leise Stimmen den Raum erfüllten.

»Und Ihr Name war Kate?«, fragte er.

»Kate Keddie«, antwortete sie. »Ich glaube, mein Mann hat Sie kürzlich besucht. Den genauen Tag weiß ich nicht, aber es muss irgendwann in den letzten zwei Wochen gewesen sein.«

Er schüttelte den Kopf, was die schlaffen Hautlappen an seinem Kinn schwabbeln ließ.

»Sind Sie sicher?«, fragte Kate.

»Absolut. War's das?«

»Darf ich Ihnen ein Foto von ihm zeigen? Vielleicht hilft das ja Ihrem Gedächtnis auf die Sprünge.«

»Meinem Gedächtnis muss nicht auf die Sprünge geholfen werden. Ich kann meine Besucher an einer Hand abzählen.« Er hob seine Rechte zum Pfadfindergruß, allerdings nur mit zwei Fingern. »Und wie man sieht, brauche ich noch nicht mal die ganze dafür.«

Mehr als einmal hatten Kate auf der langen Fahrt Zweifel beschlichen – schließlich war es eine beachtliche Strecke für eine Kritzelei auf einem Post-it –, so wie auch jetzt. Doch sie hatte ihren Kokon aufgebrochen und war als neuer – stärkerer – Mensch aus ihm hervorgekommen. »Ich weiß, dass er Sie hier besucht hat«, fuhr sie kühl fort. »Ich weiß bloß nicht, warum. Sie können es mir entweder sagen, oder aber ich gehe wieder. Aber in diesem Fall führt mich der nächste Weg direkt zur Polizei, die dann ohne großen Aufwand Einsicht in die Besucherprotokolle nimmt. Dann können Sie gerne mit denen reden.«

»Die Polizei?«

»Mein Mann ist tot«, sagte Kate. »John wurde vor ein paar Tagen auf Belport Island ermordet.«

Ray zuckte zusammen und versteifte sich. »Ich hatte keine Ahnung ...« Er sah an ihr vorbei ins Leere. »Wie?«

»Jemand hat ihn zum Beech Tree Landing gelockt«, sagte sie. »Dann hat man ihm die Kehle aufgeschlitzt. Nur ein paar Meter von der Stelle entfernt, wo auch David Stemple getötet wurde.«

Er sah ihr in die Augen. »Großer Gott. Das tut mir leid.« Es klang aufrichtig.

»Er war hier bei Ihnen, hab ich recht?«, sagte Kate.

Einen Moment lang herrschte Stille, während Kate ihn angespannt musterte, doch dann wurden seine Züge völlig unerwartet weich. Er nickte und wandte den Blick neuerlich ab.

»Wieso haben Sie ...«

»Mrs Keddie«, unterbrach er, »was Sie gerade durchmachen, tut mir sehr leid, aber von mir können Sie sich keine großen Enthüllungen erwarten. Ich habe ihn seit Jahren nicht mehr gesehen.«

»Nicht *mehr* gesehen? Das heißt, Sie kannten ihn?«

Ray machte ein Gesicht, als hätte er soeben versehentlich eine Überraschungsparty gesprengt. »Er war ein regelmäßiger Sommergast auf der Insel«, fuhr er hörbar vorsichtiger fort. »Ich habe viele der Ferienhäuser betreut, deshalb kannte ich die meisten Kids. Zumindest vom Sehen.«

Kurz war Kate versucht nachzuhaken, doch sie sah ihm an, dass er wieder dichtmachte, deshalb musste sie auf den Punkt kommen, bevor es zu spät war. »Wieso hat John Sie hier besucht?«

Er spreizte seine Finger auf der Tischplatte und starrte auf sie hinab, wich ihrem Blick aus. »Um mir zu sagen, dass David Stemples Witwe gestorben war.«

»Annabel«, sagte Kate.

»Sie war jünger als ich, litt aber unter irgendeiner Lungenerkrankung, ich weiß nicht mehr, wie sie genau hieß.«

»Aber weshalb sollte er das tun?«

»Eine Zeit lang war ich mir auch nicht so sicher«, gestand er. »Erst nachdem er weg war, bin ich draufgekommen. Ich glaube, er wollte mich wissen lassen, dass sie nun von ihren Schmerzen erlöst war. Nicht nur von denen ihrer Krankheit, sondern auch von dem … Schmerz, den ich ihr zugefügt habe.«

»John wusste irgendetwas über den Mord, stimmt's?«

Rays Blick schweifte zu dem Tisch neben ihnen. Kate erkannte die Motorradfahrerin, die ihr auf ihrer affigen Maschine vom Highway bis zum Tor gefolgt war. Sie hatte einen dichten Schopf eisgrauer Haare, die ihr über eine Schulter hingen, und saß einem stämmigen

Insassen gegenüber, der die Ellbogen auf der Tischplatte abstützte und die Hände der Frau fest umfangen hielt. Beide waren mitten in der Unterhaltung verstummt und starrten zu Kate herüber.

Sie senkte die Stimme. »Er hatte Informationen über David Stemple. Entweder hat er etwas beobachtet oder wusste etwas über die Tat.«

»Wie kommen Sie darauf?«

Johns nächtliche Albträume kamen ihr wieder in den Sinn, sein geheimnisvoller »Besucher«, der ihn heimgesucht hatte. »Das spielt jetzt keine Rolle. Aber genau so war es, richtig?«

Er schloss die Augen, nahm die Hände vom Tisch und legte sie in seinen Schoß. Inzwischen hatte die grauhaarige Bikerin am Nebentisch leise zu weinen begonnen, als sie sich von dem stämmigen Insassen verabschiedete. Mit gerunzelter Stirn beobachtete Ray die beiden einen Moment, ehe er sich wieder Kate zuwandte.

»Ich war früher nie ein Bücherwurm«, sagte er. »Aber seit ich hier bin, lese ich viel. Man hat schließlich sonst nicht viel zu tun, und die Bibliothek ist nicht gerade gut sortiert. Mit Tolstoi habe ich es versucht, bin aber nicht reingekommen. Vonnegut und Salinger fand ich ziemlich gut. Und auch Jane Austen habe ich gelesen – das hätten Sie nicht gedacht, jede Wette.«

Kate erwiderte nichts.

»Jedenfalls habe ich mich ein bisschen in die griechische Mythologie eingelesen. Haben Sie schon mal von Orpheus gehört?«

Kate schüttelte den Kopf.

»Der Sage nach ist Orpheus mit einer bildschönen Frau namens Eurydike verheiratet, doch sie wird von einer Schlange gebissen und stirbt daran, deshalb steigt Orpheus in die Unterwelt, um sie zu retten. Hades, der Gott der Unterwelt, gewährt ihm seine Bitte, Eurydike ins Reich der Lebenden zurückzubringen. Aber nur unter einer Bedingung, nämlich dass Orpheus beim Aufstieg in die Oberwelt vorangehen und sich nicht zu ihr umdrehen darf. Und was macht der Kerl?«

»Er dreht sich um?«, erwiderte Kate.

»Genau. Er dreht sich um, Eurydike wird für immer in die Dunkelheit zurückgerissen und Orpheus von wilden, hungrigen Bestien zerfleischt. Die Geschichte ging mir mächtig an die Nieren. In vierzehn Wochen, drei Tagen, zwei Stunden und« – er sah auf die Uhr an der hinteren Wand – »achtzehn Minuten werde ich auf Bewährung entlassen. Ich habe mehr als zwanzig Jahre gesessen. Soll ich Ihnen verraten, wie ich überlebt habe?«

»Wie?«

»Ich habe aufgehört zurückzublicken. In den ersten Jahren war es unglaublich schwierig, etwas anderes zu tun, aber irgendwann wurde es leichter, und dann habe ich ganz damit aufgehört. Heute denke ich praktisch überhaupt nicht mehr an die Vergangenheit. Kann sein, dass es eine Art Flucht aus der Realität ist, aber mir hat es geholfen, heute hier zu sein, mehr oder weniger heil. Deshalb spielt es keine Rolle, wie man es nennt.«

»Und was hat das mit John zu tun?«

»Als John herkam, um mir von Annabel Stemples Tod zu erzählen, habe ich ihm genau dasselbe gesagt wie Ihnen: Ich habe schon vor langer Zeit aufgehört zurückzublicken. Und deshalb sollte er es auch nicht tun.«

Ohne ein weiteres Wort erhob er sich und ging.

26

– Die Frau –

»Ich kann in diesem Haus nicht bleiben«, sagte Lori. Als Abby nach Hause gekommen war, hatte sie ihre Tochter mit gepacktem Koffer auf der untersten Stufe sitzend vorgefunden, ganz in Schwarz gekleidet: zerrissene schwarze Jeans, ein weites schwarzes T-Shirt, zerschrammte, ausgelatschte Doc Martens. Ihr Haar hatte sie zu einem straffen Zopf zusammengenommen, ihr Gesicht war so weich und weiß wie frisch gefallener Schnee. Abbys Gesicht hingegen sah eher wie ein Matschfeld aus, niedergetrampelt von dreckigen Stiefeln und Regen, grau, verquollen und schmerzerfüllt.

»Tja, wenn du nicht gerade dein Taschengeld gespart hast und dich in einer Suite im Blue Whale einquartieren kannst, wird dir nicht viel anderes übrig bleiben. Los, geh hoch und pack wieder aus.«

»Ich habe Bobbi angerufen«, fuhr Lori fort. »Sie und Maggie haben gesagt, ich könnte für eine Weile zu ihnen kommen. Ein paar Tage oder vielleicht eine Woche.«

»Nein.«

»Mum.«

»Das steht nicht zur Diskussion.«

»Ich kann aber nicht in diesem Haus bleiben – es macht mir Angst!«, schnauzte Lori sie an. Eine einzelne schwarze Mascara-Schliere lief ihr über die linke Wange. »Ich habe Angst. Vor dem, was die Leute über uns denken. Was sie reden. Vor der Polizei. Ich habe Angst vor … Dad. Ich versuche, dir gerade klarzumachen, dass es mir nicht gut geht, Mum.«

Abby streckte die Arme nach ihrer Tochter aus, doch Lori wich zurück.

»Ich will keine Umarmung.«

»Was willst du dann?«

»Das weiß ich nicht, verdammte Scheiße!«, schrie Lori. »Ich will das alles nicht. Das alles hier. Ich will einen Dad, der nicht … ich … ich will, dass mich jemand zu Bobbi fährt.«

Abby sah ihre Tochter an, eine erwachsene Frau mit den Augen eines kleinen Mädchens. »Schaff deinen Koffer in den Wagen.«

»Echt?«

»Echt.«

Verblüfft über diesen raschen Sieg strich Lori sich eine lose Strähne aus dem Gesicht und wischte sich die Tränen ab.

»Wo ist dein Bruder?«, fragte Abby.

»Hinten im Garten. Igelt sich ein.«

»Was meinst du damit?«

»Geh raus und sieh es dir selbst an.«

Abby trat ans Fenster und spähte hinaus. In der hintersten linken Ecke des Grundstücks, eingezwängt zwischen einer Kasuarine und dem Gartenzaun, stand Eddies altes Spielhaus – in Wahrheit eher eine Art provisorischer Anbau mit einem Stück Wellblech als Dach, einem Streifen Teppichboden und einer Handvoll Plastikkisten als Mobiliar.

Eddie benutzte das Spielhaus schon seit seinem dreizehnten Lebensjahr nicht mehr, und Ray hatte es abreißen wollen – es sei ein Schandfleck, meinte er. Abby konnte dem nur zustimmen, aber gleichzeitig war es ein letztes Relikt aus Eddies Kindheit, und Abby hatte sich nicht durchringen können, sich davon zu verabschieden. Und Eddie offenbar auch nicht, wie sich jetzt herausstellte. Er saß in Strümpfen auf einer der Kisten, in der Hand ein *X-Men*-Comic.

Abby ging in den Garten.

»Darf ich mich zu dir setzen?«, fragte sie.

Eddie sah auf, zuckte kurz die Achseln und widmete sich wieder seinem Comicbuch. Schimmelgeruch stieg Abby in die Nase, als sie sich auf einer der Kisten niederließ.

»Hast du Dad gesehen?«, fragte Eddie.

»Ja. Es geht ihm gut. Er vermisst dich und Lori.«

»Kommt er bald nach Hause?«

»Ich weiß es nicht, Eddie, aber ich glaube nicht.«

»Er hat dem Mann nicht wehgetan, Mum. Alle behaupten das, aber er hat es nicht getan. Das würde er nie tun.«

»Dein Vater hat ein Geständnis abgelegt.«

»Er lügt.«

»Ich weiß, dass das sehr schwer ist, aber wir müssen jetzt …«

»Wieso konntest du es nicht einfach gut sein lassen?«

»Eddie.«

Er starrte sie finster an. »Es ist alles deine Schuld.«

Von irgendwo jenseits des Gartens hörte sie die Brandung ans Ufer donnern. Alles löste sich auf, zerbröckelte, zerfiel – die Ordnung, die Gewissheit, die Kontrolle. Sie war hundemüde, fühlte sich elend. »Das ist nicht fair.«

Aber es war auch nicht gelogen.

Eddie stand auf und knallte mit einer scheinbar aus dem Nichts aufflammenden Wut sein Comicbuch gegen den Stamm der Kasuarine. Es prallte vom Holz ab und landete mit dem Gesicht nach unten auf dem Boden, die Seiten aufgeschlagen und aufgefächert wie die Flügel eines toten Vogels. Abby zuckte zusammen. Für eine kurze Sekunde sah sie Rays Gesicht in Eddies Zügen aufflackern.

Was hast du uns bloß hinterlassen, Ray?, dachte sie.

Die Fahrt zu Bobbi verlief schweigend. Lori zog die Beine auf dem Sitz an, schlang die Arme um die Knie und starrte aus dem Fenster. Die Insel sah anders aus als sonst, düsterer und unheilvoller. Die Schatten zwischen den Bäumen am Straßenrand wirkten noch dunkler, die leerstehenden Häuser dahinter noch geheimnisvoller. Selbst Deepwater Living, der vierstöckige Apartmentkomplex, in dem Bobbi wohnte und den Abby Hunderte Male betreten hatte, wirkte mit seinem Wirrwarr aus Balkonen und Regenrinnen feindselig und surreal, wie Treppen, die ins Nichts führten. Sein Anblick erinnerte Abby an das Winchester Mystery House, ein riesiges Hundertsechzig-Zimmer-Anwesen in Kalifornien, das die Witwe des Gewehrfabrikanten angeblich wie ein Labyrinth hatte anlegen lassen, aus Angst, von den Geistern jener heimgesucht zu werden, die durch Winchester-Gewehre getötet worden waren.

Bobbi erwartete sie am Tor und zog Lori in eine Umarmung.

»Geh schon hoch«, sagte sie. »Maggie richtet gerade einen Schlafplatz für dich her.«

»Danke, Bobbi«, sagte Lori und wandte sich Abby zu. Sie umarmte ihre Mutter flüchtig, dann trat sie durch das Tor und ging die Treppe hinauf zum Apartment.

Einen Moment lang standen Abby und Bobbi schweigend da.

»Alles in Ordnung mit dir?«, fragte Bobbi.

»Bobbi, was ich gesagt habe … ich war komplett von der Rolle, und es …«

»Alles okay«, unterbrach Bobbi. »Wie immer.«

»Versprochen?«

»Versprochen«, antwortete Bobbi. »Willst du hochkommen?«

»Ich sollte nach Hause zu Eddie fahren«, sagte Abby. »Aber danke, dass du dich um Lori kümmerst. Ruf einfach an, wenn sie anfängt, dich in den Wahnsinn zu treiben.«

Abby zögerte. Sie blickte zu ihrem Wagen auf der anderen Straßenseite und seufzte. »Was soll ich jetzt machen, Bobbi?«

»Einfach weitermachen«, sagte sie. »Du isst, du nimmst ein Bad, du rasierst dir die Beine, und du siehst nach vorn. Schuldgefühle, Angst, Kummer, all das ist wie Moos, Abby. Wenn du zu lange stillstehst, fängt es an zu wachsen und hört erst wieder auf, wenn es dich unter sich begraben hat.«

»Essen, ein Bad nehmen, die Beine rasieren«, wiederholte Abby. »Überleben.«

Es wurde dunkel. Abby ging nach oben in Eddies Zimmer, um ihn zu fragen, ob er Hunger hatte, doch er wollte die Tür nicht aufmachen. Also ging sie wieder nach unten, holte ein Fertiggericht aus der Gefriertruhe und schenkte sich Rotwein in das größte Glas ein, das sie finden konnte. Es war eiskalt im Haus, deshalb machte sie Feuer und starrte in die Flammen. In der erdrückenden Stille des Hauses war es allzu leicht, sich vorzustellen, wie eine gewaltige Welle aus dem Meer aufstieg und über die Insel niederging und dabei all ihre Fehler der Vergangenheit mit sich riss. Die Ereignisse der vergangenen Tage flackerten vor ihrem geistigen Auge auf, wie Sonnenstrahlen, die durch Blätter fielen.

Verzweifelt versuchte sie, sich nicht im Geflecht aus trüben Gedanken zu verheddern, kämpfte gegen die Einsamkeit und die Verlorenheit an, die sie zu übermannen drohten. Das Luminol auf Rays Kleidern. Die beiden eng umschlungenen Männer auf dem Cover des Männermagazins. Der Fährterminal. Rays Geständnis. *Rays Geständnis.* Dies war der Gedanke, der sie umfasste, sie umschlang wie die gierigen Tentakel eines glitschigen Ungeheuers aus den Tiefen des Meeres.

Zack!

Auf einen Schlag war es dunkel im Haus, jegliche Geräusche verstummten – keine summende Dielenlampe, kein Brummen des Kühlschranks, lediglich das Knistern der Flammen und das Sirren der Insekten draußen. Einen Moment lang saß sie in der Finsternis, dann erhob sie sich und trat ans Fenster. Um diese Jahreszeit waren Stromausfälle bei schlechtem Wetter nicht weiter ungewöhnlich, doch es war ein klarer Abend, und die Lichter in Dorothys und Terrys Cottage am Fuß des Hügels brannten.

»Ist alles in Ordnung bei dir da oben, Eddie?«, rief sie.

Sie hörte, wie seine Tür geöffnet und wieder geschlossen wurde, gefolgt von Schritten, dann zeichnete sich seine Silhouette am oberen Treppenabsatz ab. »Was ist passiert?«

»Der Strom ist ausgefallen«, antwortete sie. »Ich sehe mal im Sicherungskasten nach. Du bleibst hier.«

Sie tastete sich in die Diele und den Korridor entlang und öffnete die Haustür. Kalte Luft schlug ihr entgegen. Dass die Milt Street verlassen aussah, war nichts Neues, heute jedoch schien es zu viele Schatten zu geben, zu viele Nischen und Ecken, hinter denen man sich verstecken konnte. Sie fühlte sich beobachtet. Der Sicherungskasten befand sich unter einem schmalen Vordach an der einen Hausseite, höchstens ein Dutzend Schritte von der Tür entfernt. Nur fühlte es sich viel weiter an.

Mit der Stiftlampe, die neben der Tür hing, in der Hand trat sie von der Veranda ins nasse Gras und richtete den geradezu lächerlich dünnen Strahl um sich herum, doch statt den Weg zu erhellen, ließ er die Dunkelheit nur noch tiefer erscheinen.

Wenige Meter vor dem Sicherungskasten blieb sie abrupt stehen.

Das weiße Holztürchen stand offen. Jemand hatte den Riegel zurückgeschoben.

In diesem Moment machte sie eine große, schlanke Gestalt am Rand des Lichtkegels der Stiftlampe aus. Sie stand vollkommen reglos da. Beobachtete sie.

»Wer ist da?«, fragte Abby und bemühte sich um einen forschen Tonfall. »Was wollen Sie?«

Keine Antwort. Die Gestalt verharrte reglos. Einen Moment lang fürchtete sie, David Stemples Geist sei gekommen, um sie kalt lächelnd zu verhöhnen, um blutige Rache zu nehmen. Wer auch immer dort stehen mochte, war gut über ein Meter achtzig groß, breitschultrig und mit einem Mantel bekleidet, dessen Ärmel im Wind flatterten.

»Ich kann Sie sehen!«, rief sie. »Wer sind Sie?«

Wieder keine Antwort.

Wenn sie wegliefe, würde der Kerl sie zweifellos verfolgen. Stattdessen nahm sie all ihren Mut zusammen, trat einen entschlossenen Schritt vor und richtete den dünnen Strahl der Stiftlampe auf ihn.

»Verdammt«, entfuhr es ihr.

Die Gestalt war der alte Sonnenschirm. Sie hatte völlig vergessen, dass sie ihn im Winter immer dort aufbewahrten. Sie sank nach vorn, stützte die Hände auf den Knien ab und atmete tief durch. Es war zwar kein Killer hier, der es auf sie abgesehen hatte, trotzdem stand der Sicherungskasten sperrangelweit offen. Zumindest das hatte sie sich nicht eingebildet.

Mit zügigen Schritten ging sie darauf zu und richtete die Stiftlampe darauf. Der Hauptschalter war umgelegt. Sie schob ihn wieder hoch, woraufhin im Haus die Lichter angingen und die ungepflegten Beete auf dieser Seite des Hauses erhellten. Abby ließ den Blick umherschweifen, halb in der Erwartung, den Eindringling im schwarzen Mantel mit einem gezückten Messer im Halbschatten lauern zu sehen. Stattdessen erblickte sie einen Jungen zwischen den Sträuchern.

»Großer Gott«, stieß sie hervor.

Der Junge starrte sie wortlos an. Er war fünfzehn, höchstens sechzehn, ein hübscher Kerl mit feinen Gesichtszügen und schwarzem, aus dem Gesicht gegeltem Haar, wie man es neuerdings häufig sah, und trug Jeans und eine hellblaue Windjacke. Er zitterte am ganzen Leib.

»Bitte entschuldigen Sie«, sagte er. »Ich wollte nicht die Haustür benutzen, für den Fall, dass die Polizei das Haus überwacht, aber ich muss mit Ihnen reden.«

»Wer bist du?«

Er trat vor, in das gedämpfte Licht, das durch das Wohnzimmerfenster fiel.

»John Keddie«, sagte er. »Erinnern Sie sich an mich?«

27

– Die Witwe –

Kate lenkte den Wagen über die Fahrzeugrampe in den Bauch der zweitletzten Fähre an diesem Tag, die sie vom Festland zurück auf die Insel bringen würde.

Den Großteil der Überfahrt blieb sie im Freien, auf dem so genannten Sonnendeck, was bei dem Wetter die blanke Ironie war. Die behandschuhten Finger fest um die Reling gekrallt sah sie zu, wie Belport Island mit jeder Minute näher kam. Die Fähre pflügte sich durch die raue See, erhob sich abwechselnd aus den heftigen Wellen und knallte mit voller Wucht wieder hinein.

Die frische Luft half, ihren Kopf durchzupusten. Sie hatte eindeutig zu viel Zeit im Wagen verbracht.

Auf der Rückfahrt von der South Hallston Correctional Facility hatte sie intensiv nachgedacht, vor allem über zu Hause. Über Mia. Sie vermisste ihr kleines Mädchen. Obwohl erst wenige Tage vergangen waren, seit sie sie zuletzt gesehen hatte, und keine Wochen oder gar Monate, blutete ihr das Herz, sobald sie an sie dachte.

Selbst jetzt, auf dem Sonnendeck, fragte sie sich, ob es die richtige Entscheidung gewesen war, nach Belport zurückzukehren. Tief im Innern wusste sie, dass sie im Grunde keine Wahl hatte – sie musste herausfinden, was mit John passiert war. Wie könnte sie sonst, mit all den quälenden Fragen im Hinterkopf, zu Mia zurückkehren und gemeinsam mit ihr so etwas wie ein normales Leben aufbauen?

Dennoch war das Bedürfnis, die Ausfahrt nach Melbourne zu nehmen, gewaltig gewesen. Hätte sie es getan, wäre sie jetzt fast zu Hause.

Ihre Sachen lagen immer noch in dem Zimmer im Blue Whale. Dennoch: Es wäre ein Leichtes gewesen, telefonisch auszuchecken, den Zimmerschlüssel in einen Umschlag zu packen und sich ihre Kleider vom Personal nach Hause schicken zu lassen.

Und dann müsste sie nur einen guten Immobilienmakler beauftragen, das Ferienhaus zu verkaufen, und bräuchte nie wieder einen Fuß auf die Insel zu setzen … es müsste noch nicht mal ein besonders ausgefuchster Makler sein, verdammt noch mal. Jeder Idiot konnte eine Immobilie auf Belport Island verkaufen. Das Haus musste allenfalls gelüftet und sauber gemacht werden, vielleicht müsste ein Maler mit dem Pinsel über die Wände gehen, dann …

Unvermittelt kam Kate ein Gedanke. Ray hatte doch gesagt, er hätte früher Häuser auf der Insel betreut. Sie erinnerte sich daran, wie sie im Wohnzimmer gestanden hatte – das dreiteilige Sofa, der blaue Flauschteppich, von dem aus Mia so gern ferngesehen hatte, die frische Farbe, mit der die rechte Ecke des Raums überstrichen worden war.

Sie hatte mit der Hand über die klebrige Oberfläche gestrichen und sich gefragt, was um alles in der Welt John sich gedacht haben mochte, als er die vielen Namen und Größenmarkierungen an der Wand überpinselt hatte. Und mit einem Schlag kannte sie die Antwort: John hatte sich überhaupt nichts dabei gedacht, weil er gar nicht derjenige gewesen war, der den Pinsel in der Hand gehalten hatte. Genauso wenig hatte er den Alarm ausgelöst.

Der Pick-up mit dem Logo der Hausmeisterfirma auf der anderen Straßenseite kam ihr wieder in den Sinn. Sie zog ihr Handy heraus.

»Island Care?«, fragte Detective Eckman. Kate saß an dem kaffeefleckigen Tisch in dem kleinen Befragungsraum der Belport Police Station mit dem Ausblick auf den asphaltierten Durchgang. »Was hat das denn damit zu tun?«

»Ich habe die Firma überprüft.« Auf der hoffnungslos veralteten Webseite hatte sie gelesen, dass sie auf die Betreuung von Ferienanwesen in der Nebensaison sowie auf die Reparatur von Sturmschäden und Winterdienste aller Art spezialisiert war. Ganz unten auf der Seite waren die Kontaktdaten eines Ed Gilpin angegeben. »In Belport gibt es nicht viele Hausbetreuungsdienste, und ausgerechnet diese leitet ein Mann mit demselben Nachnamen wie der Mörder von David Stemple. Das muss der Pick-up gewesen sein, den ich in der Nähe des Hauses gesehen habe.«

»Ich kann Ihnen nicht ganz folgen.«

Kate erzählte Detective Eckman von dem Nachruf, den sie in der Kassette auf dem Dachboden des Ferienhauses gefunden hatte, von Johns Verbindung zu Annabel Stemple, ihrem Besuch bei Annabels Sohn Marcus und der Fahrt nach South Hallston. Einen Ellbogen auf dem Tisch abgestützt lauschte die Polizistin aufmerksam und kaute ein bisschen fester auf ihrem Bleistift herum, wann immer Kate ein weiteres Detail auspackte. Sie schien erstaunt zu sein.

Tja, du hast John Keddies Witwe unterschätzt, dachte Kate. *Wie alle anderen auch.*

»Ray Gilpins Neffe oder was immer er sein mag, ist in das Haus eingebrochen und hat die Wand im Wohnzimmer überstrichen«, erklärte Kate. »Sein Name muss unter dem gut Dutzend der Kinder gewesen sein, deren Größe jedes Jahr dort markiert worden ist. Ich wusste die ganze Zeit, dass diese übergestrichene Skala wichtig ist. Er und John kannten sich als Jungs, garantiert. Sie müssen etwa im selben Alter gewesen sein.«

Detective Eckman nahm den Bleistift aus dem Mund und betrachtete eingehend ihre Zahnabdrücke im Holz. »Erstens ist er Rays Sohn.«

»Kennen Sie diese Leute etwa?«

»Zweitens: Weshalb sollte er seinen Namen überstreichen?«

»Um seine Verbindung zu John zu verbergen.«

»Sie glauben also, er hat etwas mit Johns Ermordung zu tun?« Detective Eckman legte den Bleistift hin.

»Ich weiß nur, dass es irgendeine Verbindung gibt. Er hat etwas damit zu tun, so wie jeder auf dieser verdammten Insel. Sein Pick-up stand vor unserem Haus. Er hat mir geholfen, die Kassette aufzumachen. Und er hat gesehen, was darin lag.«

»Ich verstehe Sie also richtig, dass wir von der Kassette sprechen, die Sie von einem ausgewiesenen Tatort entfernt haben? So etwas nennt man *Beweismittel*, Mrs Keddie. Ein Beweismittel, das Sie nicht nur kontaminiert, sondern auch der Polizei vorenthalten haben.«

»Ein Beweismittel, das Sie übersehen haben«, erwiderte Kate. »Und das ich in meinem eigenen Haus gefunden habe.«

»Wie gesagt, Ihr Haus ist ein Tatort.«

»Das ist mir durchaus bewusst, Detective. Mein Haus ist ein Tatort und die Leiche meines Mannes Eigentum der australischen Polizei.«

Detective Eckman sank ein Stück tiefer auf ihrem Stuhl. Ihr Kiefer wurde hart und entspannte sich wieder. »Wo ist der Nachruf jetzt?«

»Ich habe ihn nicht mehr«, gestand Kate.

»Wo ist er?«

»Marcus wollte ihn haben, deshalb habe ich ihn ihm gegeben.«

Die Polizistin griff nach ihrem Keramikbecher und nippte an ihrem abgestandenen Kaffee, dann schüttelte sie den Kopf. »Ich will mich nicht mit Ihnen streiten, Mrs Keddie. Ich werde mit Ed und mit Marcus Stemple reden und alles überprüfen, was Sie mir gerade erzählt haben. Aber Sie müssen in Zukunft die Füße stillhalten. Es kann nicht angehen, dass Sie überall auf der Insel herumschnüffeln, als wären wir hier in einer Vorstadt-Polizeiserie. Das verstehen Sie doch, oder?«

»Ich muss irgendetwas tun«, beharrte Kate.

Detective Eckmans Züge wurden weich. »Ich weiß, dass Sie das nicht hören wollen, Mrs Keddie, aber das Beste wäre, Sie würden nach Melbourne zurückfahren. Verbringen Sie etwas Zeit mit Ihrer Tochter. Warten. Überleben. Und dann wieder von vorn.«

Kate lächelte traurig. »Bitte hören Sie auf, mich Mrs Keddie zu nennen. Nennen Sie mich bitte Kate.«

»Barbara«, sagte Detective Eckman. »Aber alle nennen mich Bobbi.«

Detective Eckman hatte recht. Es war höchste Zeit, nach Hause zurückzukehren. Mia brauchte ihre Mutter. Und Kate ihre Tochter. Wenn sie gleich ins Blue Whale fuhr und packte, erreichte sie vielleicht noch die letzte Fähre. Nur eines musste sie noch erledigen.

Sie lenkte den Wagen die Bay Street entlang bis zum

Rummelplatz auf der Promenade und bog dann links ab, die Old Harbour Road entlang, bis die Häuser endeten und die Straße nur noch von Küstensträuchern gesäumt wurde.

Wenig später gelangte sie zum Beech Tree Landing, wohin jemand ihren Ehemann gelockt, ihm die Kehle durchgeschnitten und dann zugesehen hatte, wie sein Wagen mit ihm am Steuer ins Meer gerollt war. Er hatte diese Insel gehasst. Warum hatte er ausgerechnet hier sterben müssen?

Am Anleger gab es etwa dreißig extralange Parkbuchten, die ausreichend Platz für die Bootsanhänger boten. Sie waren alle frei. Kate fuhr diagonal über den Parkplatz und hielt auf dem äußersten an.

Vor ihr ragte ein rundes Dutzend Holzpfeiler aus dem Meer wie spitze Zähne – die Überreste des alten Fährterminals, in dem David Stemple vor all den Jahren zu Tode gekommen war.

Sie blickte aufs Wasser hinaus. *Hier ist es also passiert. Hier wurde ich zur Witwe.* Das letzte Wort traf sie wie ein Schlag in die Magengrube. Sie war Witwe. Schlimmer noch – sie war eine Witwe, die ihren Mann im Grunde nie wirklich gekannt hatte.

Sie riss die Tür auf und stieg aus. Kalter Wind schlug ihr entgegen. Sie ging bis zum Ende der Parkbucht, so weit ans Ufer, dass die Wellen gegen ihre Sneakers schwappten. Und begann zu schreien.

Als sie fertig war, sank sie auf dem nassen Asphalt

auf die Knie und ließ ihren Tränen freien Lauf, gab sich ihrer Trauer hin, heiß, nass und salzig. Sie wünschte, sie könnte sie hier zurücklassen, auf der Insel, doch ihr war klar, dass das nicht ging.

Wäre Kate dreißig Sekunden früher oder später vom Beech Tree Landing losgefahren, wäre alles womöglich ganz anders gekommen. Sie hätte nicht die Kreuzung Old Harbour Road/Elm genau dann erreicht, als Ed Gilpin mit seinem Pick-up vorbeifuhr. Stattdessen wäre sie rechts abgebogen, um zurück zum Motel zu fahren und die letzte Fähre zu erreichen.

Sie bog jedoch nach links ab und folgte Ed weiter ins Innere der Insel.

28

– Die Frau –

Abby setzte den Wasserkessel auf und drückte John auf einen Küchenstuhl; der Junge hatte Gott weiß wie lange dort draußen im Gebüsch herumgelungert. Die Knie seiner Jeans waren schlammverschmiert, Fichtennadeln klebten am Kragen seiner Windjacke, die er ausgezogen und in der Diele auf dem Fußboden neben seinen Schuhen liegen gelassen hatte.

John war schon einmal hier gewesen, ein oder zwei Mal, wie Abby jetzt erst einfiel. Er war einer von Eddies Freunden, die den Sommer hier verbrachten. Während der Hochsaison kamen jede Menge Teenager auf die Insel, die sich hier zu Cliquen zusammenfanden, deshalb war es schwierig, den Überblick zu behalten; außerdem stach John nicht mehr heraus als alle anderen.

»Könnte sein, dass ich Ihr Blumenbeet zertrampelt habe, als ich über den Zaun geklettert bin«, sagte er. »Ich glaube, es waren Schmucklilien. Bitte entschuldigen Sie. Natürlich werde ich für den Schaden bezahlen.«

Ich werde für den Schaden bezahlen. Abby konnte

sich nicht erinnern, so einen Satz jemals aus dem Mund eines so jungen Menschen gehört zu haben ... genauso wenig wie *Schmucklilien.*

»Du bist über den Zaun in den Garten gekommen?«

Sie stellte ein Glas Wasser vor ihm auf den Tisch, das er mit gierigen Zügen hinunterkippte. Er unterdrückte einen Rülpser und nickte. »Ich bin vom Elk Harbour hergelaufen, aber statt über die Bay Street bin ich die Hat Island Road entlanggegangen und dann durchs Buschland. Ich hatte keine Taschenlampe dabei, aber ich kenne die Wege ziemlich gut, außerdem hat der Mond hell genug geschienen. Ich bin dem Rauschen der Brandung bis zu den Sanddünen gefolgt und dann von hinten in den Garten gekommen.«

»Über meine Schmucklilien.«

»Wie gesagt, es tut mir wirklich leid. Aber ich war sicher, dass die Polizei das Haus überwacht.«

»Das sagtest du bereits«, erwiderte sie. »Wieso darf die Polizei dich denn nicht sehen? Du bist nicht wegen Eddie hier, stimmt's?«

Er fuhr sich mit der Zunge über die Lippen und senkte den Blick. »Nein. Ich ... ich habe in den Nachrichten mitbekommen, dass Mr Gilpin verhaftet wurde. Aber ... aber das ist ein Missverständnis. So war's nicht.«

»So war *was* nicht?«

»So wurde der Mann nicht getötet.«

»Und woher willst du das wissen?«

Er sah auf, dann schweifte sein Blick nach rechts. Eddie stand im Türrahmen. Er weinte. Der Wasserkessel begann durchdringend zu pfeifen. Einen Moment lang stand Abby wie versteinert da, dann drehte sie die Herdplatte ab und wartete, bis das Kreischen verebbte, während sie die beiden Jungen ansah.

»Was machst du denn hier?«, fragte Eddie und wandte sich seiner Mutter zu, als John nicht antwortete. »Was tut er hier?«

»Wir müssen es sagen, Eddie«, erklärte John und starrte wieder auf seine im Schoß verkrallten Hände. Seine Körperhaltung ließ Abby an schmelzenden Schnee denken. »Wir müssen.«

»Mir *was* sagen?«, hakte Abby nach.

»Mum …«, stöhnte Eddie.

Abby schluckte gegen die Panik an, die in ihr aufstieg, ging in die Vorratskammer, um den Instantkakao zu holen, häufte das Pulver in die Tassen und goss heißes Wasser darüber.

»Setz dich, Eddie. Das hört sich an, als hätten wir was zu besprechen.«

Widerstrebend setzte er sich gegenüber von John. Eine Mischung aus Angst, Verbitterung und Trauer erfasste Abby. Ein Teil von ihr – der weitaus größere – wollte nicht hören, was sie zu sagen hatten, denn noch bevor sie überhaupt angefangen hatten, wusste sie bereits, dass es alles verändern würde. Trotzdem brachte sie die beiden Jungen dazu, ihr alles zu erzählen, langsam, umständlich und qualvoll, so als würde man einen Blutegel von der Haut abpfriemeln.

Die Jungen begannen zu reden. Und was sie sagten, klang eindeutig nach der Wahrheit. Sie lauschte, füllte die Lücken, indem sie nachhakte oder aber ihre Fantasie bemühte. Bilder formten sich vor ihrem geistigen Auge. Haut. Wasser. Blut. Sie sah den Tag seinen Lauf nehmen, so klar und deutlich, als sei sie bei ihnen, beobachte das Ganze aus der Ecke …

… des alten Fährterminals. Eine stramme Brise pfiff um das Gebäude, ließ das Gebälk stöhnen wie ein altes, müdes Tier. Staubflocken tanzten in den Sonnenstrahlen, die durch das schmutzige Fenster fielen, tauchte sie in buttrig-gelbliches Licht. Es war später Vormittag. Ein Schultag.

»Ich werde einen Teufel tun und die Nacht hier drinnen verbringen«, sagte John.

Eddie zog ihn mit höhnisch gackernden Lauten auf.

»Sei kein Arsch«, sagte John. »Könntest du nicht bei mir bleiben?«

»Klar«, erwiderte Eddie. »Wir müssen uns bloß eine Ausrede für meine Eltern überlegen. Aber es muss noch nicht mal eine gute sein, weil sie sowieso nichts checken.«

John hatte seinen Eltern bereits eine Lüge aufgetischt – er verbringe die nächsten drei Nächte in einem Schullager. Stattdessen hatte er sich im Morgengrauen aus dem Haus geschlichen, war in den nächsten Zug gestiegen, dann in den Bus und schließlich auf die Fähre. Am späten Vormittag war er in Belport gewesen.

Eddie hatte keine Sekunde überlegen müssen, die Schule zu schwänzen und den Tag mit John zu verbringen. John hatte am Telefon bloß gemeint, er müsse für eine Weile abhauen, aber Eddie war sicher, dass es handfeste Gründe gab, und er glaubte auch zu wissen, welche es waren.

John hatte seinen Schlafsack mitgebracht und vorgehabt, in einem der Geräteschuppen des Campingplatzes am Strand zu übernachten, jedoch hatten sie schnell feststellen müssen, dass sie allesamt mit Ketten und Vorhängeschloss verriegelt und mit einem Schild versehen waren: *Bitte lächeln, über dir hängt eine Kamera!* Zwar hatten sie keine ausmachen können, aber das Risiko war ihnen doch zu groß gewesen, deshalb hatte Eddie den Terminal als Unterschlupf vorgeschlagen.

»Wieso zum Teufel ausgerechnet hier?«, hatte John beim Anblick der versifften Matratze in der Ecke gefragt. Überall auf dem Boden lagen Scherben und lose Backsteine herum, die Wände waren von Graffiti bedeckt. *Gratisschwanz unter dieser Nummer. Judy Bray ist eine beschissene Nutte. Weed ist schwul.* Von einem der Dachbalken hing sogar ein benutztes Kondom. Wie es aussah, hatte es jemand nach dem Gebrauch hinaufgeschleudert.

»Früher war es mal die Hauptanlegestelle auf der

Insel«, antwortete Eddie. »Da war ich noch ein kleines Kind. Aber jetzt gibt es einen neuen Hafen in Elk Harbour.«

»›*Ruf Barry an, wenn du Bock auf den besten Blowjob in Belport hast*‹«, las John laut eines der Graffiti vor.

»Jep, inzwischen ist das hier ein Treff.«

»Ein Treff?«

»Na ja, hier treffen sich die Schwuchteln.«

»Na super«, sagte John. »Damit steht endgültig fest, dass ich nicht hier pennen werde.«

»Wieso kommst du nicht mit zu mir?«, fragte Eddie.

»Weil deine Eltern nur fragen würden, was ich mitten in der Woche hier zu suchen habe. Wahrscheinlich würden sie meine Eltern anrufen, und wenn die erst mitkriegen, wo ich bin, kann ich den Rest meines Lebens in meinem Zimmer verbringen.«

Eddie schob die Hände in die Taschen seines Hoodies und kickte eine leere Bierdose weg, die quer durch den Terminal schoss und mit einem metallischen Knall an die Wand schlug, der im ganzen Terminal widerhallte. Er sah John an und überlegte, ob er fragen sollte. *Wahrscheinlich lieber nicht*, dachte er, tat es aber trotzdem. »Und wieso *bist* du hier?«

»Weil ich komplett durchgedreht und meine Alten mit einer Axt erschlagen hätte, wenn ich auch nur einen Tag länger dortgeblieben wäre«, antwortete John mit einem ironischen Grinsen. »Meine Eltern treiben mich in den Wahnsinn, das ist alles. Dad ist die ganze Zeit bei der Arbeit, und wenn er dann mal zu Hause ist, hockt er vor der Glotze. Wie ein Roboter. Und Mum ist so aufgesetzt, dass ich das Kotzen kriege. Sie labert und labert, wie wichtig es ist, dass ich lerne und einen Platz an einer guten Uni kriege – dabei hat sie selbst es gerade mal auf die Highschool geschafft.«

»Ich kann deine Mum gut leiden. Sie ist echt nett«, meinte Eddie.

Eddie hatte John in den Ferien einige Mal besucht, und Pam war immer freundlich zu ihm gewesen. Sie hatte sogar seine Größe an der Wohnzimmerwand markiert, direkt neben Johns und der seiner Cousins und Cousinen.

»Ja klar, aber das macht sie bloß, weil sie es muss«, erwiderte John. »Weil es in der Bibel steht. Das ist etwas, was ich an diesen Katholiken nie verstehen werde. Wenn man den ganzen Blödsinn bloß macht, weil man Schiss vor Gott hat, sollte es eigentlich nicht zählen. Fest steht, dass sie bestimmt nicht mehr so nett wäre, wenn sie wüsste, wo ich bin.«

»In Belport?«

»In einem Schwulentreff«, sagte John. »Du weißt schon, was in der Bibel über Schwule steht?«

»›Wenn *ein Mann bei einem Manne liegt, wie er bei einem Weibe liegt, so haben beide einen Gräuel verübt.*‹ Levitikus 20:13«, antwortete Eddie.

Johns Brauen schossen in die Höhe. »Woher weißt du das?«

»Ich hab's in der Schulbibliothek nachgeschlagen.«

»Wieso?«

»Ich war neugierig. Und weißt du, was wir laut Bibel sonst noch nicht tun dürfen? Zerrissene Kleider tragen, ein Tattoo stechen lassen, Speck essen …«

John lachte. »Speck essen? Das hast du erfunden.«

»Nein. Man darf das Fleisch vom Schwein nicht essen oder seinen Kadaver anfassen, weil es nicht wiederkäut oder irgend so was.«

»Das ist doch total durchgeknallt«, meinte John. »Aber wieso weißt du so viel über Religion, wo deine Eltern doch gar nicht gläubig sind?«

Eddie zuckte die Achseln und zupfte an seinem Ohrläppchen. »Vielleicht genau deswegen. Uns wurde nie etwas über Gott und den Himmel und all das beigebracht, deshalb wollte ich wissen, was es damit auf sich hat. Also, was denkst du?«

»Was denke ich worüber?«

»Ob Gott schwule Männer in die Hölle schickt.«

John sah Eddie tief in die Augen und schüttelte den Kopf. »Nein, das glaube ich nicht.«

»Ich auch nicht.«

Eddie beugte sich vor und küsste ihn.

»He, was zum Teufel soll das?«, schnauzte John ihn an und stieß ihn von sich. »Flossen weg!«

»Ich …«

»Ich steh nicht auf diese Scheiße, Eddie.«

»Ich auch nicht«, gab Eddie mit einem gezwungenen

Lachen zurück. »War bloß ein Witz. Weil wir eben hier sind und …«

»Schwachsinn.«

»Scheiße … scheiße scheiße scheiße«, murmelte Eddie und rieb sich die Augen mit den Fingerknöcheln.

»Ich haue ab.«

»Warte.« Eddie vertrat ihm den Weg. »Jetzt warte doch mal, John.«

»Lass mich vorbei.«

»Tut mir leid, okay? Es war echt bloß Spaß. Ich wollte witzig sein.«

»Sehr witzig«, echote John. »Alles klar.«

»Du erzählst doch niemandem davon, oder? Craig und Gordy und den anderen Jungs.«

»Lass mich vorbei, verdammt!«

»Ich dachte …«

»Geh endlich zur Seite, Eddie!«

»Ich dachte, du wolltest … ich dachte, du stehst auf …«

»Nein, tue ich nicht.«

»Aber …«

»Ich bin nicht so, Eddie«, unterbrach John. »Ich bin nicht wie du. Ich bin keine …«

»Schwuchtel?«

»Das hab ich nicht gesagt.«

Aber genau das hatte Eddie gehört. Er wurde wütend.

Eddie schubste John. John schubste zurück. Sekunden

vergingen – gerade lange genug, als dass *der Schalter* sich umlegte –, dann schlug Eddie zu. Seine Faust landete auf Johns Kinn. Es war kein fester Schlag, jedoch fest genug, dass John ins Straucheln geriet. Einen Moment lang herrschte völliges Chaos, ein wilder, ungelenker Ausbruch kindlicher Gewalt.

Schlagen, stoßen, schubsen, Flüche, ächzen und stöhnen. Inmitten ineinander verschlungener Arme und Beine küsste Eddie John ein weiteres Mal. Und diesmal leistete John keinen Widerstand.

In der Ferne grollte Donner. Das Kreischen der Möwen und das Tosen der Wellen drang durch die breiten Spalten zwischen den Bodendielen und durch die offene Eingangstür.

Eddie ließ sich auf die Knie sinken und machte sich mit fieberhafter Ungeduld an Johns Gürtel zu schaffen, riss ihn aus den Schlaufen, knöpfte seine Jeans auf.

Es war ungeschickt und unbequem, wundervoll. Perfekt. Stöhnend biss John sich auf die Unterlippe, schmeckte Blut und Zahnpasta, vergrub die Finger in Eddies Haar, führte seinen Kopf, auf und ab, auf und ab, zwang ihn, dem Rhythmus seines Körpers zu folgen, dem der Wellen, die draußen donnernd ans Ufer schlugen.

John blickte durch das gelblich verstaubte Fenster nach draußen. Eine fette Motte klammerte sich an die Scheibe, ehe sie die Flügel schlug und durch eine Ritze in der Decke verschwand. Johns Blick schweifte weiter über die Anlegestelle. Erschrocken sog er den Atem ein. Auf einer der Rampen stand ein Wagen. Ein dunkelblauer BMW. Er hatte doch nicht dort gestanden, als sie hereingekommen waren, oder?

»Hör auf, Eddie. Da ist ein Wagen. Ich glaube, jemand ist … hier.«

John blickte zur Tür. Ein Mann betrat den Terminal. Er war groß und hatte den breiten, massiven Körperbau eines Rugbyspielers. Sein Haar war raspelkurz geschnitten. Er trug weiße Tennisschuhe und einen schwarzen Mantel. Und er beobachtete sie.

Eddie löste sich von John und rappelte sich erschrocken auf, als er den Mann erblickte. Eilig zog John seine Hose hoch und zurrte den Gürtel fest.

Obwohl die Jungs nicht mit Gewissheit sagen konnten, was der Mann hier wollte, gab es nur einen Grund, der plausibel erschien: Er cruiste. Und er hatte ein Sixpack Bier mitgebracht. In der Linken hielt er eine offene Dose, die anderen fünf baumelten am Plastikhalter in seiner Rechten. Mit einem angedeuteten Lächeln trat er vor. Die Glasscherben auf dem Fußboden knirschten unter seinen Turnschuhen.

»Lasst euch von mir nicht stören«, sagte er. »Ich habe die Show … Heilige Scheiße, wie alt seid ihr beiden?«

Inzwischen hatten sich die Augen des Mannes wohl ausreichend an das Halbdunkel gewöhnt, um zwei verängstigte, bartlose Gesichter vor sich zu sehen. Seine Miene verfinsterte sich.

»Was treibt ihr hier?«, fragte er barsch.

»Gar nichts«, antwortete John.

»Das ist kein Ort für Kinder«, sagte der Mann. »Ihr solltet nicht hier sein.«

Hätte Eddie in diesem Moment nachgedacht, wirklich nachgedacht, hätte ihm aufgehen müssen, dass der Mann, sollte er tatsächlich auf der Suche nach einem männlichen Sexpartner sein, durchaus Anlass hatte, ihr Geheimnis nicht preiszugeben. Doch stattdessen hatte er nur immer wieder dieselben Gedanken, wieder und wieder. *Nein! Er darf das nicht sehen! Er darf uns nicht sehen! Er darf es nicht zerstören!* Sie flackerten wie neonfarbene Blitze in seinem Kopf auf.

»Hau ab«, stieß er leise hervor.

Der Mann starrte Eddie finster an. »Was hast du gerade gesagt?«

»Gar nichts. Er hat gar nichts gesagt«, schaltete sich John ein und warf Eddie einen Blick zu. »Lass gut sein.«

Doch Eddie konnte nicht mehr klar denken … eigentlich dachte er überhaupt nicht mehr. Panik stieg in ihm auf, vernebelte seinen Verstand, mischte sich unter die Wut und die Scham und die Lust. Der Mann durfte ihr Geheimnis nicht erfahren. Ausgeschlossen.

»Ich hab gesagt, hau ab«, platzte er heraus, diesmal lauter.

»Eddie!«, zischte John.

Der Mann wirkte jetzt wütend. »Haben deine Eltern

dir nicht beigebracht, Respekt vor Älteren zu haben? Wissen sie, dass du hier bist, *Eddie?*«

»Schnauze«, blaffte Eddie.

»Es dürfte sie sicherlich interessieren, was ihr Sohn mitten an einem Schultag macht.«

»Ihre Frau bestimmt auch«, stieß John hervor, als sein Blick auf den Ehering am Finger des Mannes fiel. Er spürte, wie Eddie neben ihm zu beben begann.

»Ich bin nur zufällig vorbeigekommen und habe gehört, dass zwei Jungs sich prügeln«, erwiderte der Mann und musterte die beiden Jungs abwägend. Nach einem Moment schien er zu dem Schluss zu gelangen, dass eine Auseinandersetzung mit zwei Halbwüchsigen den Aufwand nicht wert war, und wandte sich kopfschüttelnd zum Gehen. »Wie auch immer. Ist nicht mein Problem. Damit sollen sich eure Eltern ...«

Plötzlich gab es ein dumpfes Geräusch, und der Mann taumelte zwei große Schritte rückwärts, während er abrupt die Hand hob und seinen Kopf berührte. Er geriet ins Straucheln, verlor das Gleichgewicht und sackte zusammen, wobei sein Kopf hart auf dem Boden aufschlug.

Sekunden vergingen, bis John begriff, was passiert war. Der Mann lag reglos da. Eddie stand mit einem Backstein in der Hand über ihm. Offenbar hatte er ihn vom Boden aufgehoben und ...

»Scheiße, was hast du getan?«, zischte John.

»Er hätte uns verraten«, murmelte Eddie. »Du hast

es doch gehört. Er wollte es meinen Eltern sagen. Ich musste es tun.«

Die Arme und Beine des Mannes zuckten kurz. Nur ein einziges Mal. Ein Gurgeln drang aus seinem Mund. Auf seiner Stirn klaffte ein dreieckiges Loch, aus dem ein dünner Blutfaden rann, eine vertikale Linie über seine Wangen zum Kinn.

»Ich musste es tun«, sagte Eddie wieder und wieder. »Er hätte uns verraten. Ich musste es tun. Er hätte uns verraten. Ich musste ...«

»Scheiße noch mal, Eddie«, unterbrach John. »Was hast du getan?«

»Ich musste ...«

»Wir müssen ihm helfen.«

Während Eddie weinend, fluchend, schluchzend auf und ab ging, trat John zu dem Mann. Er lebte noch, doch das Blut floss weiter aus der Wunde an seiner Stirn. Viel Blut. Mittlerweile sickerte es nicht länger in einem dünnen Faden heraus, sondern schwappte in pulsierenden Blasen, im Rhythmus seines Herzschlags.

»Er lebt noch«, sagte er.

»Komm schon, lass uns abhauen.«

»Aber wir müssen ihm helfen.«

»Wir müssen abhauen, John. Jetzt gleich!«

Eddie packte Johns Arm, doch er wollte sich nicht bewegen. Er konnte nicht. Hilflos sah er zu, wie das Licht in den Augen des Mannes zu ihren Füßen erlosch.

Eddie ließ den Backstein fallen und rannte los. Seine

Schritte hallten in dem leeren Gebäude wider. Dann waren nur noch John und der sterbende Mann da. Und genau das tat er. Er starb. Seine Brust hob sich ein letztes Mal, senkte sich. Das Blut, das ihm übers Gesicht geströmt war, hörte auf zu fließen. John starrte auf das Blut. Es wirkte nicht wie eine homogene Masse, sondern wie zahllose winzige Einzelteilchen.

»Raupen«, murmelte er. »Das hätte nicht passieren dürfen. Das hätte …«

»… so nicht passieren dürfen«, sagte Eddie.

Abby saß in erschüttertem Schweigen da. *Ich wünschte, ich müsste ihnen nicht glauben*, war ihr erster Gedanke, dann setzte der Selbsterhaltungstrieb ein. Sie wünschte sich nicht etwa, David Stemple sei nicht in diesem alten Fährterminal umgekommen, sondern nur, dass es nicht durch die Hand ihres Sohnes geschehen wäre. Sondern durch Johns. Wieso konnte nicht John der Täter sein?

Gleichzeitig fiel es ihr nicht schwer, sich vorzustellen, wie Eddie derart die Beherrschung verloren hatte. Sie dachte an seine »apokalyptischen Wutausbrüche« als Kleinkind zurück, wie Ray es genannt hatte; daran, wie er wie von Sinnen gebrüllt und um sich getreten hatte, bis er irgendwann völlig erschöpft in ihre Arme gesunken war. Sie erinnerte sich an die Gelegenheiten – selten genug, um ihnen kein Gewicht beizumessen, im Augenblick des Geschehens jedoch trotzdem äußerst unangenehm –, als sich seine Wut erneut Bahn gebrochen hatte: als ihr eigentlich stiller Siebenjähriger sich in einem Spielwarengeschäft ohne Vorwarnung schreiend auf den Boden geworfen und so heftig gezittert hatte, dass sie dachte, er hätte einen Krampfanfall. Dann Eddie mit dreizehn, nachdem ein Mädchen in der Schule irgendein blödsinniges Gerücht über ihn in Umlauf gebracht hatte, woraufhin er in einer Mischung aus Wut und Panik ausgeholt und mit der Faust ungebremst auf die Wand eingedroschen hatte. Und: Eddie im Garten hinter dem Haus, wie er mit voller Wucht seinen Comic gegen den Baum schleuderte. Sie dachte an *den Schalter*; daran, wie Eltern ihren Kindern dunkle Charakterseiten vererbten. Es war dumm gewesen zu glauben, dass diese Art Wut sich einfach in Wohlgefallen auflösen würde.

»Mum, bitte, sag doch was«, flehte Eddie. »Es tut mir leid, Mum. Ich hab Scheiße gebaut! Fuck! Ich hab Scheiße gebaut, ich hab …«

»Die Magazine gehören dir, stimmt's?«, unterbrach Abby, noch immer wie benommen von dem Schock.

»Was?«

»Warte kurz …«

»Mum«, sagte Eddie.

»Halt den Mund. Lass mich verdammt noch mal nachdenken.«

Sie sah zur Diele hinüber, wo John seine schmutzigen Sneakers fallen gelassen hatte. Am liebsten hätte sie sie in den Kamin geworfen. Und ihn gleich hinterher. Sie wollte trinken, sich volllaufen lassen, wollte etwas zerstören. Mit einem Mal war das Licht in der Küche viel zu grell, der Reiz ihrer Sinneswahrnehmungen zu brutal. Sie fühlte sich hoffnungslos überfordert, unter Druck wie ein kreischender Wasserkessel, der überzukochen drohte.

»Also gut«, stieß sie abrupt hervor. »Was ist als Nächstes passiert?«

»Als Nächstes?«

»Nachdem ihr abgehauen seid.«

Abby ballte die Fäuste unter dem Tisch. »Wenn ihr weggelaufen seid ... wie ist dann die Leiche ins Wasser gekommen?«

»Der Typ hatte seinen Wagen an der Promenade geparkt«, sagte Eddie mit erschreckender Beiläufigkeit. »Ich bin hingegangen, und, keine Ahnung, auf einmal habe ich wieder alles um mich herum gehört. Es fing an zu regnen, das hat mich irgendwie wachgerüttelt. Jedenfalls war der Wagen nicht abgeschlossen, und er hatte ein Autotelefon. Ich habe überlegt, ob ich die Polizei rufen soll. Ganz ehrlich, ich wollte es auch ...«

»Aber du hast es nicht getan«, warf Abby ein. »Sondern deinen Dad angerufen.«

Eddie nickte traurig. »Ich wusste nicht, was ich sonst tun sollte.«

Sie wandte sich John zu. »Und was hast du getan?«

»Ich bin bei dem Mann geblieben, bis er ...« John

stockte. »Ich bin bei ihm geblieben, bis Mr Gilpin kam. Er meinte, Eddie und ich sollten uns in seinen Wagen setzen und ihm alles erzählen. Dann ist er in den Terminal gegangen. Er blieb eine ganze Weile drinnen. Als er wieder rauskam, meinte er, wir sollten verschwinden.«

»Verschwinden?«

»Er hat gesagt, ich soll nach Melbourne zurückfahren, und Eddie hat er nach Hause geschickt. Wir sollten mit niemandem jemals darüber reden. Unter keinen Umständen. Aber ich ... er war es nicht! Er wurde verhaftet, aber er hat es nicht getan, und ich kann doch nicht ...«

»Doch«, unterbrach Abby. »Du kannst.«

Die Jungen starrten sie tumb an. Sie schloss die Augen, und in der tiefen, stillen Dunkelheit ihrer Lider sah sie ihn, Ray. *Versprich mir eines. Überlebt. Du, Lori, Eddie. Versprich es mir.*

Ray hatte recht. Sie holte tief Luft und sagte so ruhig, wie sie nur konnte: »Also, wir machen Folgendes. John, du bleibst hier. Morgen früh bringe ich dich zur Fähre, und dann fährst du nach Hause.«

Sie starrte die Jungen eindringlich an.

»Wir werden die ganze Angelegenheit begraben«, fuhr sie fort. »Versteht ihr, was ich damit meine? Wir werden sie begraben, und zwar so tief, dass wir nicht einmal sicher sind, ob das Ganze überhaupt passiert ist. Ihr seid noch jung. Alle beide. Ihr habt euer ganzes Leben noch vor euch.«

»Aber Dad«, begann Eddie. »Er …«

»Dein Vater hat ein Opfer gebracht, Eddie. Und jetzt sei ein braver Junge und richte die Couch für deinen Freund her.«

Mit einem tiefen Seufzer stand sie auf, holte sich ein Bier aus dem Kühlschrank und trat hinaus auf die Veranda.

Die Milt Street lag dunkel und still da. Die Kreuzung Brown/Delahunt Street war wieder frei, die Absperrung entfernt worden. Es war endlich trocken, zumindest trocken genug, um sie wieder zu benutzen.

Abby setzte sich auf die oberste Stufe und fragte sich, ob sie mit diesem Schritt die Jungen gerettet oder verflucht hatte. Ein neues Gewicht legte sich auf ihre Schultern. Eines, mit dem sie lange würde leben müssen, das wusste sie.

Sehr, sehr lange.

29

– Die Witwe –

Die Dunkelheit brach vollends über Belport herein, als Kate Ed Gilpins Pick-up in die Milt Street folgte. Er bog in eine Einfahrt zu einem zweigeschossigen, holzvertäfelten Haus, das durch einen breiten Vorgarten von der Straße getrennt war. *Hausbetreuung* stand in schwarzen Lettern auf dem Schild mitten auf dem Rasen.

Ed lenkte den Laster in die Garage. Hinter ihm fuhr das Rolltor herunter.

Kate parkte auf der anderen Straßenseite, stieg aus und ging einen schmalen Steinweg entlang zum Haus, das eine Renovierung dringend nötig hatte. Die Farbe war abgeblättert, in dem kleinen Fenster über der Eingangstür klaffte ein Riss, und unter der Veranda hatte sich ein Brett gelöst und baumelte im Fünfundvierzig-Grad-Winkel an einem einzelnen Nagel.

Der Garten hingegen war in einem erstklassigen Zustand. Der Rasen war akkurat geschnitten; seitlich neben der Veranda war ein Gemüsegarten angelegt, und an Haken befestigte Töpfe mit Farnen baumelten sanft in der Brise.

Kate nahm sich nicht die Zeit, darüber nachzudenken, was sie gleich tun würde, denn hätte sie es getan, wäre ihr bewusst geworden, wie leichtsinnig ihr Verhalten war. Sie hätte auf dem Absatz kehrtgemacht, wäre wieder in den Wagen gestiegen und hätte das Weite gesucht. Stattdessen trat sie leise um die Garage herum, auf der Suche nach einem Fenster, durch das sie ins Innere spähen konnte.

»Haben Sie sich verirrt?«, sagte eine Stimme, die von der Veranda kam.

Durch die Fliegentür konnte Kate lediglich die orange glühende Spitze einer Zigarette sehen. Irgendwo dahinter klimperte leise ein Windspiel. Kate hörte ein Geräusch, das klang, als hätte jemand eine Getränkedose geöffnet.

Eine stämmige Frau um die sechzig trat auf die Veranda, in der einen Hand eine Bierdose, in der anderen ein Taschenbuch. Sie trug eine weite Strickjacke und eine mit ausgebleichten Sternen und Halbmonden bedruckte Pyjamahose. Sie hatte ein rundes, freundliches Gesicht und einen dichten Schopf wirrer eisgrauer Haare.

»Nein, ich suche nach Ed«, antwortete Kate.

»Er ist mein Sohn«, sagte die Frau. »Sind Sie eine Freundin von ihm?«

»Nein, das nicht. Ich …« Kate zögerte. »Ich habe ein

Ferienhaus in der Neef Street und suche nach jemandem, der es über den Winter betreut. Ich habe das Schild in Ihrem Garten gesehen.«

Das war keine perfekte Lüge, aber etwas Besseres fiel ihr aus dem Stegreif nicht ein. Sie konnte der Frau schlecht auf die Nase binden, dass sie hergekommen war, um Ed wegen des Mordes an ihrem Ehemann auszuquetschen.

»Ed kommt gleich«, sagte die Frau. »Er muss nur kurz den Wagen abspritzen und das Werkzeug für morgen bereitlegen. Sie können gern im Haus warten, wenn Sie wollen.«

»Sicher? Ich will Ihnen keine Umstände machen.«

»Ich bitte Sie. Ich bin bloß rausgekommen, um eine zu rauchen, aber hier draußen ist es kälter als in der Brutfalte eines Pinguins. Wenn Sie reinkommen, habe ich eine Ausrede, mir drinnen eine anzuzünden. Ich bin übrigens Abby.«

»Kate.«

Sie schüttelten einander die Hände. Die Finger der Frau fühlten sich trocken und staubig an wie Mottenflügel. Sie ging vor Kate her ins Haus.

Auf einem Beistelltisch aus glänzender Eiche stand ein Fuchs – seine Lefzen waren angriffslustig hochgezogen, der Schwanz stand buschig in die Höhe, als wollte er sich gleich auf sie stürzen. Jede seiner vier Pfoten steckte in einem Converse-All-Stars-Babyschühchen. Dahinter waren drei blinde (und tote) Mäuse aufgereiht, alle mit winzigen Sonnenbrillen auf den Schnäuzchen, daneben zwei Kaninchen, die als Buchstützen für einen Stapel Speisekarten vom Lieferservice dienten. Eine Kröte hockte auf den Hinterbeinen; in ihren ausgestreckten vorderen Schwimmfüßen hielt sie ein kleines Gefäß mit losem Kleingeld und einem Wagenschlüssel darin.

Kate starrte den kleinen Zoo etwas erschrocken an.

»Die habe ich selber präpariert«, erklärte Abby. »Wie finden Sie sie?«

»Sie sind … bemerkenswert.«

Abby lachte. »Das ist eine nette Umschreibung für *bizarr*. Mir ist klar, dass Taxidermie ein etwas merkwürdiges Hobby ist, aber ich habe mir angewöhnt, mich mit einer verrückten Aktion am Tag davon abzuhalten, selbst verrückt zu werden. Macht es Ihnen etwas aus, die Schuhe auszuziehen?«

Kate gehorchte. Sie schlüpfte aus ihren noch immer feuchten Sneakers und folgte Abby durch einen kurzen Flur in die höchst ungewöhnliche Küche. Quer über die Decke verlief eine Holzleiter, an der alle möglichen Utensilien hingen: ein Wok, eine Handvoll Weingläser, Töpfe, Pfannen, eine Schöpfkelle. Über der Hintertür war ein gestohlenes Straßenschild – *Gilpin Ave* – genagelt, daneben befand sich eine Holzschnitzerei mit einem Maschinengewehr und den Worten *Vergiss den Köter, Warnung vor dem Besitzer.*

Die Küche war so vollgestopft, dass Kate einige

Sekunden brauchte, bis sie begriff, was da auf dem Esstisch lag.

Auf einem rosafarbenen Badehandtuch waren eine Schachtel Latexhandschuhe, ein Sortiment aus winzigen Glasaugen, ein silbernes Messer mit einer Skalpellklinge und ein pelziges, halb gehäutetes Tier arrangiert, das Kate auf den ersten Blick nicht zuordnen konnte. Erschrocken wich sie zurück.

»Das ist eine Buschratte«, erklärte Abby grinsend. »Marnie Conroy hat den armen kleinen Kerl in dem Spalt zwischen ihrem Holzofen und der Wand gefunden. Hätte ich gewusst, dass ich Besuch kriege, hätte ich ihn weggeräumt. Lust auf ein Bier?«

»Nein danke.«

»Wollen Sie mich ernsthaft allein trinken lassen?« Sie knallte die Kühlschranktür zu. »Nur ein Witz. Ich bin's gewöhnt.«

Abby setzte sich an den Küchentisch und lud Kate mit einer Geste ein, sich zu ihr zu gesellen. Kate zog ihren Parka aus, hängte ihn über die Stuhllehne und nahm Platz.

»Ed kommt bestimmt gleich«, sagte Abby.

»Lebt er hier bei Ihnen?«

Abby trank einen Schluck und schüttelte den Kopf, während sie einen Rülpser unterdrückte. »Er hat ein Apartment in Deepwater, aber es fehlt ihm dort an Platz für sein Werkzeug, deshalb bewahrt er es hier auf.«

»Also wohnen Sie allein hier?«

»Genau. Das heißt, ich kann saufen, so viel ich will, und furzen, wann immer mir gerade der Sinn danach steht. Das wird sich natürlich ändern, wenn mein Göttergatte heimkommt. Zumindest die Sauferei. Das mit dem Furzen behalte ich bei.« Feixend lehnte sie sich auf ihrem Stuhl zurück und zündete sich eine Zigarette an. Rauchschwaden erfüllten den Raum. »Ich weiß, wer Sie sind.«

»Entschuldigung?«

»Sie sind die Witwe, stimmt's? Von dem armen Teufel, der an der Bootsrampe umgebracht worden ist.«

»Woher wissen Sie …«

»Mein Mann hat mich, fünf Minuten nachdem Sie weg waren, aus South Hallston angerufen und gesagt, dass John Keddies Witwe mich demnächst besuchen würde. Ich hätte gleich etwas sagen sollen, als ich Sie ums Haus habe schleichen sehen, aber Sie hatten sich so eine nette Story parat gelegt, dass ich Sie nicht bloßstellen wollte. Tja, dafür ist es jetzt wohl zu spät, was?«

Kates Nackenmuskulatur spannte sich an. Hitze stieg ihr in die Wangen.

»Wo wir gerade dabei sind … wie sah Ray überhaupt aus? Als ich ihn das letzte Mal besucht habe, hatte er Ähnlichkeit mit einer alten Tüte getrocknete Schweineschwarten.«

»Er sah gut aus«, antwortete Kate.

»Es ist wirklich nett, dass Sie lügen«, meinte Abby

und nahm routiniert noch einen Schluck aus ihrer Bierflasche, ohne dabei die Zigarette aus dem Mund nehmen zu müssen. »Also, was wollen Sie wirklich von meinem Sohn?«

»Ich glaube, dass Eddie und John sich als Jungs kannten, deshalb will ich ihm ein paar Fragen stellen.«

»Worüber?«

Jetzt bin ich schon so weit gekommen, dachte Kate.

»Über David Stemple.«

Abby zuckte zusammen, wenn auch kaum merklich. »Was wissen Sie über David Stemple?«

»Ich weiß, dass John Informationen über den Mord an ihm hatte«, antwortete Kate so kühl, wie sie nur konnte. »Und dass er deshalb nach Belport gekommen ist.«

Abby nahm einen tiefen Zug von ihrer Zigarette und schnippte die Asche in ein Keramikauflaufförmchen. »Sie haben doch eine Tochter, stimmt's? Wie heißt sie?«

»Mia.«

»Wie alt?«

»Zehn.«

»Das ist ein schönes Alter. Ist sie auch hier? In Belport, meine ich?«

»Nein«, antwortete Kate. »Sie ist bei ihren Großeltern in Melbourne geblieben.«

Abby drückte ihre Zigarette in dem Förmchen aus und leerte mit drei kräftigen Schlucken ihr Bier.

»Schon komisch, was? Wir tragen Kinder aus, lassen

zu, dass sie unseren Körper ausleiern, lassen sie von unserer Brust trinken, bis wir leer sind, und wir lieben sie dafür. Wir geben und geben und geben. Wir bringen Opfer. Und wissen Sie auch, wieso? Weil wir Mütter sind. Als Mutter tut man so was eben. Ich genehmige mir noch ein Bierchen. Sind Sie sicher, dass Sie immer noch keins wollen?«

»Nein danke.«

Eine Hand auf dem unteren Rücken erhob Abby sich und trat erneut zum Kühlschrank. »Ich meine, überlegen Sie doch mal. Gibt es irgendetwas, das Sie nicht für Ihre Tochter tun würden?«

»Nein«, antwortete Kate ein wenig zögerlich.

»Genau.« Ein trauriges, verlorenes Lächeln trat auf Abbys Züge. »Sie verstehen es also?«

Kate dachte sich nichts dabei, als Abby hinter sie trat. Ebenso wenig registrierte sie, dass das Messer nicht länger auf dem Tisch lag. Und dann war es zu spät.

»Was verstehe ich?«, fragte sie.

»Was ich tun musste«, antwortete Abby. »Und tun muss.«

30

– Die Frau –

»Brauchst du Bargeld für die Fahrkarte?«, fragte Abby.

John schüttelte den Kopf. »Nein, ich hab eine Hin- und Rückfahrkarte.«

»Wie sieht's mit Frühstück aus? Du solltest auf der Fähre etwas essen. Soll ich dir ein paar Dollar geben?«

»Nein, ich habe Geld«, sagte er. »Außerdem habe ich sowieso keinen Hunger. Ich weiß nicht, ob ich jemals wieder etwas essen kann.«

Er zog ein Paar wollene Handschuhe aus dem vorderen Fach seines Rucksacks, streifte sie über und blickte aufs Wasser hinaus.

»Danke, dass Sie mich hergefahren haben«, sagte er und öffnete die Tür.

»Moment, John. Ich wollte noch kurz mit dir reden.«

Er zog die Tür wieder zu.

»Ich muss sicher sein können, dass du das Geheimnis auch wirklich für dich behältst. Ray bringt ein großes Opfer, damit du und Eddie nicht alles verliert. Das ist dir doch klar, oder? Und dir ist auch klar, dass das alles ans Licht kommt, solltest du mit irgendjemandem darüber reden … ganz egal mit wem. Und dass alles, was Ray heute für euch opfert, dann umsonst war.«

»Ich sehe ständig das Blut dieses Mannes«, flüsterte John und sah sie verzweifelt an.

»Dann mach die Augen zu, John. Schieb es einfach weg, in einen Raum mit einer Tür. Und dann brauchst du bloß nie wieder dort hineinzugehen, das ist alles. Verstehst du, was ich meine? Geh einfach nie wieder in diesen Raum.«

Er nickte knapp. Die Gefahr, dass er in der Sekunde, wenn er nach Hause kam, zu seinen Eltern lief und alles erzählte, war ziemlich groß. Schon bald könnten die Cops ihr Haus stürmen und sie und Eddie ins Gefängnis stecken, und dann wäre Lori auf sich gestellt. Andererseits war es möglich, dass John dichthielt. Es mochte eine irrationale Hoffnung sein, doch Hoffnung war in letzter Zeit Mangelware, daher klammerte sie sich an diesen Strohhalm.

»Danke, Mrs Gilpin.«

»Schon gut, John.«

»Nein, ich meine es ernst. Vielen Dank.«

Sie sah den Jungen einen Moment lang an und wünschte sich, ihn nie wiedersehen zu müssen. »Komm gut nach Hause.«

John stieg aus und ging an Bord der Fähre. Abby sah ihm hinterher und wartete, bis das Schiff den Hafen verließ und in einem weiten, langsamen Bogen auf das

Festland zuglitt. Als es zu einer kleinen weißen Silhouette geschrumpft war, ließ sie den Motor an und fuhr davon.

Die folgenden dreiundzwanzig Jahre lebte Abby, als warte sie auf den Bus. Sie wollte Sprüche wie *Das Leben ist so verflixt kurz* oder *Die Zeit vergeht wie im Flug* oder *Du liebe Güte, jetzt steht schon wieder Weihnachten vor der Tür* nicht hören. Das Leben war endlos lang, die Zeit zog sich dahin, und wer brauchte schon Weihnachten?

Sie brachte die Jahre damit zu, zur South Hallston Correctional Facility zu fahren, aus der Bibliothek von Belport Taschenbücher zu leihen, ihre Schichten im Buy & Bye zu absolvieren, mit einer Zigarette in der Hand auf der Veranda zu sitzen und zuzusehen, wie die Jahreszeiten kamen und gingen. Ihr Körper alterte, die Welt ringsum veränderte sich, doch ihr Leben war wie in einer Art Pausenmodus, bis man Ray aus dem Gefängnis entließe.

Ihrem eigenen Ratschlag folgend schloss sie die düsteren Gedanken in eine Kammer in ihrem Bewusstsein ein und setzte alles daran, ihn niemals zu betreten. Größtenteils wurde es im Lauf der Jahre leichter. In den Nächten allerdings, wenn die Milt Street still in der Dunkelheit dalag, hörte sie sie hinter der geschlossenen Tür stöhnen und an den Wänden scharren. In diesen Augenblicken war ihr bewusst, dass diese schlimmen

Gedanken nach wie vor existierten und auch niemals verschwinden würden.

Als Lori achtzehn wurde, kehrte sie Belport den Rücken und studierte in Melbourne Kunstgeschichte. Sie suchte sich einen Job auf dem Campus und zog in eine WG mit drei anderen jungen Leuten. In einen ihrer Mitbewohner verliebte sie sich und ging mit ihm, als er einen Job in Sydney angeboten bekam, den er nicht ablehnen konnte. Die beiden heirateten.

Als Abby sie bei der Hochzeit fragte, ob es sie denn nicht traurig mache, dass ihr Vater nicht hier sein könne, antwortete Lori, ihr Dad hätte sie schon vor vielen Jahren ihren eigenen Weg gehen lassen, deshalb brauche sie niemanden, der sie offiziell in die Hände ihres Bräutigams übergebe. In dieser Nacht weinte Abby sich in den Schlaf.

Eddie, der zu Ed heranwuchs, blieb auf der Insel und übernahm das Geschäft. Er machte seine Sache gut. Tagsüber hielt er sich allein in den großen, leeren Häusern in der Neef Street auf und zog sich innerlich immer weiter zurück. Vielleicht fuhr auch er wie sein Vater jeden Tag über Mittag zum Beech Tree Landing und malte sich aus, wie er mit der Fähre die Insel verließ, aber Abby vermochte es nicht zu sagen, weil sie nie darüber sprachen.

Auch Abby erwog, die Insel zu verlassen. Ein oder zwei Mal. Bestimmt bekäme sie von einem Baulöwen das Doppelte oder gar Dreifache von dem, was sie und

Ray damals für ihr Haus bezahlt hatten, der es abreißen und ein paar Reihenhäuser auf das Grundstück stellen würde. Aber Belport ließ keinen von ihnen gehen. David Stemple mochte derjenige sein, der im Winter 1996 hier gestorben war, doch es waren Abbys und Eddies Geister, die dazu verdammt waren, für immer hierzubleiben und auf der Insel herumzuspuken.

Im Winter 2019 stand Abby Gilpin, inzwischen Ende fünfzig, gegen Ende ihrer Schicht hinter der Kasse des Buy & Bye. Ihr linker Fuß schmerzte – laut Doktor Google entweder infolge von Rheumatismus, Gicht oder einem Krebsgeschwür. Die Bay Street war nahezu verwaist.

Nur ein einziger Kunde schlenderte durch die Gänge. Ein Mann von Ende dreißig, Anfang vierzig, mit ersten grauen Strähnen im dunklen Haar. Er hatte mit seinem Einkaufskorb über dem Arm fast drei Minuten lang vor dem überschaubaren Arzneimittelsortiment gestanden.

Abby überlegte, ihn zu fragen, ob er vielleicht Hilfe brauchte, aber dann hätte sie auf ihrem wehen Fuß zu ihm hinübergehen müssen, außerdem hatte sie gerade den neuen Stephen King aus der Leihbibliothek geholt, und Biller würde in zwanzig Minuten auftauchen, deshalb schaffte sie vielleicht noch ein, zwei Kapitel.

Sie war gerade mal auf der Hälfte der ersten Seite, als der Mann an die Kasse trat und seine Einkäufe auspackte. Brot, Milch, Mineralwasser, Instantnudeln, Cracker, eine Schachtel Frosties, Kamillentee, Baldriankapseln, drei verschiedene Antihistaminika und eine Flasche Wild Turkey.

»Hallo, Mrs Gilpin«, sagte der Mann. »Erinnern Sie sich an mich?«

Zum ersten Mal, seit der Mann hereingekommen war, sah sie ihm ins Gesicht. Bei ihrer letzten Begegnung war John noch ein Teenager gewesen. Sie hatte ihn immer wieder zu sehen geglaubt – am Strand oder auf der Bay Street –, es aber stets vermieden, ihm in die Arme zu laufen. Vielleicht war es auch umgekehrt gewesen. Er hatte ein wenig zugelegt und trug einen Drei- oder Viertagebart, deshalb dauerte es einen Moment, bis der Groschen fiel.

»John?«, stammelte sie und klappte den Mund auf und zu wie ein Fisch, doch kein weiteres Wort drang über ihre Lippen.

»Ziemlich lange her«, sagte er.

»Was machst du denn hier?«

»Ich kaufe ein«, antwortete er mit einer Geste auf seinen Korb. Unter seinen Augen wölbten sich dunkle Tränensäcke, und seine Haut war pastig bleich. Es sah aus, als hätte er seit dem Tag vor dreiundzwanzig Jahren, als sie ihn an der Fähre abgesetzt hatte, nicht mehr geschlafen.

»Was du in Belport machst, meinte ich«, stieß Abby mit unbeabsichtigt eisiger Stimme hervor. Ray hatte ihr von Johns Besuch im Gefängnis bereits erzählt und sie beruhigt, dass sie nichts zu befürchten hätten. Er hätte die Angelegenheit geradegerückt, und John würde die Insel bald wieder verlassen.

»Unser Ferienhaus gehört inzwischen mir und meiner Frau«, antwortete er. »Ich bin fast jeden Sommer hier.« Abby war nicht sicher, ob er ihre Frage absichtlich missverstanden hatte oder nicht. Er schien so neben der Spur zu sein, dass er seinen Besuch bei Ray durchaus vergessen haben könnte.

»Das heißt, du bist verheiratet?«, fragte Abby.

Nickend zog John sein Handy heraus und zeigte ihr ein Foto von einer hübschen, aber unspektakulären Brünetten mit einem kleinen Mädchen auf dem Arm. *Weiß sie es?*, fragte sich Abby bei ihrem Anblick. *Hat er es ihr erzählt?*

»Wie geht's Eddie?«, fragte John.

»Gut.«

Sie begann, seine Einkäufe abzukassieren, wobei sie Mühe hatte, das Zittern ihrer Hände zu unterdrücken.

»Ich bin heute zum Beech Tree Landing gefahren«, sagte er. »Seltsam, wieder dort zu sein … ohne den alten Fährterminal. Wann genau wurde er abgerissen?«

»Muss inzwischen gut fünfzehn Jahre her sein«, antwortete Abby. »Das Gebäude war einsturzgefährdet.«

Und nach dem, was dort passiert ist, haben die Leute gesagt, es spuke dort, dachte sie, sprach es aber nicht laut aus.

»Bislang habe ich es gemieden. Ich habe fast zwei Wochen gebraucht, um den Mut aufzubringen«, sagte er. »Und noch ein bisschen länger, um herzukommen und mit Ihnen zu reden.«

Die Tür, hinter der sie all die dunklen Geheimnisse verschlossen und verriegelt hatte, begann gefährlich in den Angeln zu wackeln.

»Wir beide haben nichts zu bereden«, sagte sie.

»Wir haben einen Fehler begangen, Mrs Gilpin. Abby«, sagte er. »Eddie und ich, wir waren noch Kinder, aber Sie … Sie hätten es besser wissen müssen.«

»Nicht so laut.«

»Ich habe es satt, leise zu sein«, erwiderte er. »Ich habe es satt, Ihre Geheimnisse zu bewahren.«

»John, hör doch …«

»Nein«, unterbrach er. »Ich muss nicht mehr auf Sie hören, Abby. Ich bin am Arsch, weil ich auf Sie gehört habe. Jahrelang hatte ich Albträume, nur weil ich auf Sie gehört habe. Annabel Stemple ist gestorben, ohne je die Wahrheit zu erfahren, nur weil ich auf Sie gehört habe, verdammt noch mal.«

Annabels Name katapultierte Abby in die Vergangenheit zurück. Sie erinnerte sich an die Frau, die damals Zigaretten gekauft hatte, und an ihren kleinen Jungen mit den luminolblauen Augen.

»Ray hat mir erzählt, dass du ihn besucht hast.« Abby rang mühsam um ihre Fassung. »Hat er erwähnt, dass er bald auf Bewährung freikommt? Er kommt aus dem Knast, John. Nicht mehr lange, dann ist es vorbei.«

»Es wird nie vorbei sein«, sagte John. »Und ehrlich gesagt verstehe ich nicht, wieso Sie das nicht begreifen. Wir haben einen Fehler gemacht, Abby. Wir müssen das in Ordnung bringen. Wir müssen uns stellen. Wir drei. Sie, Eddie und ich.«

»Das würde doch nichts ändern«, flüsterte Abby.

»Doch, es würde *alles* ändern.«

Unvermittelt wehte eine heftige Bö von der Bucht herein.

»Achtundneunzigsechzig«, sagte Abby.

»Was?«

»Dein Einkauf. So viel macht es aus.«

Er starrte sie einen Moment an, dann schüttelte er langsam den Kopf. Er zahlte in bar, zog einen Stift aus der Tasche und kritzelte seine Nummer und Adresse auf die Rückseite des Kassenzettels, ehe er ihn Abby reichte.

»Kommen Sie heute Abend um acht Uhr zu mir«, sagte er. »Sie und Eddie, und dann überlegen wir uns, wie wir weiter vorgehen. Aber eines muss Ihnen klar sein, Abby. Das hier steht nicht zur Debatte. Ich bitte Sie nicht um Erlaubnis. Genauso wenig wie Eddie. Ich muss das tun und werde es auch, ob nun mit Ihnen oder ohne Sie.«

Er nahm seine Einkäufe und verließ den Laden, ohne sich noch einmal umzudrehen. Kaum war er außer

Sichtweite, sank Abby über ihrer Registrierkasse zusammen und brach in Tränen aus.

Als sie das letzte Mal nach South Hallston gefahren war, um Ray zu besuchen, hatten sie einander an einem Edelstahltisch gegenübergesessen und ein Sandwich aus dem Automaten zu Mittag gegessen.

»Wie geht's den Kindern?«, fragte er.

»Ach, du weißt ja, wie es ist«, antwortete sie. »Engel und Teufel in einer Person.«

»Hat Lori sich gemeldet?«

»Schon eine ganze Weile nicht mehr, aber das Mädchen ist wie eine Meeresschildkröte. Auf kurz oder lang muss sie auftauchen, um Atem zu schöpfen, und dann werde ich sie packen und mit meiner Liebe erdrücken.«

»Dann drück für mich noch mal extra zu«, meinte Ray. »Und was ist mit Eddie?«

»*Ed*, dem geht's, na ja. Wie Ed.«

»Hat er jemanden?«

»Falls ja, erzählt er mir jedenfalls nichts davon.«

»Du siehst super aus.«

»Woher willst du das wissen, Ray? Du hast mich doch noch gar nicht richtig angesehen, seit ich gekommen bin.«

Ray, der die ganze Zeit auf seine Hände gestarrt hatte, hob den Blick. »So. Jetzt ist es offiziell. Du siehst super aus.«

»Du bist so ein begnadeter Lügner.«

Er lächelte, ein aufrichtiges, breites Lächeln – sie konnte sich nicht erinnern, wann sie eines dieser Art das letzte Mal gesehen hatte. »Ich habe mit Bob wegen der Bewährung gesprochen.«

»Hmhm.«

Ray beugte sich vor und senkte die Stimme. »Es sieht gut aus, Ab.«

»Wie gut?«

»Du kennst doch Bobs Motto. *Immer das Beste hoffen, aber vom Schlimmsten ausgehen.* Aber sagen wir mal so ... er war vorsichtig optimistisch. Könnte sein, dass ich früher heimkomme, als wir dachten.«

Abby schaffte es nicht, sich ihr Dauergrinsen zu verkneifen, Bobs Lebensmotto hin oder her.

Belport hinkte dem Rest der Welt geschätzte zwanzig Jahre hinterher, was bedeutete, dass es vor dem Postamt auch heute noch eine Reihe Telefonzellen gab.

Fünfzehn Minuten nachdem John Keddie den Laden verlassen hatte, endete Abbys Schicht. Drei Minuten später hielt sie vor einem der öffentlichen Münzfernsprecher und stieg aus ihrem Honda (der Volvo hatte Anfang der 2000er schlappgemacht).

Sie hatte ihr Handy bei sich, und der Empfang auf der Insel war sogar ziemlich gut, seit die Verwaltung all die Bäume auf dem Harvill Hill gefällt hatte, um einen Masten zu errichten, aber sie wollte nicht, dass der Anruf registriert wurde.

In der Kälte trat sie zu einem der Telefone, schob Münzen in den Schlitz und wählte die Nummer, die John ihr gegeben hatte.

»Hallo?«, sagte er.

»Heute Abend passt es nicht gut«, sagte sie. »Aber jetzt hätten wir Zeit.«

»Sie und Eddie?«

»Ja«, log sie.

»Gut. Sie haben ja meine Adresse.«

»Nein. Nicht dort. Können wir uns anderswo treffen?«

»Und wo?«

31

– Die Frau und die Witwe –

Abbys Rückenschmerzen schienen wie durch ein Wunder verschwunden zu sein, denn für eine Frau ihres Alters bewegte sie sich geradezu mit Lichtgeschwindigkeit. Kate sah lediglich graues Haar und den metallischen Schimmer einer Skalpellklinge, als sie sich auch schon heiß durch ihre Haut schnitt.

Mit der Linken hatte Abby von hinten Kates Gesicht gepackt, die Finger wie Tentakeln gespreizt, in der Rechten hielt sie das Skalpell. Instinktiv hatte Kate den rechten Arm hochgerissen, gerade noch rechtzeitig, um ihre Kehle zu schützen, doch es war zu spät. Das Blut schoss aus einer klaffenden Wunde in ihrem Unterarm. Sie wollte schreien, doch es kam kein Ton heraus.

»Elendes Miststück«, fauchte Abby und versuchte, Kate auf dem Stuhl festzuhalten.

Einen Moment lang gab Kate sich beinahe der Versuchung hin, keinen Widerstand zu leisten. Das Bedürfnis, sich in ihr Schicksal zu ergeben, wie ein verängstigter Welpe einfach zu erschlaffen, war enorm groß.

Doch das war die alte Kate, die Frau, die nichts von den Monstern unter dem Bett hören wollte, die den Männern in ihrem Leben erlaubt hatte, ihr zu sagen, was sie tun sollte und wann.

Sie hatte versucht, nicht über den Tod nachzudenken, doch wenn ihr der Gedanke trotzdem in den Sinn gekommen war, hatte sie sich ihn stets als Ellipse vorgestellt – als Auslassungspunkte am Ende eines Satzes. Ein Flüstern, ein leises Wegschleichen. Was ihr jetzt gerade bevorstand – von einer durchgeknallten Säuferin mittleren Alters abgeschlachtet zu werden –, schien ihr viel zu abrupt zu sein. Zu absurd. So durfte es nicht enden.

Sie dachte an Mia, konnte beinahe ihr Gesicht vor sich sehen, ihre Stimme hören.

Mum?

Ja, Äffchen?

Du musst auch ein großes Mädchen sein.

Kate begann, auf ihrem Stuhl zu kippeln und ließ sich nach hinten fallen, während noch immer das Blut aus der Wunde an ihrem Unterarm strömte. Abby stürzte sich erneut auf sie, das scharfe Messer wie ein Schwert gezückt. Blanker Irrsinn war in den Augen der älteren Frau zu lesen. *Orpheus wurde von wilden, hungrigen Bestien zerfleischt.*

Kate rappelte sich auf und tastete blindlings um sich, nach den Töpfen und Pfannen, die wie Stalaktiten von der an der Decke befestigten Leiter hingen. Ihre Hand berührte den Griff einer Pfanne. Sie riss sie herunter und schleuderte sie Abby entgegen, die schützend ihren Arm vors Gesicht hob. Aber eigentlich hätte sie sich die Mühe sparen können, denn Kate war eine grauenvolle Schützin. Die Pfanne flog an Abby vorbei und knallte scheppernd gegen die Mikrowelle.

Dann war Abby mit einem Mal vor Kate und stach zu, in die Brust, in die Schulter, in den Bauch. Kate spürte keinerlei Schmerz – das Adrenalin pumpte bereits durch ihren Körper –, daher dauerte es einige Sekunden, bis sie begriff, was vor sich ging. Abby schlug nicht, sondern stach auf sie ein. Wieder und wieder, so oft, dass Kate nicht mehr mitzählen konnte.

So kurz die Klinge sein mochte, war Kates weiße Bluse innerhalb von Minuten mit roten, sich rasch ausbreitenden Flecken übersät. Ihr Blick blieb an ihrem Parka über der Stuhllehne hängen – sie wünschte, sie hätte ihn anbehalten. Zwar hätte auch er die Hiebe nicht abhalten können, aber zumindest ein klein wenig Schutz geboten.

Sie fühlte sich ungelenk und schwerfällig. Mit jeder Sekunde drohten ihr weiter die Sinne zu schwinden, während ihr die Angst die Luft abschnürte. Sie spürte die Küchenschränke im Rücken, deshalb warf sie sich nach vorn, stieß Abby zur Seite und ließ sich dann auf den Boden fallen, ehe sie die Tischkante umfasste, um sich daran hochzuziehen. Doch stattdessen sackte sie erneut zusammen, wobei sie die Schachtel mit den

Latexhandschuhen, die Glasaugen und die halb gehäutete Ratte herunterriss. Die Handschuhe fielen irgendwo links neben ihr auf den Boden, die gläsernen Augen kullerten überall umher, rollten unter den Kühlschrank, während der halb gefrorene Kadaver platschend zwischen ihren Beinen landete.

Sie hob ihn auf und schleuderte ihn quer durch die Küche. Er streifte Abbys Wange und hinterließ eine bräunlich gelbe Schliere.

Kate wollte sich umdrehen und weglaufen, doch alles verschwamm vor ihren Augen, während sich nun auch die Schmerzen aus den Dutzend Stichwunden bemerkbar machten. Stöhnend rollte sie sich auf den Bauch und kroch auf allen vieren in Richtung Korridor.

Ein schweres Gewicht knallte auf ihren Rücken. Abby hatte sich auf sie gestürzt und hockte keuchend und schluchzend rittlings auf ihr. Auch Kate weinte, spürte, wie die Klinge sich in ihren unteren Rücken grub, dann in die Seite und wieder in den Rücken.

»Nein«, stieß sie hervor. »Bitte.«

Urin lief heiß an ihrem Bein entlang, ehe sie vollends die Kontrolle über ihren Unterleib verlor.

Ein Schwall heißer Luft kam herein, als die Haustür geöffnet wurde, der Kates Sinne für einen Moment wieder schärfte. Es gelang ihr, den Kopf zu heben.

Fisher?, dachte sie, ehe sie Ed Gilpins hellgraues Arbeitshemd erkannte. In stummem, ungläubigem Entsetzen starrte Ed zuerst Kate, dann die Frau auf ihrem Rücken an.

»Mum?«

»Mach die Tür zu, Ed«, hörte sie Abby sagen, ehe die Dunkelheit sie umfing und sie der Bewusstlosigkeit entgegentrudelte. »Mach die verdammte ...«

»... Tür zu!« Doch Ed stand am anderen Ende des Korridors, eine Hand um den Türknauf gelegt, während sein anderer Arm schlaff herabhing.

Hinter ihm erkannte Abby die Milt Street. Gerade war sie menschenleer, doch ein einziges vorbeikommendes Fahrzeug im verkehrten Moment würde schon genügen, ein kurzer Blick des Fahrers, dann wären sie geliefert.

Die Witwe zwischen ihren Beinen wehrte sich nicht länger, nur ihr Atem kam noch in mühsamen, rasselnden Stößen.

»Ed, die Tür!«, schrie Abby erneut.

Ed löste zwar die Hand vom Türknauf, stand jedoch immer noch reglos da und starrte die beiden Frauen auf dem Boden an.

Obwohl sein Kampf-oder-Flucht-Instinkt kläglich zu versagen schien, war sie froh, dass er hereingekommen war. Zwar wünschte Abby, er müsste all das nicht sehen – und, was noch viel wichtiger war, er müsste *sie* so nicht sehen –, gleichzeitig war ihr jedoch bewusst, dass sie seine Hilfe brauchte.

John Keddie hatte sie im Handumdrehen erledigt. Er hatte nicht damit gerechnet, und dank ihrer jahrelangen Lektüre von True-Crime-Büchern und der Erfahrung in der Taxidermie verfügte sie über eine verblüffende Effizienz. Es war hässlich und schmutzig gewesen, aber schnell über die Bühne gegangen. Als sie mit ihm fertig gewesen war, hatte sie sich lediglich über ihn beugen, die Automatik seines Prius auf Neutral schalten und den Wagen ins Meer rollen lassen müssen.

Aber das hier war etwas anderes. Johns Witwe war unangekündigt hier aufgetaucht, deshalb hatte sie improvisieren müssen. Und wenn sie mit ihr fertig wäre – was hoffentlich bald der Fall war –, würde sie Hilfe brauchen, um die Leiche wegzuschaffen und das Haus zu säubern.

Doch Abby war noch aus einem anderen Grund froh über Eds Auftauchen, auch wenn sie es niemals zugeben würde: Ein kleiner – gemeiner, kranker – Teil tief in ihrem Innern war erleichtert, dass er all das sah, denn es war eine Art Garant dafür, dass er ihrer beider Geheimnis wahren würde. Manchmal musste man nun mal Opfer bringen.

»Ed«, zischte sie, so wie früher, wenn er Unsinn im Kopf gehabt hatte. »Mach die verdammte Tür zu und hilf deiner Mutter.«

Er fuhr zusammen, löste sich endlich aus seiner Erstarrung. Mit drei kleinen, vorsichtigen Schritten kam er näher und beugte sich über die Witwe. »Ist sie …«

»Noch nicht«, antwortete Abby. »Den Teil erledige ich schon selbst, aber danach brauche ich deine Hilfe.«

Die Witwe zuckte, spie einen Mund voll Blut aus und sackte wieder in sich zusammen.

»Du warst es, stimmt's?«, sagte Ed. »Du hast John getötet.«

»Ich bitte dich, Ed, verschon mich! Das muss dir doch schon früher klar gewesen sein.«

»Ich … ich glaube, ich hatte Angst vor der Antwort«, sagte er. »Ich wollte nicht, dass du … ich wollte *all das hier* nicht.«

»Tja, hättest du nicht vor ihrem Haus herumgelungert, wäre sie vielleicht gar nicht erst hier zu uns hergekommen.«

»Aber ich wollte das alles nicht«, wiederholte er.

»Herrgott noch mal, Eddie, ich doch auch nicht! Aber er wollte alles ans Licht zerren … das Opfer zerstören, das dein Vater gebracht hat. Das Opfer, das wir alle gebracht haben. Für dich. Das war doch alles nur wegen dir.«

»Nein. Das reicht jetzt, Mum.«

»Dein Dad kommt bald nach Hause, Ed. Es ist fast vorbei. Nicht mehr lange, dann ist es vorbei.«

Er zog sein Handy heraus. »Ich rufe jetzt Bobbi an.«

»Lass das.«

Er weinte, was auch Abby neuerlich die Tränen in die Augen trieb. Sie musste dem hier ein Ende setzen. Mit der Linken hob sie Kate Keddies Kopf an und lehnte sich zur Seite, um nach dem X-Acto-Messer zu greifen und es ihr über die Kehle zu ziehen.

Nur noch einmal, dachte sie. *Ein Opfer noch.*

Kräftige Arme packten und umschlangen sie, zogen sie von der Frau herunter und schleiften sie den Korridor entlang. Sie ließ das Skalpell fallen und versuchte, sich aus dem Griff ihres Sohnes zu befreien.

»Es ist vorbei«, sagte er.

Abby zerrte, wand sich und strampelte, ehe sie aufgab und in seine Arme sank, während Ed den Notruf wählte. Ohne sie loszulassen, gab er ihre Adresse durch, hielt sie fest, wiegte sie in den Armen, wie sie ihn gewiegt hatte, als er noch ein kleiner Junge gewesen war.

Minuten später ertönten die Polizeisirenen in der Ferne, kamen immer näher.

Abby blickte auf die Witwe. Ihre Finger zuckten.

»Ich glaube, sie ...

»... kommt zu sich.«

Ganz allmählich spürte Kate, wie ihre Sinne wieder zum Leben erwachten. Scharfer Schmerz schoss durch ihren Körper, als sie vollends zu sich kam. Ihre Lippen waren feucht. Sie schmeckte Blut. Es stank bestialisch. Sie lag in einer Lache ihres eigenen Bluts auf dem Fußboden von Abby Gilpins Haus, doch sie war nicht tot.

»Hilfe«, stieß sie hervor.

»Hilfe ist hier«, sagte eine Stimme. Bobbi Eckman. Sie kniete über ihr.

»Ich …«

»Versuchen Sie, nicht zu sprechen«, sagte die Polizistin. »Der Krankenwagen ist schon unterwegs. Sie werden wieder gesund, Mrs Keddie. Kate. Sie sind jetzt in Sicherheit.«

32

– Die Frau –

Abby saß im selben fensterlosen Befragungsraum der Belport Police Station wie damals, vor dreiundzwanzig Jahren, als Ray den Mord an David Stemple gestanden hatte. Bobbi war auf dem Weg, um sie zu befragen. Bestimmt hatte sie eine Menge Fragen, doch zum ersten Mal in all den Jahren würde Abby bloß die Wahrheit sagen müssen.

Sie würde ins Gefängnis kommen, für lange, lange Zeit. Ray käme ausgerechnet dann frei, wenn sie hinter Gitter wanderte. Der Gedanke ließ sie lächeln.

Wir geben uns also praktisch die Klinke in die Hand.

Begraben unter dem Zentnergewicht des unendlich tiefen Leids darüber, was ihr widerfahren war, und dem Entsetzen über ihre Tat spürte sie eine andere Regung – eine seltsame, lange vergessene. Erleichterung.

Und sie hoffte, dass auch Ed sie endlich spüren konnte.

33

– Die Witwe –

Zweiundsiebzig Stunden nach dem Angriff wurde Kate aus dem Krankenhaus entlassen, voll genähter Wunden, Schwellungen und blauer Flecke, wie ein Nadelkissen durchlöchert, doch wach und bei Sinnen, mit klarem Kopf und heilfroh, nach Hause zu dürfen.

Fisher und Pam waren gekommen, um sie abzuholen. Sie wollten die Fähre um vier Uhr nachmittags von Belport aufs Festland nehmen, waren jedoch früh dran, deshalb blieb Kate und Mia noch genügend Zeit, um an den Strand zu gehen.

Bei ihrem Anblick kam Kate Abbys Frage wieder in den Sinn. *Gibt es irgendetwas, das Sie nicht für Ihre Tochter tun würden?*

Es gab nichts. In gewisser Weise verstand sie Abby, konnte sogar mit ihr mitfühlen, auch wenn sie lange brauchen würde, um es sich einzugestehen, und auch dann nur mit großem, großem Schmerz. Um Mia zu beschützen, hätte sie jeden Mann geopfert, der Gefahr für sie bedeuten könnte. Sogar John.

»Es hätte genauso mich erwischen können«, sagte sie laut.

»Was?« Mia wandte sich ihr zu, doch Kate nahm bloß ihre Hand und ging weiter.

Neuanfang. Sie dachte an die frisch gestrichene weiße Wand im Wohnzimmer des Ferienhauses. Noch immer war nicht ganz klar, wie viel Ed Gilpin tatsächlich über die Taten seiner Mutter gewusst hatte. Wenn er wirklich ahnungslos gewesen war, wie er behauptete, weshalb hatte er dann seinen Namen überstrichen? Er musste es mit der Angst bekommen haben, als er von Johns Ermordung gehört hatte, und zwar so sehr, dass er mit Eimer und Pinsel in das Haus eingedrungen war. Dies war die plausibelste Erklärung, bei der sämtliche Beweise berücksichtigt wurden, die sie mittlerweile hatten, aber nicht gerade die angenehmste.

Es gab noch eine andere Alternative: John hatte die Wand selbst übergestrichen, um reinen Tisch zu machen, für die Zukunft, für Mia, für Kate. Ganz egal was in diesem Haus auch passiert sein mochte: Falls – und die Entscheidung war keine leichte – Kate das Haus am Ende behalten sollte, würde die Wand so bleiben, wie sie war.

Ein Stück weiter lag eine tote Möwe, deren Kadaver die Brandung für eine Seebestattung ins Wasser zog, vor den Augen anderer Möwen, die ein paar Meter daneben standen und zusahen.

Mia blieb stehen und beäugte den toten Vogel aus

etwa einem Meter Entfernung. Das Tier wies keine augenscheinlichen Anzeichen für den Grund seines Todes auf, vielmehr sah es so aus, als hätte es mitten im Flug einen Herzstillstand erlitten und wäre zu Boden gestürzt. Sein Schnabel war sandverkrustet, die Augen weit aufgerissen und starr.

»Sie sieht überrascht aus«, bemerkte Mia und verlieh dem toten Vogel eine Stimme mit aufgesetzt britischem Akzent: »*Ich kann nicht glauben, dass ich wirklich tot bin.*«

Die Wellen erfassten einen der Flügel, hoben ihn an, ließen ihn fallen, hoben ihn an, ließen ihn wieder fallen. Es sah aus, als würde sie winken.

»Bauen Möwen eigentlich Nester?«, wollte Mia wissen.

»Keine Ahnung. Ich denke, eher nicht. Ich nehme an, sie treffen sich abends in den Dünen und kuscheln sich nachts aneinander, um sich gegenseitig zu wärmen.«

»Und wartet jetzt eine andere Möwe irgendwo, dass die hier nach Hause kommt?«

»Ich weiß es nicht, Äffchen.«

»Sollen wir sie begraben?«

»Nein, ich finde, wir sollten es dem Meer überlassen, sie mitzunehmen. Das fühlt sich irgendwie richtig an, findest du nicht auch?«

»Ja, schon.«

Auf dem Weg zum Elk Harbour watete Mia mit ihren Schuhen in der Hand durchs seichte Wasser. Kate zog ihre Sneakers aus und gesellte sich zu ihr. Das Meer war eisig, doch der Himmel strahlend blau.

Anmerkung des Autors

Dieses Klischee, das zweite Album sei eine echte Zangengeburt, stimmt voll und ganz. Beim Schreiben dieses Buches habe ich mich oft gefragt, ob es mich nun als den Betrüger entlarven würde, der ich in Wirklichkeit bin. Was mich bei der Stange gehalten hat, sind Sie, meine Leserinnen und Leser.

Seit *Das andere Mädchen* erschienen ist, habe ich viele von Ihnen persönlich kennengelernt und E-Mails aus der ganzen Welt erhalten, die mein Herz erwärmt, mich zutiefst berührt und inspiriert haben. Ich habe sogar Bobbi Eckmans Kater nach dem felinen Mitbewohner einer meiner Leserinnen benannt (danke noch mal, Mary Anne aus Texas, und bitte kraulen Sie Joe von mir). Deshalb möchte ich mit dieser Anmerkung Dankeschön sagen … und: *gerne mehr davon!*

Wo Sie schon mal hier sind, wollte ich noch ein bisschen erzählen, wie es zu den Wendungen in diesem Roman kam. Achtung: Spoileralarm! Sollten Sie vor der Lektüre nach hinten geblättert haben, gehen Sie bitte ganz schnell zurück zum Anfang.

Die vielen Zeitebenen in *Das andere Mädchen* im

Griff zu behalten und dafür zu sorgen, dass jede Wendung und jeder Plot punktgenau im richtigen Moment enthüllt wird, war ein hartes Stück Arbeit. Im Grunde habe ich eine ganz einfache Geschichte auf sehr komplexe Weise erzählt. Bei diesem Roman dagegen wollte ich eine einfache Geschichte auf einfache Weise erzählen, mit einer klaren, linearen Struktur. Am Ende kam es anders als gedacht. Sie wissen ja, was mit dem besten Plan, ob Maus, ob Mann, oftmals passiert, richtig?

Stattdessen habe ich beschlossen, einen raffinierten Twist einzubauen. Vor Jahren habe ich eine Folge von *Lost* gesehen, in der sich eine vermeintliche Rückblende als Vorausblende entpuppt hat, und war völlig aus dem Häuschen. So etwas wollte ich auch mal ausprobieren. Ich wollte etwas schreiben, bei dem den Lesern die Augen aus dem Kopf fallen und sie wild zu blättern anfangen, um herauszufinden, welchen Hinweis sie an welcher Stelle überlesen haben. Das Problem war bloß, dass ich keine Ahnung hatte, wie ich das bewerkstelligen sollte.

Mit meinem ewigen Hin und Her an Ideen habe ich meinen Verleger schier in den Wahnsinn getrieben. In einer Version entpuppte sich die Leiche, deren Ermordung in Abbys Kapiteln ermittelt wird, als Kate (wobei ich keine Ahnung hatte, wie ich das jemals hätte hinkriegen sollen), dann wiederum spielte die Hälfte des Buches in den Siebzigern, mit Rays Mutter und Johns Vater, die es mit der Treue nicht so genau nahmen (wie ich das hätte bewerkstelligen sollen, war noch unklarer). Gerade als mich der Verdacht beschlich, dieser zeitliche Sprung sei nie im Leben umsetzbar, und dass ich Monate meines Lebens damit vertan hätte, ein unlösbares Puzzle zusammenzusetzen, kam mir die durchschlagende Idee, eine Stimme, die mir zuflüsterte: *Du weißt genau, was du tun musst, wenn du dieses Problem lösen willst – frag deine Frau, du Dummkopf.*

Also habe ich meine Frau zu Rate gezogen.

Bei uns in der Nähe gibt es einen wunderschönen See, an dem Summer und ich nachmittags mit unserem Hund Gassi gehen. Bei einem dieser Spaziergänge breitete ich all die unterschiedlichen Ansätze vor ihr aus, all meine Hoffnungen und Ängste, alles, was mir vorschwebte und was ich erreichen wollte. Einige Sekunden lang schwieg Sum, dann sagte sie: »Was, wenn eines von Abbys Kindern der Mörder ist, Kates Mann mit ihm als Jugendlicher befreundet war und Abby viele Jahre später Kates Ehemann tötet, um das Geheimnis zu bewahren?«

»Moment mal«, sagte ich zu ihr. »Das muss ich mir aufschreiben.«

Dieses Detail brachte das Ganze in Gang. Ich hämmerte eine erste Version in den Computer. Martin Hughes (mein Verleger) und Ruby Ashby-Orr (meine Lektorin) haben mir zuerst geholfen, dass die Geschichte Hand und Fuß bekam, und dann haben sie mir geholfen, dass eine gute Geschichte daraus wurde. Die besten Ideen in diesem Roman stammen von ihnen (und von Summer) – jetzt, wo ich darüber nachdenke, habe ich eigentlich nicht wirklich viel dazu beigetragen.

So, das war's von meiner Seite. Wenn Ihnen das Buch gefallen hat, lassen Sie es mich wissen. Sollten Sie konstruktive Kritikpunkte haben, ebenfalls. Falls Sie es einfach nur fürchterlich fanden, nehmen Sie dieses Geheimnis bitte mit ins Grab. Sie können gern Kontakt zu mir aufnehmen: über meine Webseite (christian-white.com), zudem finden Sie mich bei Twitter und bei Instagram, oder Sie schreiben mir eine Mail unter christian@christian-white.com.

Ich danke Ihnen von ganzem Herzen. Solange Sie meine Bücher lesen, werde ich weiterschreiben. In diesem Sinne: Bis zum nächsten Mal.

Dank

Viele wunderbare Menschen haben bei der Entstehung dieses Romans mitgewirkt.

Martin Hughes und Ruby Ashby-Orr: Das Manuskript, das ich euch präsentiert habe, war nur ein Abklatsch dessen, was es dank eurer Unterstützung, Hilfe und schlichter Genialität letztlich geworden ist. Keiran Rogers: Danke, dass du mein erstes Buch wie verrückt verkauft und mir erlaubt hast, dich zu fotografieren, während du schliefst. Grace Breen: Keiner musste es während der gesamten Promotiontour zu *Das andere Mädchen* so unablässig mit mir aushalten, dabei hat es sich keinen Moment wie Arbeit angefühlt. Emily Ashenden: Du bist der Radar O'Reilly von Affirm Press. Aber vielleicht bist du noch zu jung, um diesen Bezug zu verstehen; vielleicht bin sogar ich zu jung dafür. Alle anderen bei Affirm Press: Ihr seid weiterhin so toll und so unglaublich hilfsbereit, und, was das Allerbeste ist … ihr erlaubt mir, meinen Hund ins Büro mitzubringen.

Daniela Rapp von St. Martin's Press: Es war ein wahres Vergnügen, mit dir zusammenzuarbeiten (schon zum zweiten Mal).

Meine Agentinnen, Jennifer Naughton und Candice Thom: Ihr haltet mir stets den Rücken frei und seid an meiner Seite (sowohl beruflich als auch privat).

Meine F.R.I.E.N.D.S: Jon Asquith (Ross), Sophie Asquith (Rachel) und Chris Dignum (Kramer): Das Leben ist ein Highway, und ich darf mich glücklich schätzen, ihn mit euch entlangzufahren.

Meine Geschwister und ihre Partner (Niki und Brian, Peter und Deb, Jamie und Catherine), meine Zweitgeschwister (Monique, Tassy, Bree, Abra und Torre) und alle De-White-Nichten und -Neffen (es sind zu viele, um sie alle namentlich zu nennen, aber ihr wisst schon, wen ich meine): Danke.

Meine zweite Mutter, Chris DeRoche: Ich weiß nicht, ob du es mitbekommen hast, aber der Showdown dieses Buches spielt in deiner Küche.

Meine Eltern, Ivan und Keera White, euer Stolz und eure Unterstützung sind so wichtig für mich (sollte jemals einer einen bärtigen Mann in der Buchabteilung des Kmart-Supermarkts gesehen haben, der unschuldigen Kunden ein Exemplar von *Das andere Mädchen* aufs Auge drückt: Das ist mein Vater).

Meine Hündin Issy: Du bist auch weiterhin mein Lieblingsgeschöpf auf der Welt. Keine Ahnung, ob ich jemals eigene Kinder haben werde, aber falls ja, bezweifle ich, dass ich sie so sehr lieben werde wie dich. Ich werde zwar so tun, als ob, aber wir beide kennen die Wahrheit.

Und dann noch Summer. Die beste Ehefrau, die beste Frau. Ohne dich würde ich all das nicht schaffen, Sum. Du bist meine beste Freundin, die erste Leserin meiner Manuskripte, die Liebe meines Lebens. Und was noch viel wichtiger ist: Du hast mir gesagt, wer der Mörder sein sollte.